Blut und Rache

Uwe K. Alexi

Uwe K. Alexi arbeitete im Anschluss an sein Studium der Betriebswirtschaft in Klagenfurt als Wirtschaftsprüfer und Steuerberater im internationalen Umfeld. Nach einem längeren Engagement im Management eines Telekommunikationsunternehmens mit Sitz in Singapur, einem Umzug nach London und vielen Reisen in entfernte Länder entdeckte er seine Leidenschaft fürs Schreiben. Heute lebt er in der Nähe von Frankfurt am Main und schreibt Thriller.

Blut und Rache

Ein Armin Anders Thriller

Uwe K. Alexi

Sämtliche Figuren und Ereignisse dieses Romans sind frei erfunden. Einige Schauplätze gibt es tatsächlich, doch dann ließ ich der Fantasie freien Lauf.
Jede Ähnlichkeit mit echten Personen, lebend oder tot, ist rein zufällig und nicht beabsichtigt.

Impressum

© 2017 uKa Verlag

Alle Rechte vorbehalten – All rights reserved
Das Werk darf – auch teilweise – nur mit Genehmigung des Verlags wiedergegeben werden.
Auflage Juli 2017
Text: Uwe K. Alexi
Covergestaltung: Uwe K. Alexi

Druck: PRINT GROUP Sp. z o.o.
ul. Księcia Witolda 7
71-063 Szczecin, Polen

uKa Verlag
Friedrichsdorfer Straße 14
61352 Bad Homburg
ukaverlag@yahoo.de

Für Markus.

In meinem Herzen
wirst du
ewig weiterleben.

Dämonen der Vergangenheit

Der Schmerz kam später. Ich hörte nur die Machete knapp an meinem Kopf vorbeisausen und dann das typische Geräusch. Schon früher hatte ich es gehört. Immer wenn bei uns im Dorf eine Kuh geschlachtet und anschließend zerlegt wurde. Dieses Tschak, das einprägsame Geräusch, das entstand, wenn ein scharfes Fleischerbeil ein Stück Rindfleisch mit Knochen in zwei Stücke zerteilte. Nur dieses Mal war es kein Rindfleisch. Und das Tschak war so präsent wie noch nie zuvor. Es war mein eigenes Tschak.

Ungläubig schaute ich auf meinen Armstumpf, aus dem das Blut herausströmte. Auf dem Tisch lag eine abgetrennte Hand. Meine Hand. Dann spürte ich ihn das erste Mal: den Schmerz. Höllische Schmerzen, wie ich sie noch nie zuvor gespürt hatte. Blankes Entsetzen erfasste mich und ich schrie auf. Die Lautstärke meines eigenen Brüllens ließ mich erschaudern, oder war es einfach die gesamte Situation, die mich völlig überforderte?

Hilfesuchend blickte ich in ihre Augen, doch ich fand dort kein Mitleid. Auch keinen Hass. Diese Augen, die ich kannte wie keine anderen Augen auf dieser Welt, strahlten eine Teilnahmslosigkeit aus, als hätten sie gerade realisiert, dass der Wind sich von Ost nach West gedreht hatte. Sie betrachtete ihr Werk und schien zufrieden. Dann nahm meine Mutter meinen Armstumpf und tauchte ihn in das siedend heiße Öl, das in einem großen Blechtopf auf der offenen von Steinen umrahmten Feuerstelle stand. Der Schmerz zerfraß mich förmlich, bevor mir schwarz vor Augen wurde und ich meine Besinnung verlor.

Der Journalist Armin Anders blickte sich verwirrt um. Nein, er war nicht in Lagos, der früheren Hauptstadt von Nigeria, und er war auch nicht der Junge, dem von seiner Mutter gerade eine Hand abgehackt worden war, nur damit er anschließend in der Millionenstadt bessere Chancen hatte, auf den belebten Straßen etwas Geld für die Familie zu erbetteln. Nein, er lag wohlbehütet in seinem Haus im beschaulichen Bad Homburg in der Nähe von Frankfurt und musste zuvor auf der Couch eingenickt sein.

Entgeistert schaute er zum Fenster. Es war helllichter Tag. Unvermittelt griff er zu seiner Hand und atmete tief durch. Dieser Traum hatte ihn in seiner Jugend oft verfolgt, seitdem er mit seinen Eltern ein Jahr in Lagos gelebt hatte. Auf den Straßen im Moloch Lagos hatten sich damals viele Kinder getummelt, denen entweder eine Hand oder ein Fuß fehlte, in manchen Fällen sogar beides. Armin Anders hatte sie immer wieder gesehen, so viele von ihnen. Sie kamen im ewigen Stop-and-go-Verkehr an jedes Auto, setzten den Arm- oder Beinstumpf gekonnt in Szene und zogen ihr leidvollstes Gesicht auf, das sie zustande brachten, um möglichst viel Mitleid zu erregen. Viel mussten sie dazu nicht tun, sie sahen in ihrer dreckigen, zerrissenen Kleidung ohnehin schon wie das Elend schlechthin aus. Und doch ließen sich die Autofahrer und Passanten nur selten erweichen, ihnen ein paar Kobos zuzustecken. Es waren einfach zu viele Bettelkinder unterwegs, das stumpfte ab und man konnte nicht allen helfen. Was für eine Hilfe war das überhaupt? Das Geld verblieb ohnehin nicht bei den Bettelkindern, das war gewiss. Irgendwann ignorierten die Meisten sie einfach. Sie gehörten zum Stadtbild, sie gehörten zum Leben, man konnte oder wollte nichts für sie tun.

Nachdem Armin Anders als Achtjähriger die ungeschminkte Wahrheit über die behinderten Kinder auf Lagos' Straßen erfuhr, hatte er kurze Zeit später zum ersten Mal diesen schrecklichen Albtraum gehabt. Er war so reell, wie ein Traum nur sein konnte, und hatte ihn zutiefst geängstigt. Er war schweißgebadet aufgewacht, so wirklich war er ihm erschienen. Jedes Mal pochte sein Herz mit einer nahezu erdrückenden Geschwindigkeit. Immer wieder war er erneut erleichtert, dass es nur Bilder im Kopf waren und sich seine Hand nach wie vor am Ende seines Armes befand. Der Traum kam mit einer erschreckenden Regelmäßigkeit immer wieder und hatte ihn bis zu seinem dreizehnten Lebensjahr verfolgt, als er längst wieder in Deutschland wohnte. Dann auf einmal verschwand er während der Pubertät quasi von heute auf morgen und war seitdem nicht mehr aufgetaucht. Das Jahr in Lagos geriet immer mehr in Vergessenheit, viel zu viel Neues ereignete sich im Leben des Heranwachsenden im Rhein-Main-Gebiet.

Doch heute? Warum kam ausgerechnet heute dieser Traum zurück? Armin Anders war schon lange nicht mehr in seiner Pubertät. Er war inzwischen Anfang vierzig und das letzte Mal, dass er diesen Traum hatte, war ein gutes Vierteljahrhundert her. Umso erschreckender, wie realistisch er diesmal gewesen war, genauso wie früher, als wenn er niemals aufgehört hätte, diesen Traum zu durchleben.

Wo kommen diese alten Bilder in meinem Kopf auf einmal her? Ich hatte sie schon völlig vergessen und habe seit Jahrzehnten nichts mehr mit Afrika zu tun. Was mag das wohl bedeuten? Er dachte angestrengt nach, konnte sich jedoch keinen Reim darauf machen.

Früher hätte Armin Anders einem solchen Vorfall keinerlei Bedeutung beigemessen. Er hatte noch nie an übersinnliche Dinge geglaubt. Doch gab es gerade in jüngster Zeit Vorfälle, die den im Allgemeinen sehr rationalen Journalisten immer wieder zum Zweifeln brachten. Es gab Vorkommnisse, die er einfach nicht mehr zu leugnen vermochte - so große Zufälle konnte es nicht geben. Er war mehrmals spirituellen Menschen begegnet, die Dinge über ihn wussten, über die nur er Kenntnis hatte, und das, obwohl er diese Menschen niemals zuvor gesehen hatte und sie auch niemanden aus seiner unmittelbaren Umgebung kannten. Hatte er dies beim ersten Mal für einen riesigen Zufall gehalten, gedacht, die alte Dame in Wiesbaden, die sich Wahrsagerin nannte, hätte einfach nur geraten und damit ins Schwarze getroffen, war ihm spätestens vor ein paar Jahren in der Nähe der Bangkoker Khaosan Road klargeworden, dies konnte kein Zufall sein. Es gab Dinge auf dieser Welt, die er sich mit seinem Verstand einfach nicht erklären konnte. Ein wildfremder Mann hatte ihn auf einer Parkbank angesprochen und auf ein angebliches Problem in seiner Familie hingewiesen, von dem er selbst noch nichts wusste. Ein späterer Anruf bei seiner Tante bestätigte genau das, was der Fremde ihm gesagt hatte. Wie hatte der Mann aus Thailand, der noch nie in Europa gewesen war, das nur wissen können? Dank eines Anrufes nach Hause, konnte er damals das Schlimmste verhindern. Auch danach hatte er immer wieder erstaunliche Begegnungen mit Übersinnlichem. Er würde zumindest in nächster Zeit seine Augen und Ohren offen halten. Dieser Traum war möglicherweise ein Vorzeichen.

Neuanfang

Das schwere Tor schloss sich hinter dem ein Meter fünfundachtzig großen Mann mit Jeans und dem roten Shirt. Luka bewegte sich langsam in Richtung Straße. Die Luft um ihn, das Geräusch des sich hinter ihm schließenden Tores, der Asphalt unter seinen Schritten, die Geräusche der Freiheit - alles kam ihm unwirklich vor. In seinen Gedanken war er diesen Weg hunderte Male gegangen. Er hatte sich genau ausgemalt, wie es sein würde und doch war es nun völlig anders. Vorstellung und Wirklichkeit gingen selten konform.

Er hielt den Atem an, lauschte in sich hinein und konnte auf einmal nicht anders: Er blieb stehen. Es kam ihm vor, als würde alles in Zeitlupe passieren, als wäre es nicht er selbst, der das gerade erlebte. Die Gefühle waren so intensiv, sie überwältigten ihn. Luka schloss die Augen und harrte eine Weile aus. Nichts war von seinem Vorhaben übrig geblieben, ohne einen letzten Blick auf die Stätte seines Leidens ins neue Leben zu starten. Ein Leben, in dem er viel vorhatte.

Langsam wandte er den Kopf und nach und nach auch seinen Oberkörper. Seine Beine folgten zögerlich der Drehung. Schließlich öffnete er die Augen und sah es vor sich. Dieses triste graue Betongebäude war sein Aufenthaltsort der letzten neun Jahre gewesen. Doch hatte er es dabei immer nur von innen gesehen. Er konnte es selbst jetzt noch nicht fassen, was damals passiert war. Jahre der Entbehrungen lagen hinter ihm. Tage und Nächte hatte er einsam in seiner Zelle verbracht. Es hatte ihm fast den

Verstand geraubt. Die Erinnerung an die Freiheit war das Einzige, was ihm dort verblieben war. Immer wieder hatte er sich gefragt, ob es das Richtige gewesen war, so zu handeln. Blut ist dicker als Wasser, sagt der Volksmund, doch war es das alles wirklich wert?

Jedes Mal, wenn er ins Grübeln geriet, kam er trotz der nie verstummenden Zweifel letztendlich zum selben Ergebnis: Er würde es jederzeit wieder tun, auch wenn es bei nüchterner Betrachtung ein Wahnsinn war. Nur schwer konnte er seinen Blick abwenden. Zu präsent waren die letzten Wochen, Monate und Jahre, die er kaum ertragen hatte. Eine schier unendliche Zeit lag hinter ihm, die Unendlichkeit jeder einzelnen Minute in der Zelle, wie er diese Situation selbst titulierte. Diese Unendlichkeit der Zeit war das größte Thema für ihn gewesen. Für Außenstehende mochte es nur schwer nachvollziehbar sein, doch wenn man sich völlig überraschend auf einmal in so einer langen Haftstrafe wiederfände, verstünde man nur allzu schnell, wie unendlich ein einziger Tag, eine Stunde, ja eine einzelne Minute sein konnte. Selbst die Sekunden waren nur im Schneckentempo dahingekrochen.

Er hatte immer nur ein Ziel gehabt: raus hier. Dabei hatte er Jahre, Monate, Wochen, Tage und Stunden gezählt. Zwischendurch war er sogar dazu übergegangen auch noch die Minuten zu zählen. Zum Glück fand er schnell heraus, dass ihm dies nicht guttat. Danach hatte er es sein lassen und sich auf die Stunden als kleinste zu erfassende Einheit konzentriert, auch wenn es ihm schwergefallen war.

Luka atmete noch einmal tief durch. Er hatte Angst durchzudrehen, wenn er weiter über die Zeit im Gefängnis nachdachte. Jetzt durfte es nur noch eins geben: den Blick nach vorne. Ruckartig wandte er sich um und ging forschen Schrittes in Richtung seines neuen Lebens.

***

Die Einliegerwohnung im Bad Homburger Seedammweg hatte ihm Dennis Schneider, sein Bewährungshelfer, rechtzeitig besorgt.

»Das ist ein wahrer Glücksgriff für dich, Luka«, hatte Dennis damals gesagt. »Niemand kennt dich dort, niemand weiß von deiner Vergangenheit. Du wirst einen sauberen Neuanfang haben.«

»Und warum sollte so eine ehrwürdige ältere Dame einem Knacki wie mir eine Chance geben und mich bei ihr wohnen lassen?«

»Ich kenne sie persönlich und habe mich für dich eingesetzt. Frau Reinhard ist eine Großtante von mir und vertraut auf meine Menschenkenntnis. Ich weiß, dass du keinen Scheiß mehr bauen wirst.«

»Dann weiß das wenigstens einer. Ich bin mir nicht so sicher.« Dabei blickte Luka Dennis augenzwinkernd an.

Schon früh hatte Dennis Schneider seinen Schützling ins Herz geschlossen. Er arbeitete mittlerweile über zwanzig Jahre in der Beratung im Rahmen der Vorbereitung der Entlassung von Straftätern aus dem Vollzug. Auch wenn er mit den Jahren eine gute Begabung zur Beurteilung der Reintegrationsfähigkeit von Gewaltverbrechern entwickelt hatte, wusste er, dass es eine absolute Gewissheit nie geben konnte. Immer wieder gab es Fälle, in denen Strafgefangene trotz bester Zukunftsprognosen aller Beteiligter aus irgendwelchen Gründen rückfällig wurden. Doch im Fall Luka Basler war er sich absolut sicher. Luka konnte keiner Fliege etwas zuleide tun, dafür könnte er seine Hand ins Feuer legen.

Gebetsmühlenartig hatte Dennis Schneider seine Großtante immer und immer wieder versucht zu überzeugen, dass sie Luka beim Start in sein neues Leben helfen möge. Er wollte ihn nicht in eine sonst übliche Sozialwohnung stecken. Das häusliche Umfeld seiner Großtante würde Luka sicher auf seinem Weg unterstützen. Es dauerte ein paar Wochen, dann war Dennis Bemühen von Erfolg gekrönt. Die rüstige Dame in den Siebzigern, die jeder nur Tante Trude nannte, war schließlich bereit, einem Menschen mit einer schrecklichen Vergangenheit, der laut der Beteuerungen ihres Großneffen niemals wieder auf die schiefe Bahn geraten würde, eine realistische Chance zu geben. Jeder hatte eine zweite Chance verdient, war seine Großtante letztendlich nach diversen Gesprächen mit Dennis überzeugt.

Tante Trude würde Luka Basler in ihrem Haus aufnehmen. Seitdem ihr Mann Ludwig vor drei Jahren verstorben war, hatte sie die Einliegerwohnung in ihrem schmucken Bad Homburger Haus nicht mehr vermietet. Die Reinhards hatten sie erst kurz zuvor gemeinsam renoviert gehabt, um sich mit den Mieteinnahmen ein wenig ihre Rente aufzubessern und nicht mehr allein im großen Haus zu sein. Doch dann war alles anders gekommen. Ludwigs Schlaganfall aus heiterem Himmel und sein schneller anschließender Tod hatten ihr den Boden unter den Füßen weggezogen. Bis heute hatte sie sich nicht vollständig davon erholt und konnte sich nicht an den Gedanken gewöhnen, dass er nie wieder für sie da sein würde.

Tante Trudes anfänglich unwohles Gefühl, einem Ex-Sträfling unter ihrem Dach ein neues Zuhause zu geben, hatte ihr Großneffe erst nach und nach zerstreuen können. Er hatte so viel über Luka erzählt, über dessen Gedanken, sein Vorhaben, sich ein neues solides Leben aufzubauen und seinen unbändigen Willen, nie, aber auch niemals wieder auf die schiefe Bahn zu geraten, dass sie gar nicht anders konnte, als Dennis Drängen nachzugeben und Luka Basler zumindest mal unverbindlich in der Justizvollzugsanstalt Preungesheim zu besuchen.

Die Annäherung an den Sträfling erfolgte sehr zögerlich. Tante Trude war voll von Ressentiments und musste erst gegen ihre Vorurteile ankämpfen, bevor sie sich öffnen konnte.

Beim ersten Besuch in der Justizvollzugsanstalt, sechs Wochen vor Lukas geplanter Entlassung, hatte Tante Trude schwer mit sich gehadert. Luka Basler war ihr zwar auf den ersten Blick nicht gerade unsympathisch erschienen, doch saßen der Stachel der Angst und ihre innere Aversion gegen Straftäter zu tief, als dass sie ihm von Anfang an freundlich begegnen konnte. Warum hatte sie entgegen ihrem Bauchgefühl dem Drängen ihres Großneffen nur nachgegeben? Mit einem betretenen Schweigen saß sie dem Mann im roten Shirt gegenüber, dem sie eine Chance geben sollte. Wollte sie das überhaupt? Sie war sich nicht sicher, hatte stattdessen Angst vor der eigenen Courage und fühlte sich unwohl in der eigenen Haut. In was hatte sie sich da nur hineindrängen lassen?

Luka Basler saß mit gesenktem Blick vor ihr. Der Enddreißiger hatte dunkle, ja fast schwarze lockige Haare. Wenn sie es nicht besser wüsste, hätte sie ihn für einen Südländer, vielleicht sogar einen Marokkaner gehalten. Doch Dennis hatte ihr versichert, dass sein Schützling einer ganz normalen deutschen Familie entstammte. An den leichten Zuckungen in seinen Gesichtszügen konnte sie nur erahnen, wie nervös er war. Anscheinend stand auch für ihn viel auf dem Spiel. Schließlich blickte Luka sie unvermittelt an. Sie sah ein Paar mittelbraune Augen, die so gar nicht zu dem Bild eines Schwerverbrechers passten, das sie sich vor ihrem geistigen Auge gebildet hatte.

Wie sah nur ein Schwerverbrecher aus? War es nicht absurd anzunehmen, sie würden anders aussehen? Dann hätte es die Polizei wahrlich leicht, sie immer und überall zu identifizieren. Nein, auch ein Gewaltverbrecher war ein Mensch wie du und ich. Und gerade dieser Gedanke machte ihr Angst, hatte sie ihn doch früher nie in dieser Form zugelassen. Gewaltverbrecher waren für sie immer Bestien gewesen, aber doch keine Menschen. Sie saß nun einem Mörder gegenüber und sie fühlte sich dabei äußerst unwohl in ihrer Haut. Ein Frösteln erfasste ihren alten Körper, als sie zeitgleich realisierte, dass irgendetwas Anziehendes in diesen braunen Augen lag, die sie wie beschämt anstarrten.

Würde sie ihr Gegenüber jemals verlässlich einschätzen können? War dieser Mann geläutert und würde tatsächlich niemals wieder straffällig werden? Wie konnte sie sich da jemals sicher sein? Gab es überhaupt absolute Sicherheit? Hat so jemand wirklich eine zweite Chance verdient? Und wenn ja, warum sollte ausgerechnet sie es sein, die ihm diese Chance einräumte? Wäre nicht jeder andere besser dazu geeignet, als sie, eine Dame in den Siebzigern, bei der es überall im Körper knirschte und zwickte und die ohnehin schon an Schlaflosigkeit litt? Hatte sie nicht bereits genug an ihrem eigenen Schicksal zu knabbern?

Seitdem ihr Mann verstorben war, hatte Tante Trude nie wieder richtig Fuß fassen können, zu groß war die Trauer über den Verlust. Sie hatte sich gehen lassen, oft stand sie nicht einmal mehr auf, oder verbrachte den ganzen Tag in ihrem Pyjama zu Hause. Sie wusste selbst, dass ihr dies nicht guttat, doch woher sollte sie die Kraft nehmen, das Leben wieder mit freundlichen Augen zu betrachten? Ludwig fehlte ihr so sehr. Sie waren fast vierzig Jahre ein eingeschworenes Team gewesen und nun war ein Teil von ihr einfach weg. Dies war der Hauptgrund, warum sie dem Drängen ihres Großneffen schließlich nachgab. Eine neue Aufgabe könnte ihr den dringend nötigen Impuls verleihen und sie aus ihrem Trott herausholen. Sie hatte sich schon viel zu lange hängenlassen.

Luka Basler unterbrach ihren Gedankenfluss. »Ich weiß, es muss sehr schwer für Sie sein, mir hier gegenüber zu sitzen.

Umso dankbarer bin ich, dass Sie diesen Schritt trotzdem gewagt haben. Ich kann Ihnen gar nicht sagen, wie leid mir das alles tut. Es tut mir weh, dass ich Sie in eine solch unangenehme Lage bringe. Sie haben sicher noch nie etwas mit einem Insassen zu tun gehabt und haben jedes Recht, skeptisch zu sein. Ich kann Ihnen jedoch aus meinem tiefsten Herzen versichern: Ich bin kein schlechter Mensch und ich garantiere Ihnen, dass ich nie wieder auf die schiefe Bahn geraten werde!«

Tante Trude sah ihn zweifelnd an. »Wie können Sie sich da so sicher sein? Dachten Sie damals nicht dasselbe, bevor ..., ja, wie soll ich es nur sagen ..., bevor Sie gemacht haben, was Sie gemacht haben?«

»Vor zehn Jahren war ich in einer absoluten Ausnahmesituation gewesen. Ich hatte meine Gründe, so zu handeln. Ich schwöre Ihnen bei allem, was mir heilig ist: Das, weswegen ich damals verurteilt wurde, habe ich nicht begangen.«

»Aber Sie hatten doch gestanden, wenn ich recht informiert bin.«

»Sagen wir es mal so: Ich habe meine Verurteilung akzeptiert und aufgehört, dagegen anzukämpfen, dass mich alle Welt für schuldig hielt. Das ist schon etwas anderes als ein Geständnis. Aber sehen Sie mir bitte in die Augen, wenn ich Ihnen das nun sage ...«. Dabei zögerte Luka und wartete, bis er Tantes Trudes voller Aufmerksamkeit sicher sein konnte. Dann fuhr er fort: »Ich versichere Ihnen noch einmal, dass ich es nicht war, ich bin kein Mörder!« Die ältere Dame blickte ihn verwirrt an. »Ich habe noch nie jemanden absichtlich auch nur verletzt. Ich hatte meine Gründe, warum ich mich letztendlich der drückenden Indizienlast gebeugt und nicht weiter gegen meine Verurteilung gekämpft habe, doch das hat nichts mit der Schuldfrage zu tun.«

»Sie unschuldig? Und das soll ich Ihnen glauben? Was waren das für Gründe?« Tante Trude schaute Luka Basler mit zweifelnden Augen an. In ihrem Kopf rasten die Gedanken. *Ist es möglich, dass jemand in Deutschland neun Jahre unschuldig im Gefängnis sitzt? Das kann doch gar nicht sein. In unserem Lande? Nein, wir sind so zivilisiert und in allem so genau, das geht nicht … Und doch ist es eigenartig, ich fühle mich trotz dieser angespannten Situation nicht unwohl in seiner Gegenwart. Vielleicht macht er mir tatsächlich nichts vor? Dennis vertraut ihm auch, sogar so viel, dass er will, dass ich diesen Häftling bei mir aufnehme. Und Dennis ist mein Ein und Alles, ihm konnte ich immer voll und ganz vertrauen, er will nur das Beste für mich.*

»Ich weiß, es fällt Ihnen gerade schwer, mir zu glauben, aber ich beteuere Ihnen, dass ich unschuldig bin. Ich würde lügen, wenn ich sagte, dass es mir leidtäte, dass ich dem gängigen Klischee eines Gewaltverbrechers nicht entspreche. Ich bin einfach keiner und das ist gut so. Ich will Sie zu gar nichts überreden. Sie wissen sicherlich, dass das Ganze hier nicht einmal meine Idee war.«

»Ja, ich weiß, mein Großneffe …«

»Genau. Dennis hat irgendwie einen Narren an mir gefressen. Er hat eine exzellente Menschenkenntnis. Ihn kann man nicht täuschen. Er spürt, dass ich kein schlechter Mensch bin. Doch Sie sollten einfach nur Ihrem eigenen Gefühl vertrauen und auf niemanden sonst hören. Das ist sehr wichtig für mich. Ich möchte auf keinen Fall, dass Sie sich in Ihrem eigenen Haus unwohl fühlen!«

Tante Trude starrte ihn eine Weile entgeistert an. Nach einem tiefen Seufzen entgegnete sie schließlich: »Junger Mann, bitte erzählen Sie mir, warum Sie dieses Urteil damals akzeptiert haben, wenn Sie doch angeblich unschuldig sind?«

»Es tut mir leid, aber das kann ich nicht. Ich versichere Ihnen noch einmal, dass ich es nicht war. Es gibt viele Dinge in meiner Vergangenheit, die ich selbst nicht weiß. Ich werde schon dahinterkommen, was genau damals passiert ist. Doch bis mir das nicht vollständig gelingt, kann ich Ihnen beim besten Willen nicht mehr sagen. Blut verbindet.«

»Wie meinen Sie das?«

»So wie ich es sage. Noch einmal: Sehen Sie mich an, fühlen Sie in sich hinein, lassen Sie unsere Begegnung auf sich wirken und entscheiden dann in Ruhe, was Sie tun möchten. Hören Sie nur auf Ihr eigenes Gefühl und nicht auf irgendjemanden, auch nicht auf Ihren Großneffen. Ich würde mich freuen, wenn wir uns wieder treffen könnten. Bis dahin wünsche ich Ihnen eine gute Zeit.« Bei diesen Worten nickte Luka Basler seiner Gesprächspartnerin mit einem ernsten, aber doch auch freundlichen Gesicht zu, stand auf und schickte sich an, den Besucherraum zu verlassen.

Tante Trude blieb irritiert auf ihrem Stuhl sitzen. Sie wusste nicht, wie sie mit dieser Situation umgehen sollte und sah ihn nach einem letzten Blick zu ihr durch die Tür verschwinden.

Eigenartig, was er mir da erzählt hat. Kann ich ihm glauben? Was soll ich nur machen?

Schließlich atmete sie tief durch und erhob sich ebenfalls. Sie musste das Ganze sacken lassen und würde es später noch mit ihrem Großneffen besprechen. Und doch fühlte sie innerlich, dass sie ihre Entscheidung bereits getroffen hatte.

***

Vier Wochen später brachte ein Taxi Luka Basler mit seinem großen schwarzen Koffer und einem kleinen Rucksack, in dem er seine wenigen Wertsachen transportierte, nach Bad Homburg in den Seedammweg. Tante Trude sah dem Ganzen immer noch mit gemischten Gefühlen entgegen. Sie erblickte das Taxi schon von Weitem und erwartete ihren ungewöhnlichen Mieter, der wie immer ein rotes Shirt trug, vor dem Haus, hatte sie doch gerade in ihrem Vorgarten Unkraut gezupft. Kaum hatte sich die Wagentür geöffnet, begrüßte sie ihn freundlich: »Willkommen in Ihrem neuen Heim!«

»Danke, ich weiß gar nicht, wie ich Ihnen das jemals vergelten kann. Die meisten Exinsassen müssen in eine triste Sozialwohnung, und ich darf hier in Ihrem schönen Haus wohnen. Ich habe gerade schon vom Taxi aus Ihren tollen Vorgarten bewundert. Alles so liebevoll gepflegt, eine Wohltat für die Augen.«

»Ja, dieser Garten ist mein ganzer Stolz. Ich verbringe inzwischen wieder viel Zeit mit meinen Blumen, nachdem ich sie zuvor lange vernachlässigt hatte. Aber kommen Sie doch erst mal herein! Die Einliegerwohnung ist hier rechts die Treppe hinunter. Ich gehe am besten vor.«

»Dankeschön, Sie sind sehr nett, Tante Trude!«

Lukas neues Reich war etwas dunkel, da es nur ein halbes Stockwerk aus dem Erdreich ragte und die Fenster somit entsprechend klein gehalten waren. Doch war die Wohnung komplett eingerichtet, vermittelte Wärme und gefiel Luka sofort.

»Wow, was für ein Unterschied zu meiner Bleibe der letzten neun Jahre! Sehr gemütlich, es gefällt mir ausgesprochen gut.«

»Da bin ich aber froh, junger Mann. Richten Sie sich ein, dann wird sich alles andere nach und nach ergeben. Sie werden sicher erst mal viele Behördengänge erledigen müssen und auch sonst allerlei zu tun haben, um wieder auf die Beine zu kommen. Wenn Sie irgendwas brauchen, ich wohne ja direkt über Ihnen. Scheuen Sie sich nicht zu klingeln.« Mit diesen Worten zog sich Tante Trude mit leichten Sorgenfalten in ihren Vorgarten zurück. Lange hatte sie darüber nachgedacht, ob sie wirklich das Richtige tat. Doch nun gab es keinen Weg zurück, hoffentlich hatte sie sich in ihrem Alter nicht zu viel zugemutet.

Allein in seinem neuen Zuhause setzte sich Luka auf einen der beiden braunen Sessel, die neben dem Wohnzimmertisch standen. Der Tisch war das klassische Modell seiner Elterngeneration: deutsche Eiche mit beigen, geblümten Kacheln. Er konnte nicht anders und musste grinsen. Eine kleine Ablenkung, doch dann lehnte er sich zurück und schloss die Augen. Gedanken rasten durch seinen Kopf. Ja, er würde einiges zu tun haben in nächster Zeit, aber das waren andere Dinge, als die, die Tante Trude zuvor vermutet hatte.

Besessen

Der großgewachsene Mann war durchtrainiert und hatte kein Gramm Fett an Stellen, wo es nicht hingehörte. Er hatte nicht immer so ausgesehen. Die letzten Jahre hatten sein Leben völlig verändert. Nichts war mehr von dem fürsorglichen Familienvater zu spüren, der einst glücklich mit seiner Frau und dem gemeinsamen Sohn anscheinend in Harmonie lebte, mehrmals am Tag mit seinem Pudel spazieren ging und der für jeden Mitmenschen nur die besten Worte hatte.

Wo war der Mann geblieben, der überaus beliebt war, an Wohltätigkeitsveranstaltungen teilnahm und sich in diversen Vereinen sozial engagierte? Das wusste er selbst nicht mehr, es spielte auch keine Rolle für ihn, denn er hatte nun andere Ziele, und die würde er verfolgen, egal was kommen mochte. Niemand konnte ihn in seinem Vorhaben stoppen.

Es hatte sich irgendwie mit der Zeit verselbstständigt. Anfänglich war es nur eine spontane Idee gewesen, die ihm in seinem Kummer in ziemlich angetrunkenem Zustand gekommen war. Sie war so verlockend gewesen, dass er sich im Alkoholrausch richtiggehend hineinsteigerte. Am nächsten Morgen mit nüchternem Kopf sah jedoch alles ganz anders aus und er verwarf diesen Gedanken umgehend wieder. Nein, so etwas konnte er nicht tun. Er war ein redlicher Mensch und würde sich nicht von seiner Trauer über einen unglaublichen Vorfall derart übermannen lassen, dass er jeglichen Anstand verlöre.

Warum kam diese Idee nur immer wieder hoch, sobald er, von seiner Trauer überwältigt, zur Flasche griff? Mit benebeltem Kopf erschien ihm dieses Vorhaben als das Wünschenswerteste auf der Welt überhaupt. Nach und nach setzte es sich in seinem Hirn fest, bis es ihn regelrecht gefangen hielt. Anfänglich erschrak er noch, dass diese Gedanken ihn inzwischen auch bei völliger Nüchternheit verfolgten. Er versuchte, krampfhaft dagegen anzukämpfen, doch war es ein hoffnungsloser Kampf, sein Gegner erschien übermächtig. Als er verstand, dass das Gute in ihm verloren hatte, hörte er von einem Tag auf den anderen mit dem Trinken auf und verwendete seine ganze Zeit darauf, den lange vernachlässigten Körper wieder fit zu bekommen.

Was anfänglich aus Wut und Trauer begann, wurde immer mehr zur Besessenheit. Er war nie wirklich dick gewesen, doch der damals Siebenundfünfzigjährige war bis auf die eher kurzen Spaziergänge mit seinem Hund völlig untrainiert und hatte einen kleinen Bauchansatz. Er musste sein Leben radikal ändern, und das war genau das, was er tat.

Obwohl Kai Hellmuth keine Geldsorgen hatte, hatte er sich für ein Fitnesscenter entschieden, das gerade mal zwanzig Euro im Monat kostete. Noblere Trainingsstätten waren für ihn nicht geeignet, dort verkehrten die falschen Leute. Er brauchte richtige Pumper um sich herum. Leute, die so wie er ihrem Körper das Äußerste abverlangten. Nicht solche Pseudosportler, die lediglich zum Flirten und Gesehenwerden eine Sportstätte aufsuchten und sich mehr mit anderen unterhielten, als zu trainieren. Nein, er brauchte richtige Kämpfer um sich, Menschen, die so gierig nach einem kurzfristigen Erfolg waren wie er selbst. Daneben hatte das Studio seiner Wahl einen entscheidenden Vorteil: Es war rund um die Uhr geöffnet, also konnte er auch nachts trainieren, wenn er wegen der Dämonen in seinem Kopf wieder mal nicht schlafen konnte.

Er war intelligent genug, um zu wissen, dass die Art und Weise, wie er sein Training begann, alles andere als gesund war. Doch das hatte keine Bedeutung für ihn. Schnell fand er Anschluss an Gleichgesinnte, die meist dreißig oder mehr Jahre jünger waren als er. Alle hatten sie gemein, dass sie nicht lange warten wollten, bis sich die ersten Erfolge einstellten. Also wurde nachgeholfen, was der Körper vertrug und mitmachte. Testosteronspritzen und Wachstumshormone in Verbindung mit hartem täglichen Training entfalteten schnell ihre Wirkung, sodass Kais Körper sich trotz seines fortgeschrittenen Alters rasch eindrucksvoll veränderte.

Seine einstige Unbeweglichkeit bekämpfte er parallel dazu erfolgreich mit Yoga. Ein Jahr später begann er die körperliche Ertüchtigung zusätzlich mit verschiedenen Kampftrainingstechniken zu ergänzen. Diverse Trainingscamps machten ihn über die Jahre zu einer perfekten Kampfmaschine.

Um die jeweils mehrwöchigen unbezahlten Auszeiten bei den besten Kampfsporttrainern ihrer Zunft im entfernten Asien finanzieren zu können, überfiel er immer wieder Personen, die einfach nur das Pech hatten, zur falschen Zeit am falschen Ort zu sein. Er betäubte sie und raubte sämtliche Wertsachen. Das Böse durchdrang ihn mehr und mehr. Er hatte nicht einmal ein schlechtes Gewissen dabei. Für ihn heiligte der Zweck die Mittel, denn er dachte stets nur an das Ergebnis einer Aktion. Niemals verschwendete er auch nur einen Gedanken an das Schicksal seiner Opfer. Seine ursprüngliche Beschaffungskriminalität begann ihm zunehmend Spaß zu machen. Er entwickelte eine Freude daran, anderen Menschen Leid zuzufügen.

Betäubte er seine Opfer anfänglich mit einem gezielten Handkantenschlag, meist ohne dass sie vor ihrer Bewusstlosigkeit realisieren konnten, was vor sich ging, so begann er in zunehmendem Maß, eine Art von Genuss an ihrem Leid zu entwickeln.

Ein kurzer Schlag reichte ihm nicht mehr aus. Er wollte seine Opfer leiden sehen. Seine Beute verlor mit der Zeit sogar an Bedeutung, bis er Überfälle nur noch aus reinem Spaß machte. Als er das realisierte, versuchte er noch gegenzusteuern. Doch sein innerer Kampf war aussichtslos. Irgendetwas hatte im Kopf Klick gemacht und jegliches Mitgefühl für andere sterben lassen.

An manchen Abenden erschrak er selbst über seine Entwicklung. Dies waren die Momente, in denen er innehielt und sein Tun hinterfragte. Er hörte in sich hinein und schauderte in dem Bewusstsein, was aus ihm geworden war. Angst machte ihm, dass er nicht nur sein Mitgefühl verloren hatte, sondern darüber hinaus zunehmend genoss, anderen Schmerzen zuzufügen, sie regelrecht zu quälen. Er musste sich eingestehen, dass er zu einem Tier geworden war, zu einer wilden Bestie, die mehr und mehr drohte, außer Kontrolle zu geraten. Nur einmal hatte er kurz überlegt, sich professionelle Hilfe zu holen. Eine Schwäche, über die er heute im Nachhinein sogar lachte.

Nun beobachtete er die vor ihm ablaufende Szene wie in einem Film, dessen Regisseur er war. Dies war seine Spielwiese und nur er, Kai Hellmuth, wusste, wie das Spiel ausgehen würde. Er hätte Luka Basler zwar gerne viel länger hinter Gittern gesehen, doch hatte es durchaus einen gewissen Reiz, seinen ärgsten Feind zwischenzeitlich draußen zu wissen. Er freute sich auf den Spaß, den er dadurch haben würde, bis allein er entschied, wann die Marionetten aufhörten zu tanzen. Ein Kinofilm ging auch über die vorgesehene Zeit. Er musste sein Werk fortsetzen, an dem er bislang nur mit Vorbereitungsarbeiten tätig sein konnte. Der Hauptfilm hatte gerade erst begonnen, bislang war nicht mehr als der Vorspann abgelaufen.

Das Wichtigste waren jetzt gute Fotos. Das 500-mm-Objektiv seiner Vollformatkamera holte das Gesicht von Luka so nah heran, dass er dort jede Hautunreinheit sehen konnte. Er hatte die Kamera auf Serienbild eingestellt und hielt direkt auf sein Ziel. Dann drückte er den Auslöser. Zum Glück drehte sich sein unfreiwilliges Fotomodel sogar noch um, sodass er es von allen Seiten erwischte.

Nachdem Luka Basler mit ein paar wenigen Habseligkeiten in ein Taxi gestiegen und losgefahren war, gab Kai Hellmuth seine Deckung auf, packte die Kamera ein, die er zur Stabilisierung auf der Motorhaube eines parkenden Autos gestützt hatte, und machte sich entspannt auf den Nachhauseweg. Er war nicht wirklich geübt in Bildbearbeitung, doch gelang es ihm schon bald, bei den besten Bildern jeweils einen perfekten Bildausschnitt von Luka zu machen. Anschließend machte er auf vier Fotos, die den Insassen von allen Seiten zeigten, dessen Gesicht unkenntlich. Zufrieden druckte er seine Werke auf einem Farbdrucker aus und betrachtete sie eingehend. Die Bilder würden ihren Zweck erfüllen.

Die Nachricht

Da war es wieder: das ständige Auf- und Abgehen vor seinem Schreibtisch. Die Spur im Parkett war überdeutlich zu sehen und doch beachtete er sie schon gar nicht mehr. Gefangen in Gedanken, schritt er mit dem Rest einer angerauchten Zigarette weiter das Büro ab. Von der einen Wand zur anderen und wieder zurück. Heute flutschte es nicht so richtig. Der Artikel sollte noch fertig werden, doch Armin Anders war unruhig. Irgendetwas störte ihn, verunsicherte ihn und verhinderte so, dass er die richtigen Worte zu Papier bringen konnte. Da half ihm auch eine kurze Pause nicht, zumindest nicht die in seinem Büro. Seit dieser Traum aus seiner Jugendzeit wieder aufgetaucht war, spürte er ständig eine Art von Unruhe in sich, konnte aber nicht greifen, woher sie kam. Er musste raus an die frische Luft gehen, bevor es dunkel wurde.

Auf dem Weg nach draußen fiel ihm auf, dass er heute noch nicht nach der Post geschaut hatte. Durch den Schlitz konnte er sehen, dass drei Briefe im Kasten waren. Mühselig zog er seinen Schlüsselbund aus der Hosentasche und verfluchte sich selbst. Er hatte wie fast immer den Schlüssel eingesteckt und danach erst die Geldbörse. Dies erschwerte das ganze Unterfangen erheblich. Die Briefe waren nichts Besonderes: Werbung und eine Rechnung. Doch unter ihnen lag ein kleiner weißer Zettel, der anfänglich im Briefkasten verblieben war. In Erwartung eines einfachen Werbeflyers nahm Armin den Zettel heraus. Auf der Vorderseite stand nur ein Satz: *In deine Nachbarschaft ist ein Mörder gezogen!*

Verwundert sah sich der freie Journalist den Zettel etwas genauer an. Format ungefähr DIN-A6, einfaches achtzig Gramm Kopierpapier, mit einer Schere nicht ganz sauber zugeschnitten und nur dieser eine Satz. Auf der Rückseite nichts.

Soll das ein schlechter Scherz sein? Wohl kaum. Jeder, der mich kennt, weiß, dass ich solche Dinge nicht ungefiltert glaube und Nachforschungen anstellen werde. Also, wer hat diesen Zettel in meinen Briefkasten eingeworfen? Jemand, der gerade will, dass ich Nachforschungen anstelle? Kopfschüttelnd steckte er die Post wieder in den Briefkasten zurück. Er würde sie später ins Haus nehmen, wenn er von seinem Spaziergang zurückkäme.

Auf dem Weg in Richtung Kurpark schoss ihm ein Gedanke durch den Kopf. Umgehend rief er seine Schwester Daniela Strassner an, die nur ein paar hundert Meter weiter weg wohnte.

»Hallo Bruderherz, ich wollte dich auch gerade anrufen.«, meldete sie sich mit nüchterner Stimme. Deutlich spürte Armin, dass sie besorgt war.

»Echt? Das ist Gedankenübertragung. Wie geht es dir?«

»Wie soll ich das sagen? Du weißt, seit der Sache mit Jason bin ich in vielen Dingen übervorsichtig. Wahrscheinlich würde jeder andere das für einen üblen Scherz halten und nicht weiter beachten, doch mich verunsichert es schon den ganzen Nachmittag.«

»Du sprichst in Rätseln, Daniela. Was meist du?«

»Da war so ein Zettel im Briefkasten.«

»Ach, bei dir auch?«

»Du meinst den mit dem Mörder in der Nachbarschaft?«

»Ja, dann haben wir wohl die gleiche Nachricht erhalten. Mache dir nicht sofort wieder Sorgen, ich werde schon feststellen, ob da etwas Wahres dran ist, und was das mit uns zu tun haben sollte. Kennst du noch jemanden, der diese Botschaft bekommen hat?«

»Ja, die Jakobis von nebenan hatten sie auch in ihrem Briefkasten.«

»Gut, dann scheint es zumindest nichts Persönliches für unsere Familie zu sein, das ist schon mal beruhigend.«

»Das habe ich mir auch gedacht, aber ich bin trotzdem verunsichert. Ein Mörder in unserer Nachbarschaft? Das macht mir Angst.«

»Verstehe ich, Schwesterherz, aber mache dir nicht zu viele Sorgen. Anscheinend hat da jemand etwas gegen ehemalige Straftäter und will Stimmung machen. Viele Menschen sind besorgt, wenn frühere Kriminelle in ihre Nähe ziehen. Ist doch nur menschlich. Trotzdem werde ich mich schlaumachen, um wen es sich handelt und was der auf dem Kerbholz hat.«

»Es soll ja jeder eine zweite Chance bekommen, aber ein Mörder? Das hätte ich nicht gerne, wenn das stimmen würde. So eine Bestie in unserer Nachbarschaft? Wobei der anonyme Zettelschreiber Nachbarschaft wohl sehr weit auslegt. Zwischen unseren Häusern liegt ja doch eine gewisse Entfernung.«

»Wie schon gesagt, zerbrich dir nicht weiter deinen hübschen Kopf darüber. Ich melde mich, sobald ich etwas herausgefunden habe.«

Nach dem Telefonat ging Armin Anders, entgegen seinem ursprünglichen Vorhaben einen Spaziergang zu machen, direkt wieder ins Haus zurück. Ein Blick in die Bad Homburg Gruppe des größten sozialen Netzwerkes ließ seine Vermutung traurige Wahrheit werden: Halb Bad Homburg schien beunruhigt zu sein, dass nun ein Mörder in der Champagnerstadt mit Tradition leben sollte. Teilweise gab es regelrechte Hasstiraden gegen angeblich untätige und unfähige Politiker, Ordnungskräfte, Richter und Sozialarbeiter. Die Meisten propagierten jedoch die vollständige Integration von Menschen, die früher auf der schiefen Bahn waren, solange sich dies nicht in deren unmittelbarer Nachbarschaft vollzog. Ausgerechnet hier in Bad Homburg? Nein, dafür müsse es wirklich andere Orte geben.

Beunruhigt

Luka Basler konnte es nicht fassen. Es ging deutlich schneller als befürchtet. Die Gesellschaft hatte sich weiterentwickelt, doch ob diese Richtung wirklich gut war? Vor neun Jahren waren die Menschen noch nicht so internetlastig gewesen, sie lebten deutlich mehr in der Wirklichkeit. Nachrichten, Gerüchte und billige Hetze verbreiteten sich damals nicht mit so rasender Geschwindigkeit wie heute. Man hatte Zeitungen gelesen, sah sich abends die Tageschau an und redete miteinander, anstatt hunderte virtuelle Freunde zu haben, mit denen man ständig in Echtzeit in Verbindung stand und gegenseitig alles teilte.

Er hatte die rasante Entwicklung im Gefängnis durchaus mitbekommen und war bemüht, jedem virtuellen Trend zu folgen, damit er es einfacher hätte, wenn er endlich wieder auf freiem Fuß war. Er wollte mit der Masse mitschwimmen und informiert sein, ohne aufzufallen. So war er als stiller Beobachter schon im Gefängnis den wichtigsten Bad Homburg Gruppen auf dem größten sozialen Netzwerk beigetreten, sobald klar war, dass er dorthin ziehen würde. Er musste ja wissen, wie diese Stadt tickte und was dort vor sich ging.

Am Morgen hatte er routinemäßig die Neuigkeiten im Internet durchforstet, als ihm vor Schreck fast die Kaffeetasse aus der Hand gefallen wäre. Er las:

Ein Mörder in unserer Nachbarschaft!
Gerade eben fand ich einen weißen Zettel mit der Aufschrift »In deine

Nachbarschaft ist ein Mörder gezogen!« Ich hab gleich beim Nachbarn geklingelt und siehe da, der hatte auch so eine Nachricht in seiner Post und der Willi aus der Frankenstraße auch. Wenn das wahr ist, dann ist das eine Riesensauerei! So einen Abschaum wollen wir hier nicht. Nicht in unserer Stadt! Weiß jemand etwas Näheres?

Die hitzige Diskussion unter dem Beitrag las Luka nur kurz an. Er wusste sofort, dass er damit gemeint war. Dies würde sein Vorhaben erschweren. Er hatte sich alles so schön ausgemalt. In seinen Gedanken, die er in der kargen Zelle gesponnen hatte, lebte er völlig unbemerkt von der Allgemeinheit in der kleinen Einliegerwohnung, die ihm seine Vermieterin genau beschrieben hatte. Er war untergetaucht in der biederen Wohngegend und niemand würde großartig Notiz von ihm nehmen. Tante Trude war die letzte, die ein Interesse hatte, ihre Nachbarn darüber zu informieren, wer wirklich bei ihr einzog. Gemeinsam hatten sie eine Sprachregelung gefunden, damit sie sich nicht in Widersprüche verstrickten, falls sie doch irgendwann mal mit denselben Personen sprechen würden. Doch nun? Nun hatte sich seine Anwesenheit in der noblen Kurstadt herumgesprochen und das konnte gefährlich werden.

Er musste herausfinden, was damals wirklich passiert war und warum. Stattdessen würde er Opfer einer Hetzjagd werden, die gerade erst begonnen hatte. Er war beunruhigt, dass er sich nicht mehr in Ruhe bewegen könnte, wenn der Mob sich nun richtig auf ihn einschoss.

Wer steckte nur hinter dieser Kampagne? Wer hatte ein Interesse, ihm das Leben schwer zu machen? Luka zermarterte sich den Kopf, hatte jedoch nicht die leiseste Vermutung, wer hinter dieser Aktion stecken könnte. Er griff zu seinem Handy, sah sich die sehr kurze Kontaktliste an und drückte auf das entsprechende Hörersymbol. Schon nach zweimal Klingeln hörte er die bekannte Stimme: »Hallo Luka, alles okay bei dir?« Nur allzu deutlich vernahm er die Sorge, die sein Bewährungshelfer Dennis Schneider sich machte. Er hatte wohl nicht damit gerechnet, dass sich sein Schützling so schnell melden würde.

»Nein, nicht wirklich, Dennis. Hier gibt es ganz offensichtlich jemanden, der mich nicht mag. Diese Person hat Flugblätter in diverse Briefkästen verteilt. Auf ihnen stand, dass nun ein Mörder unter ihnen wohnt.«

»Was? Das ist ja schrecklich, da müssen wir dagegen vorgehen!«

»Ich fürchte, das ist zu spät. Es geistert schon durch die sozialen Netzwerke.«

»Stecke nicht so schnell den Kopf in den Sand. Ich kann mir zwar vorstellen, wie du dich fühlen musst, aber solange die noch nicht vor deiner Wohnung demonstrieren, geht es noch.«

»Mal den Teufel nicht an die Wand!«

»Nein, nein, lass mich mal meine Beziehungen spielen, ich hab da eine Idee. Vielleicht können wir das ja noch stoppen und es beruhigt sich schnell wieder.«

***

Direkt nach seinem Telefonat mit Luka Basler rief der Bewährungshelfer den Bad Homburger Journalisten Armin Anders an. Er hatte die Telefonnummer schon vor ein paar Jahren bekommen, nachdem dieser ihn bei der Recherche für einen Artikel über den offenen Strafvollzug interviewt hatte.

»Armin Anders«, tönte die sympathische Stimme aus seinem Smartphone.

»Guten Tag, Herr Anders, hier ist Dennis Schneider. Ich bin Bewährungshelfer in Frankfurt. Wir hatten mal Kontakt vor drei oder vier Jahren.«

»Hallo Dennis, ich erinnere mich gut an Sie. Was verschafft mir die Ehre?«

»Ich habe ein Problem mit einem Schützling von mir. Sein Name ist Luka Basler. Er wurde vor drei Tagen entlassen und wohnt nun im Seedammweg in Ihrer Stadt.«

Armin wusste sofort, worum es ging. »Sie sprechen von den Handzetteln und der Hetze auf Facebook?«

»Ja, Sie haben offensichtlich auch schon davon gehört.«

»Das ist eine üble Sache. Also ist da etwas dran, wenn Sie anrufen. Um wen handelt es sich denn?«

Der Bewährungshelfer berichtete in wenigen Sätzen über seinen Schützling und endete mit den Worten: »Ich bin sicher, dass von Luka keinerlei Gefahr ausgeht, aber ich bin zutiefst besorgt, was diese Hetzkampagne an seiner Psyche bewirken könnte.«

»Das verstehe ich.«

»Ich habe ihn extra bei meiner Großtante untergebracht, da ich annahm, dass er dort in Ruhe ein neues Leben aufbauen könnte. Kann man die Hetzjagd nicht irgendwie unterbinden?«

»Solch eine Hetze läuft sich normalerweise recht schnell von allein tot, aber lassen Sie mich mal sehen, vielleicht kann ich das ein wenig beschleunigen.«

»Ich hatte gehofft, dass Sie da helfen würden. Vielen Dank!«

»Kein Thema, mich hat das Flugblatt selbst genervt. Jeder hat eine zweite Chance verdient, insbesondere wenn derjenige seine Strafe bereits abgesessen hat.«

»Wir müssen aber auch irgendwie herausfinden, wer dahinter steckt. Der Aufwand, den der Betreffende mit den Flugblättern betrieben hat, ist ja nicht so ohne. Dem liegt offensichtlich viel daran, die Öffentlichkeit aufzustacheln und Luka ein Leben in Bad Homburg unmöglich zu machen. Ich fürchte, er wird nicht so schnell aufgeben. Ich würde zu gerne wissen, wer das angezettelt hat und warum.«

Diese Frage hatte sich Armin Anders auch schon gestellt, doch zuvor musste er sich um die Beendigung der Hetzkampagne bemühen.

Der unglückliche Held

Lange hatte sie diesem Tag entgegengefiebert. Er sollte etwas Besonderes werden. Der Tag ihrer Rubinhochzeit. Nicht nur, dass sie an diesem Tag schon vierzig Jahre verheiratet waren, nein, es war darüber hinaus noch ihr fünfzigjähriger Kennenlerntag und sie hätte in all den Jahren keine einzige gemeinsame Stunde missen mögen. Schon frühmorgens, bevor Rolf aufwachte, bereitete Marlies liebevoll das Frühstück zu. Die schwere weiße Damasttischdecke war über und über mit Blüten unterschiedlichster Farben aus ihrem Garten dekoriert. Leise sang sie vor sich hin, »*Schön, ist es auf der Welt zu sein, ...*«, während sie die letzten Details zurechtrückte und sich auf die begeisterten Augen ihres Ehemannes freute.

Rolf und Marlies Schulte waren ein Vorzeigepaar der Nachkriegsgeneration. Mitten im Wirtschaftswunderland aufgewachsen und die letzten Schuljahre gemeinsam verbracht, hatten sie noch in der Pubertät ihre Liebe zueinander entdeckt. Seit dem hatte sie nichts mehr trennen können, auch wenn ihre jeweiligen Schwiegereltern damals alles andere als begeistert von dieser Liaison waren. Marlies, die Tochter einer angesehenen Frankfurter Rechtsanwaltsfamilie mit einem einfachen Elektrikersohn? Undenkbar.

Umgekehrt fühlten sich auch Rolfs Eltern nicht wohl bei der Sache. »So eine hochnäsige Gesellschaft passt nicht zu uns!«, monierten sie immer wieder. Und doch war Marlies' und Rolfs Liebe stärker gewesen. Sie setzten sich über jegliche Bedenken der engeren und weiteren Familien samt deren Freundeskreise hinweg und hatten sich schließlich auf den Tag genau, zehn Jahre nach ihrem Kennenlernen im kleinen Kreis vermählt. Nur wenige Verwandte waren gekommen. So eine Verbindung gehörte sich einfach nicht, das könne man nicht auch noch unterstützen, hörten sie von verschiedenen Seiten.

Seit dem waren sie gemeinsam durch viele Höhen und Tiefen des Lebens gegangen, wobei die Höhen bei Weitem überwogen. Sie waren ein durch und durch glückliches Paar.

»Ist das schön! Du bist ein Schatz, ich liebe dich, Marlies Schulte!«, unterbrach Rolf sie in ihrem Gesang. Sie hatte ihn gar nicht kommen hören.

»Du bist früh auf, Liebling. Ich habe mir heute besondere Mühe gemacht. Es ist immer wieder schön, uns zu feiern!«

»Ja, denk nur, heute vor fünfzig Jahren bist du in meine Klasse gekommen und ich habe sofort gewusst, die, und keine andere!« Bei diesen Worten umarmte Rolf sie und es fühlte sich an wie am ersten Tag.

Fürs gemeinsame Frühstück nahmen sie sich an diesem besonderen Tag noch mehr Zeit als gewöhnlich und schwelgten in Erinnerungen an ihre Jugendjahre. Sie waren sich einig, dass sie ausschließlich tolle Zeiten miteinander verbracht hatten. Eine Episode aus ihrem Leben jagte die andere. Dabei hatten sie beide rote Wangen und ein wunderbar warmes Gefühl durchflutete ihre Körper. Immer wieder griffen sie sich an ihren Händen, sodass sie zwischenzeitlich sogar das Frühstück vergaßen. Schließlich blickte Rolf auf die alte Standuhr in der Ecke des Esszimmers, runzelte seine Stirn und sagte: »Lass uns langsam fertigmachen, damit wir nicht zu spät wegkommen.«

»Ja, du hast recht, wir haben uns ja wieder verplaudert.«

Rolf stand grinsend auf, ging auf seine Frau zu und küsste sie sanft auf den Kopf.

»Sieh mal raus. Das Wetter ist herrlich, so wie wir es bestellt haben. Ideal für unseren Hochzeitstagsausflug ins schöne Limburg.«

Die Schultes machten seit ihrer Silberhochzeit jährlich an ihrem Ehrentag einen Ausflug in die historische Altstadt an der Lahn. Zwischendurch nahmen sie ihr Mittagsmahl in einem gutbürgerlichen Restaurant ein und kehrten nach einem ausgedehnten Spaziergang und einer Dombesichtigung, die sie jedes Jahr aufs Neue begeisterte, in ein gemütliches Café in einem jahrhundertealten Fachwerkhaus ein. Bei einem Stück Erdbeertorte mit Sahne überraschte Rolf diesmal seine Marlies mit der Idee, am Abend in die Spielbank Bad Homburg zu gehen.

»Au ja, das ist eine tolle Überraschung, mein Schatz! Das haben wir schon so lange nicht mehr gemacht. Wann war das noch? War das nicht zu deinem Sechzigsten?«

»Ja, richtig, Liebling. Damals hattest du so gar kein Glück und hast innerhalb von nur wenigen Minuten unser ganzes Abendbudget verspielt. Ich weiß noch, wie schnell wir das Casino wieder verlassen und unseren Kummer in einer Flasche Rotwein ertränkt haben.«

»Dass du mich auch immer daran erinnern musst, dass ich kein Spielglück habe, du Schuft! Aber trotzdem spiele ich doch so gerne, auch wenn ich immer verliere.«

»Deshalb gehen wir ja nicht so oft in die Spielbank. Stell dir vor, wir würden das jeden Tag machen, dann wären wir schon längst pleite und müssten auf der Straße leben.«

»He, he, mal den Teufel nicht an die Wand! Mir juckt es gerade so richtig in den Fingern. Du wirst sehen, heute habe ich zur Abwechslung Glück im Spiel, es kann ja nicht sein, dass immer nur du das gepachtet hast.«

»Dafür hast du doch immer Glück in der Liebe und das jeden Tag.«

»Als wenn ich da die Einzige wäre. Hihi, das größere Glück hast doch wohl eindeutig du!« Dabei beugte sich Marlies vor und gab Rolf einen innigen Kuss. Ihnen entging nicht, dass andere Besucher des Cafés sie anerkennend und vielleicht sogar ein wenig neidisch dabei beobachteten. Es kam nicht allzu oft vor, dass man ältere Paare noch derartig verliebt sah.

Am Abend machten sie sich besonders schick. Auch wenn die Kleiderordnung zum Missfallen einiger in den Casinos nicht mehr ganz so streng wie früher war, wollten sie ihrem gelungenen Ehrentag noch die Krönung aufsetzen und sich ganz traditionell herausputzen. Sie fühlten sich einfach besser und schuldeten es sich gegenseitig, sich von ihrer besten Seite zu zeigen. Rolfs Smoking passte ihm immer noch wie angegossen. Er hatte sich gut gehalten und stets Wert auf seine schlanke Linie gelegt.

Marlies trug ein weinrotes Abendkleid mit schwarzen Rüschen und sah nach dem Urteil ihres Mannes einfach nur bezaubernd aus. Der wertvolle Familienschmuck, den sie nur zu absoluten Festtagen anlegte, trug sein Übriges dazu bei, dass sie sich rundherum wohlfühlte, als sie sich stolz vor ihm präsentierte. Sie drehte sich einmal um ihre Achse und genoss Rolfs anerkennende Blicke.

Später am Abend im Casino geschah das völlig Unerwartete: Marlies hatte tatsächlich ebenso wie Rolf Glück im Spiel und gemeinsam unterhielten sie durch ihre gute Laune die übrigen Gäste am Roulettetisch, die sich, auch wenn sie weniger Spielglück hatten, gerne von dem strahlenden Jubiläumspaar anstecken ließen. Der Abend hätte nicht besser verlaufen können. Selbst wenn sie zwischendurch zwei, drei Spiele nichts gewannen und stattdessen ihren Einsatz verloren, kam umgehend wieder ein größerer Gewinn, der von den beobachtenden Gästen rund um sie herum sofort begeistert bejubelt wurde. Sie freuten sich für die Schultes und gönnten es ihnen von Herzen. Eigentlich hatten Rolf und Marlies gar nicht so lange spielen wollen, doch übersahen sie in ihrer Euphorie über ihre sprudelnden Gewinne völlig die Zeit.

Nach einem Blick auf die Uhr mussten sie kichern und sahen sich vielsagend an. Sie hatten wahrlich genug gespielt, doch war es bei so einem Lauf äußerst verlockend, immer weiterzumachen. Es war Rolf, der die Disziplin aufbrachte, und energischer auf seine Frau einredete, bis auch sie endlich vom Spiel ablassen konnte. Gemeinsam begaben sie sich schweren Herzens zur Kasse, um ihre Jetons in richtiges Geld umzutauschen. Das Plastikgeld klapperte vielversprechend in Rolfs Hosentaschen. Auch Marlies' Handtasche war fast randvoll. Die anschließende Abrechnung überraschte sie freudig: Ganze siebzehntausendvierhundertfünfunddreißig Euro wurde ihnen ausbezahlt. Ganz so viel hatten sie nicht erwartet, auch wenn die erhaltenen Jetons zuvor am Roulettisch immer größer geworden waren. Überschwänglich lagen sie sich in den Armen und hüpften wie glückliche Teenager zusammen auf und ab.

»Da kann ich Ihnen nur gratulieren und noch einen schönen Abend wünschen!«, verabschiedete der nette Spielbankmitarbeiter die Schultes.

»Danke, den werden wir haben, garantiert.«

Draußen vor dem Casino zog Rolf seine Marlies an sich und gab ihr einen dicken Kuss. »Wenn das mal kein gutes Zeichen ist für unser weiteres Leben. An unserem Ehrentag auch noch so ein großes Glück - unglaublich!«

»Ich kann es noch gar nicht fassen! Was machen wir bloß mit dem vielen Geld?«

»Da wird uns sicher was einfallen, keine Bange. Vielleicht eine Kreuzfahrt, bei der wir es uns so richtig gut gehen lassen? Oder doch die Safari durch die Serengeti, die wir uns oft vorgenommen, aber nie gemacht haben? Egal, das müssen wir nicht jetzt entscheiden. Lass uns zuhause noch ein Fläschchen aus dem Weinkeller genießen, dieser Abend darf einfach nie zu Ende gehen!«

»Ja, das machen wir auf jeden Fall. Selbst wenn wir morgen einen Kater haben, das ist es allemal wert. Ich fühle mich so großartig.«

In ihrem Überschwang bemerkten die Schultes den mit schwarzer Hose und rotem Shirt gekleideten Mann nicht, der im Kurpark hinter einem Busch kauerte. Sie blieben gerade wieder stehen, wie schon einige Male zuvor, um einen Kuss auszutauschen, als dieser zu ihnen vorschnellte und Rolf ohne jegliche Vorwarnung ein Messer in den Oberschenkel rammte. Dieser sackte mit einem Schrei zusammen und brauchte einige Sekunden, um zu realisieren, was sich gerade abspielte. Marlies wurde von der dunklen Gestalt zu Boden gerissen und landete unsanft auf dem Asphalt. Der Täter setzte ihr das blutige Messer an die Kehle und riss die Goldkette vom Hals. Die Ohrringe öffnete er nicht einmal, sondern zog sie jeweils mit einem Ruck an sich. Erst jetzt begann Marlies zu schreien, zuvor stand sie zu sehr unter Schock.

Das Aufschreien seiner Frau ließ Rolf den Schmerz im Oberschenkel vergessen. Die Sorge um sie mobilisierte ungeahnte Kräfte in ihm. Er richtete sich auf und trat, so fest er mit seinem verletzten Bein konnte, in Richtung des Mannes, der sich gerade nach getaner Arbeit von Marlies erhob. Rolf traf ihn mit seinen eleganten schwarzen Lederschuhen jedoch nur an der Hüfte. Auch war die Energie, die er in den Tritt legen konnte, nicht ausreichend genug, den Verbrecher ernsthaft zu verletzen. Dass der Tritt seinen Gegner nicht wie beabsichtigt am Solarplexus traf und stattdessen am Hüftknochen fast ohne Wirkung blieb, rächte sich umgehend. Der Gewaltverbrecher stieß nur ein unterdrücktes »Hahaha« aus und rammte Rolf das

Messer in den Bauch. Das dünne Hemd bot der rasiermesserscharfen Klinge keinerlei Widerstand. Nachdem das Messer tief in Rolfs Körper steckte, drehte sich der düstere Mann zu Marlies um, blickte ihr direkt in die Augen und fauchte: »Sieh dir genau an, was ich mit jemandem mache, der sich mir in den Weg stellt ...«

Mit weit aufgerissenen Augen sah Marlies den Angreifer an, als dieser ankündigte: »Ich werde deinen Schatz nun ausweiden wie ein Stück Schlachtvieh, und du wirst alles beobachten!«

Marlies Schulte bekam nicht mehr mit, wie der Täter das Messer in Rolfs Körper mit einem heftigen Ruck hoch in Richtung seines Brustkorbs zog und dabei vernichtende Schäden an dessen Organen bewirkte. Ihre Nerven ließen dies nicht mehr zu. Sie fiel in Ohnmacht.

Nächtliche Ruhestörung

»Chef, kommen Sie schnell!« Hauptkommissar Dieter Rebmann konnte deutlich die Aufregung in der Stimme von Anja Becker hören.

»Was ist los? Warum stören Sie mich, es ist mitten in der Nacht? Ich hoffe, Sie haben einen guten Grund, mich aufzuwecken!«, trompetete er in den Hörer.

»Ein Mord, Chef, ein Mord!«

»Verflucht!«

»Ja, Chef, wir haben einen Mord im Kurpark.«

Dieter Rebmann war umgehend hellwach, schaltete den Lichtschalter über seinem Bett ein. »Einen Mord im Kurpark? Erzählen Sie alles, was Sie wissen, Becker!«

Die etwas pummelige Rothaarige, die zu seinen vielversprechendsten Mitarbeitern gehörte, nahm wahr, dass ihr Vorgesetzter sie auf laut gestellt hatte. Wahrscheinlich brauchte er seine Hände frei, um sich anzuziehen. Ein Mord in Bad Homburg, das war Chefsache und doch hatte sie anfänglich nicht gewusst, ob sie ihn tatsächlich aus dem Schlaf holen sollte. Seinen Mitarbeitern gegenüber war er immer so aufbrausend. Nur dieser Journalist, dieser Armin Anders, konnte sich anscheinend alles erlauben, ohne dass der Chef aus der Fassung geriet. Das würde sie wohl nie verstehen.

»Der Anruf kam um 1.47 Uhr«, berichtete sie weiter. »Ein Besucher der Casino Lounge sprach von einer großen, dunklen

Gestalt mit schwarzer Hose und einem roten Oberteil, der einem älteren Paar im Kurpark auflauerte und sie dann angriff.«

Ein Blick auf seine Uhr beruhigte den Hauptkommissar. Er hatte seine Mitarbeiter gut im Griff, sie wussten, was Chefsache war und hatten ihn umgehend informiert. Doch ein Mord in seiner Stadt? Das noble Bad Homburg war nicht gerade als Hochburg des Verbrechens bekannt, eher das genaue Gegenteil. Und nun soll tatsächlich jemand im Kurpark ermordet worden sein?

Anja Becker, die ihren Chef so schnell wie möglich am Tatort wissen wollte, berichtete ihm gehetzt, was sie wusste. Einen Mord hatte sie noch nie bearbeitet und fühlte sich überfordert.

»Danke, Becker. Ist der Anrufer noch vor Ort? Haben wir schon seine Personalien?«

»Ja, es ist ein Geschäftsmann aus Frankfurt. Sein Name ist Arno Wittig.«

»Ich bin in fünf Minuten da. Ich will ihn persönlich sprechen. Haben Sie die Spurensicherung schon informiert?«

»Ja, die Kollegen von der kriminaltechnischen Untersuchung sind im Anmarsch. Wir haben den Tatort gesichert, aber um die Zeit sind ohnehin kaum Leute unterwegs. Die Ehefrau des Opfers wird gerade medizinisch versorgt. Ihr ist soweit nichts passiert, aber steht natürlich unter Schock.«

»Alles klar, bis gleich.«

***

Der Zeuge Arno Wittig saß mit seiner Begleitung, die wie Espenlaub zitterte, auf einer Bank im Kurpark in der Nähe des Casinos. Er nahm sie in den Arm und versuchte, sie zu beruhigen: »Alles ist gut, Baby, alles ist gut.«

»Wie kann alles gut sein? Hast du nicht gesehen, wie er ihn aufgeschlitzt hat?« Die Verzweiflung sprach aus ihren Worten.

»Doch, und mir graut auch davor, aber solche Dinge passieren leider. Ich bin froh, dass uns nichts passiert ist.«

»Das ist ja das, was mich am meisten fertigmacht. Vielleicht hätte es uns getroffen, wenn wir nur ein oder zwei Minuten später aus dem Klub gekommen wären.«

»Vielleicht ja, vielleicht nein. Die Polizei wird das schon herausfinden. Hast du nicht gesehen, wie schnell die vor Ort waren? Kaum hatte ich sie angerufen, haben wir auch schon die Sirene gehört. Die Jungs sind auf Zack.« Die blonde Doris schluchzte nur in sich hinein, also sprach Arno weiter: »Für mich sah das aus, als hätte der Täter gezielt auf dieses Paar gewartet.«

»Aber hast du nicht gesehen, wie diese Bestie nach seiner Tat sowohl den Mann als auch dessen Frau ausgeraubt hat? Der hatte es bestimmt nur auf deren Wertsachen abgesehen. Das hätte auch uns treffen können. Heutzutage ist doch ein Menschenleben nichts mehr wert.«

Das Geräusch sich nähernder Schritte hinderte Arno Wittig am Antworten. Er sah auf und bemerkte zwei Personen auf sie zukommen.

»Hauptkommissar Dieter Rebmann, meine Kollegin Anja Becker kennen Sie ja bereits. Herr Wittig, nehme ich an?«

Arno Wittig nickte nur stumm mit dem Kopf und sah den Kommissar erwartungsvoll an.

»Herr Wittig, bitte schildern Sie mir noch einmal genau, was Sie beobachtet haben.«

»Ich habe doch alles schon Ihrer Kollegin erzählt, aber bitte, wenn es sein muss. Wir kamen in guter Stimmung aus der Casino Lounge und gingen ein paar Schritte um die Ecke herum auf diesen Weg. Ich bemerkte, dass mein Schnürsenkel offen war, also blieben wir kurz stehen und ich band ihn wieder zu. Als ich aufblickte, sah ich dieses ältere Paar aus dem Casino kommen. Ich unterhielt mich noch ein wenig mit meiner Begleitung. In der

Zeit ging das Paar an uns vorbei und war vielleicht hundertfünfzig Meter vor uns, als wir weitergingen. Dann sahen wir eine dunkle Gestalt aus dem Gebüsch herausspringen und sich auf den Mann stürzen.« Bei diesen Worten blickte der Zeuge auf die Stelle des Überfalls, als wenn er sich den Tathergang noch einmal vor sich sah. »Er hatte ...«

»Er hat ihn abgestochen, einfach so!«, unterbrach Doris ihren Freund. »Er hat das Messer genommen und zugestochen!«, schrie sie fast hysterisch ihre Verzweiflung heraus. Dieter Rebmann sah den erbärmlichen Zustand der jungen Frau und bat Anja, sie zur Sicherheit zum Sanitäter zu begleiten.

»Es ist besser, wenn Sie sich vorerst ein wenig Ruhe gönnen. Wir werden morgen im Präsidium Ihre Aussage aufnehmen, Frau ...«

»Mahnkopp, sie heißt Doris Mahnkopp«, sprang Arno Wittig helfend ein. Er war froh, dass sich jemand um seine Begleitung kümmerte. Er fühlte sich außerstande, sie zu beruhigen und ihr in dieser Situation beizustehen. Er hatte sie erst zwei Tage zuvor kennengelernt und wusste nicht viel von ihr. Er hatte selbst genug mit dem zuvor Gesehenen zu kämpfen. Gleichzeitig durchschaute er das Bemühen des Kommissars, sie getrennt befragen zu wollen.

Bittere Wahrheit

Ein ähnlicher Zettel wie das letzte Mal. Er lag unauffällig unter seiner Post, doch hatte er es wieder in sich. Armin Anders nahm ihn aus dem Briefkasten, drehte ihn um und erschrak: *Die Bestie hat zugeschlagen - ich hatte euch gewarnt!*, stand dort zu lesen. Nur um seine Vermutung bestätigt zu bekommen, griff er zum Telefon und wählte die Nummer seiner Schwester.

»Guten Morgen, Daniela, geh mal bitte zu deinem Briefkasten.«

»Was ist denn jetzt schon wieder? Eine Nachricht über unseren neuen Nachbarn? Hast du eigentlich schon herausgefunden, ob da etwas dran ist?«

»Jein, aber geh bitte erst mal nachsehen!«

»Ja, ja, bin doch schon unterwegs.«

»Gut, ich bin zwar sicher, dass du ihn auch bekommen hast, aber es ist besser, die Bestätigung zu haben.«

Armin hörte durchs Telefon Schlüssel aneinanderklirren und das Öffnen eines Briefkastens, dann ertönte Danielas schrille Stimme: »Himmel, was hat das denn zu bedeuten?«

»Schön, dass du auch Post bekommen hast«, meinte Armin ironisch.

»Du glaubst das doch nicht etwa, oder?«

»Doch, ich glaube es. Werde gleich mal mein Netzwerk anzapfen und herausfinden, was heute Nacht passiert ist.«

»Rufst du deinen Schulfreund Dieter an?«

»Nein, der würde mir ohnehin nur was von Schweigepflicht und so erzählen. Außerdem hätte Dieter sicher wieder die natürlich völlig unbegründete Angst, dass ich mich erneut in seine Arbeit einmische.«

»Ja«, kicherte Daniela, »da hast du sicher recht, aber wie willst du es denn sonst herausfinden?«

»Ich hab da so meine Mittel und Wege, das weißt du doch.«

Sie konnte sein verschmitztes Grinsen deutlich vor sich sehen. Nie würde sie herausfinden, wie ihr Bruder das immer machte.

»Komm, tu nicht so geheimnisvoll und sag mir, wen du anrufst.«

»He, he, ich habe auch meine Schweigepflicht.«

»Arschloch!«

»Ich habe dich auch lieb, Schwesterherz!«

Damit war das Gespräch beendet. Armin Anders, der nur kurz vor dem Kochen die Post reinholen wollte, vergaß den Hunger und schwang sich auf sein Mountainbike. Es gab Dinge, die musste er persönlich erledigen. Auf telefonischem Weg würde das nicht gehen.

Armin klingelte im dritten Stock des Mehrfamilienhauses im Stadtteil Kirdorf. Wie immer ließ ihn Manfred Wegener warten. Der Nerd war viel zu sehr in seine Arbeit und seine Gedanken vertieft, als dass er gewöhnlich die Klingel an der Tür schon beim ersten Mal hörte. Meist musste Armin drei- oder gar viermal klingeln, bevor sein Freund sich von den Monitoren trennte. Endlich hatte er die Klingel gehört und kam zur Tür, öffnete sie und brachte nur ein schnelles »Hi« heraus.

»Schön, dich zu sehen, Manfred, ich wollte ...«

Manfred Wegener ging, ohne zu hören, was Armin von ihm wollte, wieder durch den Flur in sein Arbeitszimmer zurück. Er schlurfte dabei laut mit den Schuhen. Es hätte keinen Sinn gehabt, ihm nachzurufen. Wenn Manfred beschäftigt war, war er beschäftigt und ließ sich durch nichts stören. Also schloss Armin die Haustür hinter sich und folgte seinem Freund aus Kindertagen in dessen Arbeitszimmer. Der klimatisierte Raum war überall mit Servern, Monitoren und allerlei sonstigem technischen Gerät vollgestellt. Armin setzte sich auf den zweiten Stuhl, nachdem er die dort liegenden Zeitschriften, Speicherkarten und Motherboards mangels eines anderen freien Platzes einfach auf den Boden gelegt hatte. Er wartete und beobachtete Manfred an dessen Tastaturen. Nach gut zehn Minuten blickte dieser das erste Mal auf und sah Armin kurz geistesabwesend in die Augen. Dann widmete er sich wortlos wieder ganz seinen Monitoren, auf denen Dinge vor sich gingen, von denen Armin keinerlei Ahnung hatte. Er wusste, dass es besser war, Manfred nicht zu stören. Jeder andere hätte in Anbetracht eines solch ignoranten Verhaltens wohl längst aufgegeben, doch Armin harrte aus. Er kannte seinen eigenwilligen Kumpel wie niemand sonst.

Eine halbe Stunde später ballte Manfred die Faust und rief »Strike!« Dann fragte er fast ansatzlos: »Was willst du?«

»Wir müssen herausfinden, ob heute Nacht in Bad Homburg ein Mord geschehen ist.«

Manfred runzelte wegen dem *Wir* kurz seine Stirn und hämmerte sogleich wild auf eine der Tastaturen. Sie lagen vor ihm auf dem Schreibtisch, an dessen Ende sich eine Monitorwand mit sechs Bildschirmen befand. Hatte er sich anfänglich noch öfter über Armins oftmals bizarre Anliegen gewundert, hatte er schon vor Jahren aufgehört, sich darüber Gedanken zu machen. Sein Freund war ein guter Kerl und würde nie seine Datenmacht missbrauchen, das wusste er. Ein paar Klicks, dann Eingaben auf einer anderen Tastatur und, wieder ein paar Klicks. Dann blickte er Armin grinsend an.

»Du hast es herausgefunden, Manfred?«

»Ja, ein Mord im Kurpark. Der Notruf ging bei der Polizei um 1.47 Uhr ein. Die Zeugen Arno Wittig und Doris Mahnkopp haben einen großgewachsenen Mann in schwarzer Hose und einem roten Oberteil dabei beobachtet, wie er das Ehepaar Rolf und Marlies Schulte, beide fünfundsechzig Jahre alt, überfallen und ausgeraubt hat. Rolf wurde dabei brutal niedergestochen und ist seinen Verletzungen erlegen. Marlies liegt mit einem Nervenzusammenbruch in der Hochtaunusklinik und ist bislang nicht ansprechbar. Der mutmaßliche Täter soll dunkles, gekraustes Haar und ein südländisches Aussehen haben.«

Armin Anders pfiff durch die Zähne.

»Kannst du mir die Adresse der beiden Zeugen ausdrucken?«

»Ausdrucken tu ich dir gar nichts, das weißt du doch, aber du kannst sie dir aufschreiben.«

Manfred Wegener war Autodidakt, schon als Jugendlicher hatte er ständig an Computern herumgebastelt und war als Mann der ersten Stunde einer der Internetpioniere in diesem Land gewesen. Es gab nichts in der IT-Welt, mit dem er sich nicht auskannte. Selbst das Bundeskriminalamt fragte hin und wieder seine Dienste an, wenn deren Spezialisten nicht mehr weiterkamen. Er verstand es perfekt, bei seinen Recherchen keinerlei Spuren zu hinterlassen, umso unverständlicher war es ihm nun, dass Armin so gedankenlos war, er könne solch einen Anfängerfehler begehen. Kopfschüttelnd nannte er seinem Kumpel die geforderten Adressen. Anschließend erkundigte er sich nach dem Wohlbefinden von Armins Schwester, die seit er denken konnte, seine heimliche Liebe war.

»Danke dir, Daniela geht es wieder gut. Sie hat die ganze Geschichte mit Jason recht gut verarbeitet. Ruf sie doch einfach mal an ...« Dabei grinste Armin ihn frech an, wohlwissend, dass Manfred das niemals machen würde. Für ein normales zwischenmenschliches Gespräch mit irgendjemand anderem als ihm selbst war er kaum fähig. Und doch erkundigte Manfred sich nach Daniela, wann immer sie sich trafen.

Der Mörder

Armin Anders lehnte sein Mountainbike an die Hauswand. Er dachte noch kurz daran, es irgendwo zu sichern, befand dann aber, dass es komisch aussähe, sein Rad auf einem fremden Grundstück anzuketten, dessen Bewohner er nicht einmal kannte. Noch nicht. Er ging die Treppe auf der rechten Seite hinunter, die zur Einliegerwohnung führte. Links von der weißen Eingangstür befand sich eine Klingel mit dem Namen *Luka Basler*. In das Schild war lediglich ein weißes Stück Pappe geschoben, auf dem der Name mit Kugelschreiber geschrieben stand.

Als die Tür ein paar Sekunden nach seinem Klingeln geöffnet wurde, zuckte Armin kurz zusammen. Der Mann im Haus trug einen roten Pullunder über einer schwarzen Hose und hatte dunkle gekräuselte Haare. Er passte perfekt auf die Beschreibung, die sein Freund Manfred Wegener kaum eine halbe Stunde zuvor aus der Polizeikorrespondenz vorgelesen hatte. Konnte das ein Zufall sein? Wohl eher nicht. Er fühlte sich plötzlich unwohl in seiner Haut, wurde nervös und spürte, wie er zu schwitzen begann. Auch wenn er immer wieder mal mit Verbrechen zu tun hatte, war er alles andere als ein Held. So fiel ihm in manchen Situationen auch schon mal das Herz in die Hose, genau wie jetzt.

Der Mann in der Tür hatte bis dato noch kein Wort gesprochen, sah ihn nur fragend an, vermittelte aber den Eindruck, dass auch er sich nicht gerade wohl in seiner Haut fühlte.

Armin konnte es nicht lassen, ihn weiterhin anzustarren, und rang mit seinen Worten. Die Zeit schien stehen zu bleiben. Die Männer taxierten einander, bis die Stille unerträglich wurde. Am liebsten wäre Armin sofort davongelaufen. Entgegen seinem natürlichen Instinkt riss er sich jedoch zusammen. »Guten Tag, Herr Basler, mein Name ist Armin Anders. Herr Schneider hat mich gebeten, bei Ihnen vorbeizuschauen.«

»Herr Schneider? Verstehe, und wer sind Sie?«

Trotz seiner eigenen beklemmenden Gefühle konnte Armin erkennen, dass die Nervosität sich bei seinem Gegenüber ebenfalls hartnäckig hielt.

»Ich bin Journalist.«

»Journalist?« Armin konnte sehen, wie Luka Basler noch nervöser wurde.

»Ja. Kann ich reinkommen?«

Der südländisch aussehende Mann musterte Armin von oben bis unten, um ihm dann wieder direkt in die Augen zu sehen.

»Was wollen Sie, Herr ..., wie war noch mal Ihr Name?«

»Anders, Armin Anders. Wir sollten uns mal unterhalten und sehen, wie wir Schlimmeres verhindern können. Viele Bad Homburger Bürger sind beunruhigt, weil jemand publik gemacht hat, dass Sie hierhergezogen sind. In unserer Stadt will man in Frieden miteinander leben. Die einzig große Aufregung bisher war der RAF-Anschlag auf Alfred Herrhausen und das ist mittlerweile über zwanzig Jahre her. Herr Schneider hatte mich gebeten, meine Kontakte spielen zu lassen, damit keine Hetzkampagne gegen Sie beginnt.«

»Keine Hetzkampagne beginnt? Wie bezeichnen Sie denn das mit den Flugblättern, das ist doch bereits übelste Hetze.«

»Schon, aber es könnte noch viel schlimmer werden, also lassen Sie uns gemeinsam überlegen, was wir dagegen unternehmen können.«

»Also gut, kommen Sie herein.«

Nachdem Luka Basler die Tür geschlossen hatte, fragte er: »Wollen Sie ein Wasser?«

»Gerne«, antwortete Armin, obwohl er kein großer Wassertrinker war. Doch wollte er die Gelegenheit nutzen, Zeit zu gewinnen, um sich ein wenig umzusehen, bis Basler mit den Gläsern zurückkam. Er musste versuchen, ein Gefühl für diesen Menschen zu entwickeln, auch wenn er durch die Wohnung, in die der frühere Straftäter erst ein paar Tage zuvor gezogen war, kaum etwas herausfinden würde, wie er sich selbst eingestehen musste. Armin beruhigte sich allmählich, zumindest hielt er es inzwischen für unwahrscheinlich, dass sein Gastgeber ihm gegenüber in dieser Situation gewalttätig werden könnte.

Luka Basler kam ins Wohnzimmer zurück und stellte das Wasserglas auf den Tisch. »Es stört Sie hoffentlich nicht, wenn ich rauche? Die ganze Anspannung lässt mich mehr rauchen, als mir lieb ist, aber ich kann nichts dagegen tun«.

»Nein, natürlich nicht, Sie sind hier zu Hause. Ich habe auch schon so oft versucht, mir das Rauchen abzugewöhnen. Es wird mir wohl nie gelingen.«

Nachdem Luka Basler Armin wortlos eine Zigarette rübergereicht hatte, nahm er selbst einen tiefen Zug: »Wissen Sie, ich war so froh, als Dennis mir die Wohnung hier vermittelt hatte. Tolle Gegend, fernab jeglichen Gettos. Von so einem Neuanfang kann man im Knast nur träumen. Und dann passiert so etwas.«

»Haben Sie eine Ahnung, wer hinter der Aktion stecken könnte?«, fragte Armin und realisierte erst nach der Formulierung seiner Frage, dass er intuitiv annahm, dass Luka Basler nichts mit dem Mord im Kurpark zu tun hatte.

»Ich zermartere mir schon ständig den Kopf. Aber außer meinem Bewährungshelfer und dessen Großtante, der dieses Haus gehört, kennt niemand meinen Aufenthaltsort.«

»Und Sie haben es keinem im Gefängnis erzählt?«

»Ich hatte in der Justizvollzugsanstalt nicht viel Kontakt zu anderen Insassen, und nichts liegt mir ferner, als mich mit irgendjemandem von dort weiterhin auszutauschen. Ich wollte einen sauberen Neustart ohne jeglichen Bezug zu dieser unsäglichen Zeit.«

»Das kann ich verstehen. Sie wissen aber schon, dass das Einwohnermeldeamt durchaus weiß, wo Sie die letzten Jahre gelebt haben?«

»Mist, daran habe ich gar nicht gedacht, aber irgendwoher muss der Zettelschreiber es ja wissen.«

»Es ist unwahrscheinlich, dass jemand von der Stadt das ausgeplaudert hat, die nehmen ihren Beruf und ihre Schweigepflicht hier sehr ernst. Aber Sie wissen ja selbst, die Unterwelt findet immer Mittel und Wege, um an Informationen zu gelangen.«

»Ich habe von so etwas nicht viel Ahnung, auch wenn ich gesessen bin. Wie schon gesagt, ich hatte kaum Kontakt zu anderen Insassen.«

»Warum denn das? Haben Sie Ihre Tat so sehr bereut, dass Sie sich innerlich zurückgezogen haben?«

»Ich war es nicht, ich bin kein Mörder!«

Armin konnte seinen Ohren nicht trauen und musterte den Mann mit dem roten Pullunder misstrauisch, aber auch neugierig. Was gäbe er dafür, ihm in diesem Augenblick hinter seine Stirn schauen zu können.

»Können Sie mir erklären, wie Sie das meinen? Sie saßen doch meines Wissens nach wegen dem Mord an Markus Stemmler und wurden nach neun Jahren wegen guter Führung entlassen?«

»Sie haben Ihre Hausaufgaben gemacht, Herr Anders, aber seien Sie versichert, ich habe noch nie in meinem Leben jemanden umgebracht!«

»Wenn ich nicht schon sitzen würde ... Sie wollen mir also allen Ernstes weismachen, dass Sie Opfer eines Justizirrtums sind?«

Die Geschichte, die Luka Basler ihm nun erzählte, sollte den Journalisten die nächsten Wochen intensiv beschäftigen. Die ganze Zeit musterte er den ehemaligen Insassen der Justizvollzugsanstalt Preungesheim mit Argusaugen. Er versuchte, jede Regung in dessen Gesicht zu erkennen und entsprechend zu würdigen. Seine Menschenkenntnis gab ihm das Gefühl, dass Luka nicht log, doch sein Verstand sagte ihm ständig etwas anderes. Solch eine Geschichte durfte nicht wahr sein. Er hatte schon viel erlebt, doch dass ein Mensch so weit gehen würde, mochte er nicht so recht glauben. Hatte Luka nicht damals den Mord gestanden? Wie passt das mit seiner nun angeblichen Unschuld zusammen? Er würde sich die Akte noch einmal intensiv ansehen. Fürs Erste hatte er ausreichend Eindruck von dem neuen Bad Homburger Bürger bekommen und verabschiedete sich von Luka Basler.

Auf dem Rückweg zu seinem Haus rief er Stefan Gottlieb an, den Gründer und Administrator der Bad Homburg Gruppe auf Facebook. Dieser meldete sich nach nur zweimal Klingeln: »Gottlieb!«

»Hallo Stefan, Armin hier, Armin Anders.«

»Hi Armin, das ist ja eine Überraschung. Lange nichts mehr von dir gehört.«

»Ja, du weißt ja, wie das ist. Irgendwie kommt man heute zu gar nichts mehr, seitdem wir immer und überall erreichbar sind. Es wird einfach alles zu viel und man vernachlässigt nur allzu leicht seine wahren Freunde.«

»Wem sagst du das, Armin, wem sagst du das. Aber erzähl doch, wie geht es dir?«

»Kann soweit nicht klagen und wenn, dann würde es eh nichts helfen. Aber ganz ehrlich: Ich bin beunruhigt über die derzeitige Entwicklung in unserer Stadt.«

»Du meinst den Mord letzte Nacht?«

»Ja, den meine ich.«

»Weißt du da etwa wieder mehr als andere? War das ein reiner Raubmord, oder steckt da etwa mehr dahinter?«

»Nein, ich habe keine weiteren Kenntnisse über die Tat. Es ist auch eher das, was im Augenblick drumherum passiert, das mir Sorgen bereitet.«

»Was meinst du genau? Lass dir doch nicht jedes Haar einzeln aus der Nase ziehen.«

»Es geht ganz konkret um das, was in deiner Gruppe geschrieben wird. Das sind nicht nur Beschuldigungen, das ist schon eine regelrechte Hetzkampagne.«

»Ach du Schande. Ich war heute noch gar nicht online, da ich viel um die Ohren hab. Wenn mich Gisela nicht vorhin angerufen hätte, wüsste ich nicht einmal etwas von dem Raubmord im Kurpark. Ich komme gleich zu Hause an und werde sofort in der Gruppe nachsehen. Aber Hetzkampagne hört sich gar nicht gut an.«

»Ok, das erklärt, warum du bisher nicht eingegriffen hast. Das muss schnellstens aufhören, bevor noch Schlimmeres passiert.«

»Gegen wen wird denn gehetzt?«

»Hast du etwa heute auch noch keine Post gelesen?«

»Wie gesagt, ich komme gleich erst nach Hause. Als ich am Morgen weg bin, war die naturgemäß noch nicht da. Was ist denn in der Post? Wieder so ein anonymer Hinweis wie vor ein paar Tagen?

»Ja, genau. Nur diesmal ist es sogar die konkrete Anschuldigung, dass dieser neue Nachbar der Mörder vom Kurpark sein soll.«

Armin hörte, wie Stefan durch die Zähne pfiff. Kurzes Schweigen, dann fragte sein Gesprächspartner: »Und was hältst du von dieser Sache, Armin?«

»Primär halte ich erst einmal gar nichts davon. Jemand der anonyme Zettel verteilt, hat meist einen guten Grund dafür, dies nicht öffentlich, sondern auf eine feige Art zu machen, indem er seine Identität nicht preisgibt. In unserem Land gilt immer noch die Unschuldsvermutung. Abgesehen davon ist es wohl ziemlich klar, dass dies von Anfang an eine gezielte Hetze war. So etwas dürfen wir in der freien Welt einfach nicht dulden. Wir haben schon genug Schurkenstaaten mit üblen Regierungen, die ihre Völker durch Hetze, Einschüchterung und Lügen manipulieren und in ihre Schranken verweisen. Du musst etwas gegen diese Hetze in deiner Gruppe unternehmen!«

»Ja, das stimmt. Wie gesagt, ich sehe es mir an, aber was du hier so von dir gibst, beunruhigt mich gerade sehr. Am Besten werde ich den Thread schließen, natürlich nicht ohne eine entsprechende Erklärung abzugeben, und auch darauf hinweisen, dass jeder, der andere beschuldigt, ohne Beweise zu haben, umgehend aus der Gruppe entfernt wird. Das sollte zumindest mal auf Facebook für etwas Ruhe sorgen.«

»Danke, das wollte ich hören. Du wirst gleich sehen, was ich meine, wenn du dir die Diskussion dort anschaust.«

»Gut, Armin, ich bin angekommen und gehe gerade ins Haus. Danke für deinen Anruf. Wer weiß, vielleicht hätte ich sonst zuvor noch etwas anderes erledigt. Ich werde mich gleich darum kümmern. Mach's gut und melde dich mal wieder bei einem etwas erfreulicheren Anlass.«

»Gerne Stefan, bis bald.«

Little Africa in Mainz

Christian Egbuna sah sich in der Runde um. Wie so oft waren in seinem Wohnzimmer weit mehr Personen versammelt, als der Raum aufnehmen konnte, damit jeder auch nur ein wenig seiner natürlichen Komfortzone behielte. Doch das störte hier niemanden. Wer immer in der Nähe war, schneite bei ihm herein, um Hallo zu sagen, den neusten Tratsch zu verbreiten oder einfach, weil er nichts Besseres zu tun hatte. Andere wollten lediglich unbeobachtet einen Joint rauchen.

Sie alle kamen aus Afrika, teilweise aus unterschiedlichen Ländern, doch die meisten von ihnen aus Westafrika wie er selbst, ein paar Kenianer, eine Somalierin, andere aus Zentralafrika.

Bobby aus Nigeria suchte einen Studienplatz, doch die, die er bekommen konnte, waren ihm zu weit weg und einer in der Nähe erschien inzwischen unerreichbar. Er wusste nicht, was er machen sollte und diskutierte dies mit der heißen MyLove aus Zaire. Warum man sie so nannte, wusste niemand, doch sah sie aus wie die Versuchung in Menschengestalt.

Christine regte sich gerade lauthals über ihren untreuen Gatten auf, den sie am Tag zuvor mit einem Flittchen aus Angola im Bett erwischt hatte. Dass sie wiederum eben erst bei ihrem deutschen Sponsor gewesen war, dem sie einmal wöchentlich gegen harte Münze ihre Liebesdienste anbot, erwähnte sie beflissentlich nicht. Dies ging schon seit Monaten so und ihr Ehemann hatte nie etwas davon mitbekommen.

Lilian aus dem Kongo nahm den meisten Platz in Anspruch. Wenn sie sich auf der dunkelroten Couch niederließ, auf der sich normalerweise bis zu fünf Personen drängten, hatten nur noch drei neben ihr Platz. Ihre dauernden Schwangerschaften bemerkte angesichts ihrer Leibesfülle ohnehin kaum noch jemand. Sie hatte schon acht Kinder von fünf unterschiedlichen Vätern. Ein Ende war nicht abzusehen.

Alle Anwesenden verbanden ihre unerschütterliche Lebensfreude und ihr grenzenloser Optimismus, dass morgen alles besser werden würde. Halleluja.

Alkohol gab es bei Christian, der ursprünglich aus Lagos stammte, immer. Das wussten alle, und nutzten es aus, wenn sie mal klamm waren. Doch meist brachten sie selbst ein oder zwei Flaschen Hochprozentiges mit und teilten. Gegen Monatsende wurden die Zusammenkünfte in Mainz immer trockener.

Dass Christians Wohnung zum Treffpunkt vieler Afrikaner in Mainz geworden war, hatte sich einfach so ergeben. Jeder fühlte sich hier wohl und bekam freundliche Worte. Keiner wurde an der Tür abgewiesen. Sie waren sich im Großen und Ganzen einig und wenn nicht, flog auch schon mal eine Flasche oder ein anderer harter Gegenstand in Richtung des vermeintlichen Störenfrieds. Man hatte seine eigenen Regeln und irgendwie funktionierte es meistens gut in dem bunten Haufen.

Christian Egbuna war ein Kind Gottes, wie er sich selbst bezeichnete. Er war dem Schöpfer zutiefst dankbar und betete mehrmals täglich. Sein Glaube hatte schon so viele Berge versetzt, dass er auch nicht eine Sekunde an der Existenz des Herrn zweifelte. Sein Handicap, das er seit seiner Kindheit als Bettelkind im Moloch Lagos mit sich trug, überspielte er geschickt, kaum jemand bemerkte es noch.

Christians Mutter hatte ihre gerechte Strafe erhalten. Sie war in einer der Lehmhütten eines Dorfes in der Nähe von Lagos zu

Tode gekommen. Sie war die Dorfhure gewesen, und obwohl jeder in der Siedlung im geschlechtsfähigen Alter sie schon benutzt hatte, trauerte ihr niemand auch nur eine Träne nach. Auf der Beerdigung damals hatte das freilich anders ausgesehen. Der Trauerzug war lang und jeder hatte ein mindestens ebenso langes Gesicht aufgesetzt. Doch alle wussten, sie war ein schlechter Mensch gewesen und Gott hatte sie dafür bestraft. Wer ihr damals in ihrer dunklen Hütte die Kehle durchgeschnitten hatte, wurde nie geklärt. Es interessierte auch niemanden sonderlich, nicht einmal ihren Sohn Christian, den sie im Alter von sechs Jahren verstümmelt hatte, damit er für sie mehr Geld erbetteln konnte.

Christian Egbuna hatte erst Jahre später in Deutschland vom Tod seiner Mutter Sulola erfahren und das nur über Umwegen. Die Frau, von der damals eine Gruppe Nigerianer am Nebentisch im Asylantenheim in Gießen erzählten, musste seine Mutter sein. Das wurde ihm schnell klar, als er eher unfreiwillig das Gespräch mithörte. Anfangs versuchte er, sich auf etwas anderes zu konzentrieren. Er hatte sie so satt, diese schlechten Geschichten aus Nigeria, wollte sie hinter sich lassen und stattdessen ein neues Leben in Deutschland aufbauen. Obwohl er gedankenversunken auf den Schaum des Kaffees vor sich gestarrt hatte, war es ihm, als würde er den Namen eines Schulfreundes vernehmen. Dies ließ ihn seine Ohren spitzen. Ein paar Sätze später, wusste er sicher, diese Männer sprachen über sein Dorf. Es dauerte nicht lange, und das Gespräch kam auf seine Mutter, die Dorfhure, und deren grauenhaften Tod.

Angespannt hatte er das Gespräch verfolgt, so gut es angesichts der Geräuschkulisse im Aufenthaltsraum möglich war, ohne sich daran zu beteiligen oder gar zu offenbaren, dass er die Personen kannte, über die gesprochen wurde. Während er lauschte, spielten seine Gefühle Achterbahn mit ihm. Ja, sie war ein schlechter Mensch gewesen und hatte ihn sogar aus eigener Profitgier verstümmelt. Das machte kein normaler Mensch, das war einfach nur abgrundtief böse und skrupellos. Aber sie war auch seine Mutter gewesen. Die Frau, die ihn neun Monate in sich getragen und schließlich auf die Welt gebracht hatte. Das verbindet.

War er nun traurig oder erleichtert über ihren Tod? Er konnte es nicht richtig einordnen. Wahrscheinlich von beidem ein bisschen. Christian hatte sich die letzten Jahre oft Gedanken dazu gemacht und versucht, in sich hineinzuhören, doch er kam mit den widersprüchlichen Gefühlen nicht klar. Gesprochen hatte er seit seiner Kenntnis über ihren Tod mit niemandem darüber. Die Heimat hatte er lange hinter sich gelassen, auch wenn sie ihn nie richtig losließ und er sich ein kleines Afrika in Mainz geschaffen hatte. Doch dies war ein Afrika weit entfernt von seiner eigenen Stadt, die er so verabscheute, dass er nichts von ihr hören wollte. Er umgab sich bewusst nicht mit Nigerianern, wenn es sich irgendwie vermeiden ließ.

Jahre später hörte nun im allgemeinen Geräuschpegel in seiner Wohnung in Mainz kaum jemand das Läuten an der Tür. Niemand beachtete es. Jeder war viel zu sehr damit beschäftigt, mit seiner eigenen Stimme die der anderen zu übertönen. Einige tanzten zur lauten Lingala Musik und grölten vor sich hin, zwei Männer waren in ihrem Alkoholrausch eingeschlafen und ein Pärchen zog sich auf dem Balkon einen fetten Joint durch die Lunge.

Christian stieg über die am Boden liegenden Flaschen und verschwand im Flur, um die Tür zu öffnen. Niemand wunderte sich, dass er nicht mehr da war, sie waren viel zu sehr mit sich selbst beschäftigt. Erst eine geschlagene Stunde später kam er bleich ins Wohnzimmer zurück. Er schaltete die Musik aus und schrie: »Raus! Alle zusammen raus hier!«

Selbst die beiden eingeschlafenen Männer waren sofort wach. Solch einen energischen Ruf hatten sie nie zuvor aus dem Mund ihres sonst so sanftmütigen Freundes vernommen. Alle sahen sich verwundert an und doch war jedem schlagartig bewusst, dass die Party zu Ende war und sie sich trollen mussten.

Lilian erhob sich schwerfällig von der Couch und zog anschließend den schmächtigen Lulumba hoch, der sie daraufhin fragend ansah. Er würde wohl aus dieser Nummer heute nicht mehr herauskommen.

Alle anderen setzten sich leise tuschelnd ebenfalls in Bewegung. Widerrede gab es keine. Sie akzeptierten den Wunsch des Hausherrn. Ihnen war bewusst, dass etwas vorgefallen sein musste. In so einer Situation fragte man jedoch nicht nach. Sie würden es ohnehin früher oder später erfahren und bis dahin würde man sich an den wilden Spekulationen darüber ergötzen.

Innerhalb von fünf Minuten war es leer in Christians Wohnung. Er ließ sich auf der Couch nieder, spürte nicht einmal die Wärme im Sitzmöbel, die dort noch von Lilians üppigem Körper drinsteckte, und begann bitterlich zu weinen.

Die Bestie vom Kurpark

Armin Anders war auf dem Weg zur U-Bahn. Gerade kam er am Büdchen in der Frankfurter Landstraße vorbei, als er in großen Lettern die Schlagzeile der heutigen Ausgabe der Zeitung mit den vier roten Buchstaben las: *Die Bestie vom Kurpark*. Er hielt an, nahm ein Exemplar vom Ständer und bezahlte. Schon auf dem kurzen Weg bis zur Ampel war der Beitrag fertig gelesen. Keinerlei Neuigkeiten, reine Sensationslust am Darstellen einer schrecklichen Tat. Der Artikel würde sein Übliches tun: Angst verbreiten. Er griff zum Handy und rief seinen Schulfreund Dieter an.

»Armin, ich bin beschäftigt!«

Der Journalist grinste nur still in sich hinein. Wann immer Fälle brenzlig wurden, hatte Hauptkommissar Dieter Rebmann gewisse Probleme, sich mit ihm auszutauschen und gab vor, keine Zeit zu haben. Er erntete lieber selbst die Lorbeeren der Lösung eines Falles, als wieder zähneknirschend auf ihn verweisen zu müssen.

»Nicht, dass ich die Antwort nicht ohnehin schon wüsste, Dieter, ...«, Armin konnte es sich nicht verkneifen, seinen Freund zu provozieren, »... aber bist du inzwischen irgendwie weitergekommen?« Er machte eine kurze Pause, in der er deutlich das heftige Schnaufen seines Gesprächspartners hörte. Dann fuhr er fort: »Vermutlich hast du heute früh bereits die Presse verfolgt, es kocht immer mehr hoch.«

Armin hörte, wie Dieter weiter schwer atmete, und erwartete schon dessen Wutausbruch. Doch der Kommissar blieb diesmal ruhig. »Wem sagst du das? Ich bekomme gerade mächtig Druck, die wollen einen Täter sehen. Ich warte nur noch, dass sich auch der Minister einschaltet. Verdammt, wie soll man da in Ruhe effizient ermitteln?«

»In der Bad Homburg Gruppe ist es inzwischen gelöscht und das Thema ist dort tabu, dafür habe ich gesorgt. Mal ganz ehrlich, du glaubst doch sicher auch nicht, dass dieser Luka Basler etwas damit zu tun hat?«

»Ich glaube gar nichts. Ich ermittle nur und halte mich an Fakten.«

»Komm mir doch nicht mit dieser abgedroschenen Phrase daher. Ich will deine Meinung wissen und nicht dieses Polizeigeschwätz.«

In Gedanken malte sich Armin Anders aus, wie Dieter Rebmann auf seinem Bürostuhl kochte. Er war ein guter Kerl, aber leicht zu provozieren, und brauchte immer ein paar Augenblicke mehr als andere, um wieder herunterzukommen. Auch diesmal vergingen ein paar Sekunden und er hörte weiterhin seinen Freund wie ein Fisch mit geöffnetem Mund nach Luft schnappen. »Ganz ehrlich, ich weiß es nicht.«, brachte dieser schließlich hervor. »Ich habe ihn ja noch nicht einmal gesehen. Anja und Uwe haben ihn aufgesucht und meinten, es gäbe keinerlei Anzeichen. Sie halten ihn für jemanden, der nichts mehr mit der schiefen Bahn zu tun haben möchte. Aber was sind schon Meinungen?«

»Du weißt, wie viele Fälle bereits über Bauchgefühl gelöst wurden. Ich liege ja selten daneben, wie du weißt …«

Dies war Dieter Rebmanns wundester Punkt. In der Vergangenheit hatte Armin des Öfteren mit seinem Bauchgefühl richtig gelegen, obwohl alle Fakten in eine andere Richtung deuteten. Die beiden Schulfreunde schätzen einander sehr, und doch war es dem Hauptkommissar stets ein Dorn im Auge, dass Armin öfter über bessere Informationen als die Polizei zu verfügen schien, konnte aber eine gewisse Bewunderung für den Journalisten nicht völlig verbergen. An Bauchgefühle glaubte er nicht. Trotz der sporadisch auftauchenden kleineren Konkurrenzsituationen war es eine gesunde und fruchtbare Zusammenarbeit außerhalb jeglicher Dienstvorschriften. Trotzdem regte sich Dieter jedes Mal über Armins Sticheleien auf.

»Als wenn uns das nun weiterbringen würde.«

»Schön, dass du uns gesagt hast.« Armin kicherte in sein Handy.

»Vergiss es, Armin. Du hältst dich da raus!«

Wieder stellte sich der Journalist in Gedanken seinen Gesprächspartner in dessen Büro vor.

»Natürlich, wie immer. Dies ist nur ein purer Gedankenaustausch. Nichts läge mir ferner, als mich in deine Arbeit einzumischen.«

Deutlich war das Seufzen des Hauptkommissars zu hören. Armin Anders ignorierte es. »Ich würde mir ja an deiner Stelle mal ansehen, wer Interesse hat, dass Luka Baslers Ruf gleich schon zerstört wird, bevor er hier überhaupt Fuß fassen kann. Die zwei Flugblätter sprechen doch Bände.«

»Bla, bla, bla. Was soll das bringen? Wie oft haben wir denn so was? Irgendein besorgter Bürger hat zufällig mitbekommen, dass ein Insasse nach Bad Homburg zieht. Was soll daran ungewöhnlich sein? Du weißt, wie panisch manche Leute sind. Oder willst du etwa einen Knacki in deiner Nachbarschaft haben?«

»Immerhin haben uns diese Zettel zu Luka Basler geführt.«

»Der ja deinem berühmten Bauchgefühl nach unschuldig ist. Komm, hör schon auf. Ich muss weiterarbeiten, hab ja schließlich einen Mord zu klären.«

Damit war das Telefonat zu Ende. Nachdem Dieter sich schon wieder seiner Arbeit zugewandt hatte, sagte Armin grinsend zu sich selbst: »Ich wünsche dir auch einen schönen Tag, lieber Dieter!«

Das Gespräch

Die alte Frau stieg mühsam die ausgetretenen Stufen des Treppenhauses aus der Jahrhundertwende hinauf. Sie hatte keinen Groll in sich, denn sie war eine Frau Gottes und mit sich und der Welt im Reinen. Alles hatte einen Sinn, auch wenn der sich für sie nicht immer erschloss. Wer war sie schon? Sie war nur ein kleines Schäfchen, das dem Allmächtigen zu dienen hatte, und das machte sie aus vollem Herzen. Der Herr dachte an alles und wenn Christian Egbuna im fünften Stock eines Hinterhauses im Zentrum von Mainz lebte und nicht schon im Erdgeschoss, so hatte auch dies seinen Sinn. Davon war sie felsenfest überzeugt. Es würde kein einfaches Gespräch werden, aber es war ihre Bestimmung, es zu führen. Nur mühsam hatte sie seinen Wohnort ausfindig machen können. Der Herr hatte ihr geholfen, auch diese Aufgabe zu meistern und so stand sie nun außer Atem in dem etwas modrig riechenden Treppenhaus des Altbaus vor der Tür im fünften Stock. Schon von ganz unten hatte sie die laute Musik gehört und wusste sofort, zu welcher Wohnung die afrikanischen Beats gehörten. Erst ein paar Mal tief durchatmen und wieder den Puls auf einen ihrem Alter angemessenen Wert bringen, dann betätigte sie die Klingel.

Die Musik war bereits hier draußen im Treppenhaus für ihre Ohren deutlich zu laut. Sie mochte sich gar nicht vorstellen, wie laut der Geräuschpegel drinnen sein musste, und doch war ihr das in dieser Situation egal. Als Missionarin, die mehr als dreißig Jahre ihren Dienst in Afrika versehen hatte, wusste sie, was die zu überbringende Nachricht bei Christian Egbuna auslösen würde. Für die meisten Afrikaner hatte die Familie noch einmal eine ganz andere Bedeutung. Nach gut drei Minuten hörte sie, wie innen die Kette von der Tür gelöst wurde, dann stand er ihr gegenüber. Obwohl seine Hautfarbe von einer viel dunkleren Tönung als die seiner älteren Schwester war, erkannte sie ihn sofort: Er hatte die gleichen Augen.

»Guten Tag, Herr Egbuna.«

Christian war erstaunt, eine Weiße vor seiner Tür vorzufinden, wusste aber sofort, dass sie keine Zeugin Jehovas sein konnte, denn die kamen immer zu zweit. Instinktiv spürte er, dass ihm dieses Zusammentreffen nicht gefallen würde, also bat er sie, entgegen seiner natürlichen Gastfreundschaft nicht in die Wohnung einzutreten, sondern machte selbst zwei Schritte ins Treppenhaus und lehnte die Tür hinter sich an.

»Wie kann ich Ihnen helfen?«

»Mein Name ist Dorothea, Schwester Dorothea.«

Christian sah sie fragend an. In seinem Kopf rotierten die Gedanken und er hatte eine schlimme Vorahnung, als die Dame weitersprach: »Ich komme sehr unpassend, da Sie wohl gerade Gäste haben und doch muss ich Ihnen eine wichtige Nachricht übermitteln.«

»Ja, bitte?«

»Können wir uns irgendwo in Ruhe miteinander unterhalten? Das geht nicht zwischen Tür und Angel.«

»Es ist eine Nachricht aus Afrika, nicht wahr?« Obwohl er es bereits ahnte, fragte er nach.

Schwester Dorothea schloss die Augen kurz und nickte nur. Christian wusste, wo sie hingehen konnten. »Gut, kommen Sie! Ein paar Häuser weiter befindet sich ein Café, das sollte gehen. Ich habe leider gerade die Wohnung übervoll, dort haben wir keine Ecke, in die wir uns zurückziehen können.«

Die Schwester stimmte zu. Es kam ihr entgegen, das Gespräch in einer etwas ruhigeren Atmosphäre zu führen. Die Musik tat ihr bereits in den Ohren weh.

Christian Egbuna holte kurz seinen Geldbeutel aus einer Jacke im Flur und zog dann die angelehnte Wohnungstür komplett zu. Anschließend gingen sie die Stufen nach unten. Es herrschte eine eigenartig betroffene Stimmung. Auf dem Weg zum Café sprachen sie kein Wort. Christian hatte bis auf seine Geschwister keine Verwandten, die er kannte. Seine Mutter war ein Waisenkind gewesen und als sein Vater und der seiner drei Schwestern käme im Dorf jeder in Frage. Vermutlich waren sie alle vier von unterschiedlichen Vätern gezeugt worden. Ihm war sofort klar, dass der Besuch etwas mit Christie zu tun haben musste. Seine große Schwester hatte er seit über einem Jahrzehnt nicht mehr gesehen.

Nervös öffnete er die Tür des Cafés und ließ Schwester Dorothea eintreten. Sie suchten sich einen Tisch in der hintersten Ecke, dort würden sie in Ruhe reden können. Nach dem Hinsetzen blickte die Nonne ihr Gegenüber sorgenvoll an. Wie würde Christian reagieren? Sie sah, wie sich die Kellnerin in Bewegung setzte und wartete. Nachdem sie einen schwarzen Kaffee bestellt und die Bedienung sich wieder entfernt hatte, begann Dorothea zu sprechen. Sie hatte gar nicht mitbekommen, was Christian Egbuna orderte und rang mit ihren Worten. Wie sollte sie es ihm nur am besten sagen?

»Ja, wie soll ich nur anfangen, Christian, ...« Schwester Dorothea räusperte sich und sprach dann weiter: »Wir haben von Ihrer Schwester Christie lange nichts mehr gehört, sie gilt als vermisst.«

Christian dachte kurz nach, atmete einmal tief durch und fragte dann: »Also ist sie nicht tot?«

»Ich wünsche mir so sehr, dass sie am Leben ist, aber ehrlich gesagt, kann ich Ihnen nicht viel Hoffnung machen. Sie fühlte sich verfolgt, damals als sie verschwand. Aber vielleicht kann Ihnen ja dies hier weiterhelfen.« Sie übergab Christian einen verschlossenen Briefumschlag. In großen Buchstaben stand dort geschrieben: *Persönlich! Nur durch meinen Bruder Christian Egbuna zu öffnen!* Das letzte Mal, dass er etwas von Christie gesehen hatte, war während ihrer Schulzeit gewesen. Die schöne Schrift auf dem Brief erinnerte ihn keineswegs an Christies einst unbeholfen und krakelig aussehenden Schreibversuche, die er damals mangels Schulbildung ohnehin nicht entziffern konnte.

Christian nahm den Umschlag entgegen. Schwester Dorothea sah deutlich, wie seine Hände dabei zitterten. Sie betete inständig, dass er dort eine hoffnungsvolle Nachricht vorfinden würde, vielleicht sogar etwas, das Auskunft über ihren Verbleib geben könnte. Der Nigerianer blickte lange auf den Brief in seinen Händen, dann legte er ihn energisch zur Seite. »Ich öffne ihn später, wenn ich alleine bin. Bitte schildern Sie mir die Umstände, wie der Brief zu Ihnen gekommen und warum meine Schwester verschwunden ist.«

»Ihre Schwester hat mir viel von Ihnen erzählt, Christian. Wir standen uns sehr nahe. Sie hat viele Jahre für unser Waisenhaus in Lagos gearbeitet. So haben wir uns kennen und schätzen gelernt. Christie konnte so gut mit Kindern umgehen und verstand es auf einzigartige Weise, ihnen trotz ihres meist sehr tragischen Schicksals Hoffnung zu vermitteln, dass sie es alle irgendwann gut im Leben haben würden.«

Christian schloss die Augen und versuchte sich seine Schwester, umgeben von vielen kleinen Waisenkindern, vorzustellen. Es fühlte sich stimmig an. Sie war so eine warmherzige Person, auch wenn die Erinnerungen an sie schon sehr verblasst waren.

»Wie lange hat Christie für Sie gearbeitet?«

»Fünf oder sechs Jahre, so genau weiß ich das gar nicht mehr.«

»Wann war das?«

»Es ist auf den Monat genau dreizehn Jahre her, dass sie verschwand.«

»Und dann kontaktieren Sie mich erst jetzt?« Christians Unmut war deutlich in seiner Stimme zu vernehmen.

»Wir hatten keinerlei Kontaktdaten von Ihnen und wie gesagt, wir wussten nicht, wo Christie abgeblieben war. Sie kam eines Morgens nicht zum Dienstantritt aus ihrem Zimmer.«

»Sie hat also auch im Waisenhaus gewohnt?«

»Ja, alle unsere Betreuerinnen wohnen in der Anlage. Wir legen viel Wert darauf, dass die Kinder auf diese Weise das Gefühl einer großen Familie bekommen. Einmal im Monat haben unsere Mitarbeiterinnen vier Tage frei, die die meisten dafür nutzen, um ihre eigenen Familien zu besuchen.«

»Und warum haben Sie sich letztendlich entschlossen, mich nach all den Jahren doch zu kontaktieren?«

Diesmal war es Christian, der die Nervosität im Gesicht seines Gegenübers deutlich wahrnahm.

»Als Ihre Schwester nicht mehr zur Arbeit erschien, mussten wir schnellstmöglich Ersatz für sie finden. Ihr Zimmer wurde also gleich wieder durch eine andere Betreuerin bezogen. Diese Kollegin wiederum quittierte aus persönlichen Gründen vor gut drei Wochen ihren Dienst. Dies war eine gute Gelegenheit, das Zimmer zu renovieren. Dabei fand man den Brief an Sie. Er war in einer Plastiktüte unter dem Bett festgeklebt. Wir haben ihn selbstverständlich nicht geöffnet.«

Christian blickte sie weiter fragend an, enthielt sich aber eines Kommentars.

»Ganz ehrlich, Christian, wie Sie sich vielleicht vorstellen können, ist es nichts Ungewöhnliches, dass Betreuerinnen von heute auf morgen nicht mehr bei uns arbeiten wollen. Selbst wenn eine sich nicht verabschiedet, müssen wir stets die Beschränktheit unserer Mittel berücksichtigen und können dadurch keine größeren Nachforschungen anstellen.«

»Und warum sitzen Sie nun hier?«

»Weil mir der Dienst in Afrika in meinem Alter immer schwerer fiel, habe ich den Entschluss gefasst, mich in die Heimat zurückversetzen zu lassen. Dass dieser Brief nun nahezu zeitgleich gefunden wurde, war reiner Zufall. Da ich Ihre Schwester sehr mochte, habe ich Sie persönlich ausfindig gemacht.«

»Vielen Dank, das schätze ich sehr.«

»Nichts zu danken. Ehrlich gesagt, bin ich seit dem Auftauchen dieses Briefes sehr beunruhigt. Warum hat sie ihn nur so gut versteckt? Ich möchte gar nicht daran denken, dass sie vielleicht nicht freiwillig vom Dienst ferngeblieben sein könnte.«

»Sagten Sie nicht, dass sie sich verfolgt fühlte?«

»Christie hatte mir gegenüber angedeutet, dass ihr ein weißer Mann nachstellte. Ich hatte daraufhin versucht nachzuhaken, aber sie weigerte sich, mir Genaueres zu sagen.«

Christian Egbuna sah sie mit enttäuschter Miene an. Dies veranlasste die Schwester dazu, sich neuerlich zu rechtfertigen: »Ich hatte den Mann wohl damals für einen heimlichen Verehrer gehalten.«

»Verehrer?« An diesen Gedanken musste Christian sich erst gewöhnen, war seine Schwester doch noch ein Kind gewesen, als sie sich das letzte Mal gesehen hatten.

»Ja, Christian, Sie wissen doch, wie hübsch Ihre Schwester ist.«

Ihr Gesprächspartner nickte. »Wenn Ihnen noch etwas einfällt, hier ist meine Handynummer. Sie können mich jederzeit anrufen, Schwester Dorothea. Ich möchte jetzt bitte allein sein, um den Brief zu lesen.«

Schwester Dorothea sah ihn verständnisvoll an, wollte ihren Kaffee bezahlen, doch Christian bestand darauf, das für sie zu übernehmen. Nachdem sie das Café verlassen hatte, öffnete Christian Egbuna den noch immer vor ihm liegenden Brief. Mit zittrigen Händen begann er zu lesen: *Geliebter Bruder,* ...

Der Mob

Bad Homburg, die Stadt der Reichen und Mächtigen. Die Kurstadt mit Champagnerluft und Tradition. Hierher reiste schon Fjodor Dostojewski mehrmals, um seiner Spielsucht zu frönen. Im Spielcasino, der sogenannten Mutter von Monte Carlo, verlor er viel Geld, was ihn zu seiner weltberühmten Novelle *Der Spieler* anregte. In dieser Stadt lebten Leute, die etwas auf sich hielten. Die Häuser und Villen waren meist ganz im Stil des deutschen Understatements eher bescheiden. Vieles vom Glanz sah man erst auf den zweiten oder dritten Blick. Nein, wer hier lebte, zumindest in den besseren Straßen, hatte etwas erreicht im Leben, war angekommen, da wo viele hinwollten und leider nie hinkommen würden.

Oberbürgermeister Frank Sommer saß mit Sorgenfalten hinter seinem Schreibtisch. Er befand sich am Ende der ersten Amtsperiode und wollte unbedingt eine Zweite anhängen. Er hatte schon viel erlebt in der sogenannten feinen Gesellschaft. Doch dass selbst angesehene Leute als Teil des Mobs auf die Straße gingen und eine Hetzkampagne gegen einen ehemaligen Straftäter betreiben könnten, überstieg bislang seine Vorstellungen. Dabei war die Demonstration nicht einmal angemeldet worden. Einige hatten sich wohl dazu entschlossen, ein paar Banner und Plakate zu gestalten, um die Bürger, die noch nichts von der angeblichen Bedrohung in ihrer Stadt mitgekommen hatten, auch noch aufzustacheln. Andere hatten sich dem Ganzen dann spontan angeschlossen, sodass der Tross, der sich durch die Louisenstraße zog, schließlich eine ansehnliche oder anders ausgedrückt, unangenehme Größe erreicht hatte. Was Frank Sommer dabei besonders zu schaffen machte, war, dass die Demonstranten nicht nur aus den üblichen Verdächtigen bestanden, nein, es waren teils sehr angesehene Bürger. Wähler, die er für seine Wiederwahl dringend brauchte. Verärgert griff er zum Telefon.

»Hauptkommissar Dieter Rebmann«, meldete sich die Stimme am anderen Ende.

Der Polizist hatte schon im Display die Nummer des Oberbürgermeisters gesehen und wusste sofort, was auf ihn zukommen würde. Also meldete er sich bewusst höflich und distanziert, auch wenn die beiden Herren schon den einen oder anderen Schoppen miteinander getrunken hatten. Auf diesen Anruf hätte er jedoch liebend gerne verzichtet.

»Dieter, so kann es nicht weitergehen!« Frank Sommer kam gleich zum Punkt: »Wir brauchen Erfolge, und zwar sofort!«

Scherzkeks, dachte sich Dieter Rebmann, *denkt der etwa, dass wir hier Däumchen drehen?*

»Ihr müsst endlich einen Haftbefehl gegen diesen Luka Basler erwirken, das kann doch nicht so schwer sein!«

»Frank, wir haben nichts, aber auch gar nichts gegen ihn in der Hand, außer dass er sich auch gerne in schwarz und rot kleidet. Was sollte ich denn der Staatsanwaltschaft als mögliche Haftgründe nennen?«

»Mir egal, dann finde halt welche!«

Dieter Rebmann traute seinen Ohren nicht. Wenn der Oberbürgermeister schon zu solchen Maßnahmen greifen wollte, dann musste der Hut wirklich brennen.

»Ganz ehrlich, Frank, ich glaube noch nicht einmal, dass Luka Basler es war«, versuchte er, ihn zu beschwichtigen.

»Das interessiert mich nicht. Hast du eine Ahnung, was hier los ist? Millionäre und Multimillionäre, alle seit Jahren ehrbare Bürger dieser Stadt, teilweise seit Generationen, rufen hier an und drohen damit, unsere Stadt zu verlassen. Und jetzt haben sich einige von ihnen sogar einer unangemeldeten Demonstration angeschlossen. Die haben alle Angst, was ich verstehen kann. Jetzt kann man nicht einmal mehr abends durch den Kurpark schlendern. Hast du eine Ahnung, was das für uns hier im Rathaus bedeutet?«

Am liebsten hätte ihm Dieter seine Meinung gegeigt, doch das würde es nur noch verschlimmern. Was sollte er machen? Er konnte lediglich die Situation verbessern, indem er mehr Mittel zur Verfügung bekäme, um noch mehr Kollegen auf den Fall anzusetzen.

»Wir arbeiten schon auf Hochtouren hier, aber du weißt ja selbst, wie kurz ihr Regierenden uns die letzten Jahre gehalten habt. Überall wurde der Rotstift angesetzt. Unsere Warnungen, dass sich das in bewegteren Zeiten bitter rächen würde, habt ihr in den Wind geschlagen, beziehungsweise sogar als lächerlich abgetan. Nun haben wir den Salat. Wir können nicht mehr als arbeiten!«

»Wenn es keine Ergebnisse gibt, werden bald Köpfe rollen und sei versichert, lieber Dieter, es wird nicht meiner sein!«

»Soll das eine Drohung sein?« So aufgeregt hatte der Hauptkommissar den Oberbürgermeister noch nie erlebt. Er war eigentlich dafür bekannt, in jeder Situation entspannt zu bleiben, doch das klang nun wirklich anders.

»Nimm es, wie du willst. Wenn du mehr Mittel brauchst, dann sag es. Ich sorge dafür, dass du alles bekommst, um den Fall so schnell wie möglich zu lösen. Ich habe gute Kontakte, wie du weißt. Wir sind in einem Ausnahmezustand. Und in der Zwischenzeit werden die Sicherheitsmaßnahmen in der Stadt verschärft. Die Stadtpolizei wird bereits durch Kollegen aus Frankfurt und dem Umkreis kurzfristig aufgestockt. Also mach du nun auch endlich deine Arbeit!«

Dieter Rebmann wollte noch etwas entgegnen, doch der Oberbürgermeister hatte den Hörer schon aufgeknallt. Kopfschüttelnd lehnte sich der Hauptkommissar in seinem Bürosessel zurück und dachte nach, was er noch machen könnte.

Christie

2004 in Lagos/Nigeria

Sie kam nicht oft hierher. Hieraus in einen der ärmsten Randbezirke der Millionenstadt Lagos, von der niemand genau wusste, wie viele Einwohner sie tatsächlich hatte. Und jeden Tag wurden es mehr. Die Menschen strömten aus sämtlichen Landesteilen in die alte Hauptstadt am Golf von Guinea, um ihr Glück zu suchen. Tatsächlich finden würden es die Wenigsten.

Schon von Weitem sah Christie Egbuna eine Menschentraube vor der Hütte ihrer Mutter stehen. Etwas musste passiert sein. Sie war über ein Jahr nicht mehr hier gewesen, hatte versucht, wie schon so oft ihre Mutter aus ihren Gedanken zu vertreiben, aus ihrem Leben zu verbannen, doch es gelang ihr einfach nicht. Blut verbindet. Aber warum hatte sich nun das ganze Dorf vor ihrem früheren Zuhause versammelt und das ausgerechnet an dem Tag, an dem es sie so zu ihrer Mutter hingezogen hatte?

Ralph Oyesola war der Erste, der sie von Weitem erblickte. Christie sah, wie er kurz zu den anderen sprach, und ihr dann schnellen Schrittes entgegenkam.

»Hi Christie, wie geht es dir? Schön, dass du wieder mal hier bist. Lass uns ein paar Schritte zusammen gehen.«

»Warum? Ist was mit meiner Mutter?«

Ralph und sie waren nie Freunde gewesen. Man kannte sich, da man im selben Dorf aufgewachsen war, doch richtig warm waren sie nie miteinander geworden. Man grüßte und respektierte sich, mehr aber auch nicht.

»Lass uns eine Runde durchs Dorf gehen, ich erkläre dir alles!« Sein betroffenes Gesicht sprach Bände. Christie wurde noch nervöser, als sie ohnehin schon war.

»Sag mir sofort, was mit ihr ist!« Dabei versuchte sie gegen seinen Widerstand zur Hütte ihrer Mutter zu gelangen, doch Ralph hielt ihren Arm eng umklammert.

»Geh nicht dorthin, bitte Christie! Lass uns erst reden, dann kannst du selbst entscheiden, ob du wirklich in eure Hütte gehen willst.«

Christie bekam weiche Knie. Sie wusste sofort, dass ihre Mutter tot war. Und dass Ralph nicht wollte, dass sie in die Hütte ging, verhieß noch Schlimmeres. Etwas Schreckliches musste passiert sein.

»Sag mir sofort, was mit meiner Mutter ist!«

Ralph reagierte nicht und versuchte, ihren Blicken auszuweichen.

»Ist sie tot?«, brüllte sie ihn panisch an.

»Es tut mir so leid, Christie!« Dabei schloss er seine Augen und senkte den Kopf tief.

Christie sackte in sich zusammen, dann schrie sie auf. Ralph versuchte sie, auf den Beinen zu halten. In einem verzweifelten Kraftakt riss sie sich jedoch los und warf sich auf den staubigen Boden. Die junge Frau trommelte mit beiden Fäusten auf die Erde unter sich und schrie verzweifelt ihre Wut aus dem schmächtigen Körper.

Ralph zog sie kurze Zeit später hoch. Nur unter größter Anstrengung schaffte er es, dass sie ihre Füße wieder auf den heißen, fast glühenden afrikanischen Boden stellte. Dann packte er sie unter den Armen und zog sie allmählich weiter weg von der Menschentraube.

»Wir haben sie gerade erst gefunden. Deine Mutter lag tot in ihrer Hütte. Jemand hat ihr die Kehle aufgeschlitzt. Es ist sehr viel Blut dort, alles ist rot. Ich möchte dir den Anblick ersparen!«

Christie sah ihn mit verweinten, fast ausdruckslosen Augen an. Ralph konnte nur mühsam erahnen, was in diesen Sekunden im Kopf der jungen Frau vor sich ging. Jeder im Dorf kannte das Schicksal der Familie Egbuna und die Schwierigkeiten, unter denen die vier Geschwister aufgewachsen waren. Konnte sie da tatsächlich ihre Mutter lieben, wie Kinder normalerweise bedingungslos ihre Eltern liebten? Für ihn kaum vorstellbar.

»Ich will sie sehen!«

»Lass sie uns erst waschen, damit du sie so in Erinnerung behältst, wie sie war.«

Kaum hatte Ralph diese Worte ausgesprochen, bedauerte er sie auch schon.

»Wie sie war?«, kreischte Christie. »Sie war die Dorfhure, das wissen wir doch alle und sie war eiskalt! Und trotzdem habt ihr sie alle bestiegen, wenn ihr ein paar Nairas zur Verfügung hattet. Oft haben sogar ein paar Schlucke Palmwein gereicht, damit ihr sie benutzen konntet. Nicht selten durften andere dabei zusehen. Was kann schlimmer sein, als seine Mutter so in Erinnerung zu behalten?«

»Es tut mir leid, Christie, solch einen Tod hat niemand verdient, auch deine Mutter nicht!« Nach einer kurzen Pause fuhr er fort und senkte dabei seine Stimme merklich: »Ja, wir alle haben uns Erleichterung bei ihr verschafft.«

»Oh, ja, das habt ihr. Jeder Einzelne von euch!«

»Wir haben sie genommen, wie sie war. Manche Menschen kann man nicht ändern, auch wenn es wehtut. Möge sie in Frieden ruhen!«

»Ich gehe jetzt rein zu ihr. Ich will sehen, wie sie geendet hat. Sonst werde ich das später nicht glauben.«

»Ich kann deinen Wunsch verstehen und respektiere ihn. Doch bist du dir sicher, dass du stark genug dafür bist?«

»Nein, aber ich muss es tun.«

Christie ließ sich von Ralph zur Hütte führen. Sie nahm kaum wahr, wie alle aus dem Dorf sie anstarrten. Niemand sprach ein Wort. Sie hatte panische Angst vor dem, was sie drinnen vorfinden würde. Und doch musste sie es tun. Etwas tief in ihrem Innersten sagte ihr, dass sie auf diese Weise Abschied nehmen musste. Abschied von der Mutter und ihrer eigenen Kindheit.

Die Menschentraube öffnete sich, kurz bevor Christie Egbuna zur Hütte kam. Alle traten zur Seite und machten ihr Platz. Kurz vor der Tür blieb sie stehen, versuchte, sich zu sammeln und auf das vorzubereiten, was sie nun erwarten würde. Sie atmete tief durch und bewegte sich auf den Eingang zu. Ein einziger Blick in die Hütte reichte. Das Grauen überstieg alles, was sie sich die letzten Minuten ausgemalt hatte. Lautlos sackte sie zusammen.

Die Bestie schlägt wieder zu

Er lauerte ihr im Kurpark auf. Direkt hinter dem siamesischen Pavillon kauerte er seit einer Viertelstunde hinter einem Busch. Der Mann in schwarzer Hose und rotem Shirt. Er war solche Situationen inzwischen gewohnt und übte sich in Geduld. Nach ein paar Minuten hörte er zum ersten Mal Schritte. War sie das? Nein, ein Mann ging vorbei. Sichtlich angetrunken. Eine Versuchung.

Wie schön wäre es, ihn mit einem blitzschnellen Stich in die Wade fluchtunfähig zu machen und dann zu genießen, wie er ihn nach und nach in Teile zerlegen würde. In seinen Gedanken achtete er peinlich genau darauf, ihn nicht zu früh sterben zu lassen. Er würde sich an den Qualen seines Opfers laben, die sich deutlich auf dessen Gesicht abzeichneten. Anfänglich wollte er es nicht wahrhaben, doch inzwischen machten ihn seine Triebe geradezu wahnsinnig. Dort unter dem großen Busch gekauert, spürte er eine deutliche Erektion, hervorgerufen nur durch seine krankhaften Vorstellungen. Das Leid anderer geilte ihn auf und er war sicher, er würde nicht aufhören zu quälen und zu morden, selbst wenn er eines Tages seine Mission beendet hätte. Er hatte seine Leidenschaft gefunden und war zu einem Triebtäter geworden, der bei seinen Taten jede Sekunde genoss und sie später in Gedanken noch tage- und wochenlang auskosten konnte, bis es wieder so weit war.

Doch nun musste er sich zusammenreißen, sei der betrunkene Mann noch so ein verlockendes Opfer. Sein Plan stand fest und musste umgesetzt werden. Er hatte höhere Ziele. Eine Frau würde noch mehr Empörung in der Bevölkerung auslösen als ein Betrunkener. Er versuchte, seine Fantasien auf sie zu fokussieren. Er hatte sie nun schon drei Abende beobachtet, wie sie mit ihrem Hund immer gegen 22.30 Uhr durch den Park spazierte, mal zehn Minuten früher, mal etwas später. Insgeheim hatte er Hochachtung vor ihr, dass sie sich anscheinend nicht durch den ersten Mord hatte abschrecken lassen, und ihren gewohnten Gang nicht zu einer anderen Route verlegt hatte. Vielleicht war sie auch nur eine verbitterte Person, die von der Außenwelt abgeschnitten in ihrer Wohnung ohne Medien dahinvegetierte und deshalb noch nichts von ihm, der Bestie vom Kurpark, gehört hatte? Im Prinzip egal. Er blickte auf die Uhr und wurde nervös. So spät war sie noch nie dran. Er musste doch der Hysterie in der Bevölkerung weitere Nahrung verschaffen. Außerdem war er es ihm schuldig. Nein, er würde es schnell zu Ende bringen, das war seine Aufgabe. Diesmal würde Luka Basler zurück in den Knast wandern, dafür würde er sorgen.

Der Mann lauschte in die Nacht hinein. Doch bis auf Windgeräusche in den Laubbäumen konnte er nichts vernehmen. Er würde wohl noch länger ausharren müssen. Ein Blick auf die Uhr zeigte ihm, dass seit dem letzten Mal nur zwei Minuten vergangen waren. Zwei endlose Minuten, in denen sich nichts getan hatte. Er fluchte still vor sich hin und begann, allmählich sogar zu bedauern, dass er nicht den betrunkenen Mann von vorhin als Ersatzopfer genommen hatte. Doch nun horchte er auf. Waren da nicht wieder entfernte Schritte zu hören? Er hielt den Atem an. Ja, er hatte sich nicht getäuscht. Eindeutig Schritte. Und sie wurden lauter. Seine gestählten Muskeln spannten sich unter der Kleidung. Wie ein Leopard, der im Dickicht auf seine Beute wartete, lauerte er in gekauerter Haltung und konnte es kaum erwarten, bis er sie endlich erblickte. Es musste einfach sie sein.

Erst sah er ihren Hund, einen Yorkshire Terrier an einer langen Leine. Er hatte anscheinend schon seine Witterung aufgenommen, denn er kam aufgeregt schwanzwedelnd auf ihn zu. Der Mann hielt dem kleinen Hund die mitgebrachte verlockend riechende Rindswurst hin, in die sich dieser mit sichtbarer Freude verbiss. Der Terrier sollte damit für die nächste Zeit ausreichend beschäftigt sein. Sein Frauchen kam immer näher und hatte den Einrollmechanismus der langen Leine schon aktiviert, sodass diese immer kürzer wurde. Schließlich stand sie direkt vor dem Busch.

Er sah ihre Umrisse zwischen dem Laub deutlich vor sich. Ehe die ältere Dame genauer nachschauen konnte, mit was ihr treuer Begleiter unter dem Busch beschäftigt war, wurde sie von zwei kräftigen Händen am Hals gepackt. Unerbittlich drückten seine Finger ihren Kehlkopf zusammen. Kein Schrei entkam ihrem Mund, nur ein verzweifeltes Röcheln war zu hören, während Terrier Tim sich immer noch in voller Verzückung um sein Stück Fleisch kümmerte.

Der Mann lockerte seinen Griff, damit sein Opfer nicht bereits jetzt starb. Verzweifelt schnappte die alte Frau nach Luft. Er nutzte ihren weit geöffneten Mund, um einen Knebel tief hineinzustopfen. Susanne B. war nur vierundsiebzig Jahre alt geworden. Es würde später dem Rechtsmediziner nicht leichtfallen, ihre genaue Todesursache herauszufinden. Die Verletzungen waren derart bestialisch, dass man dem Haufen Fleisch, Blut und Knochen, den der Jogger Alex S. in den frühen Morgenstunden des darauffolgenden Tages fand, anfänglich nicht einmal ein Geschlecht zuordnen konnte. Alex S. hatte sich in einer ersten Reaktion auf der Leiche übergeben, war anschließend zurückgetaumelt und rückwärts auf den Weg gefallen. Erst ein paar Minuten später erhob er sich mühsam und wagte einen flüchtigen Blick auf das zuvor Gesehene, um sicher zu sein, dass er nicht

Opfer seiner überblühenden Fantasie geworden war. Dieser zweite kurze Blick ließ keinerlei Zweifel zu. Jegliche Farbe war ihm aus dem Gesicht gewichen und sein ganzer Körper zitterte. Mühsam schleppte Alex S. sich auf die nächstgelegene Parkbank und wählte mit seinem Smartphone den Notruf.

***

Hauptkommissar Dieter Rebmann wusste nicht, wie er es dem Oberbürgermeister schonend beibringen sollte. Dessen gestriger Anruf war völlig klar gewesen, er bestand auf einer Festnahme. Stattdessen gab es nun eine zweite Leiche. Und was für eine. Eine hilflose ältere Dame, die ihren Hund im Kurpark spazieren geführt hatte, vermutlich wie jeden Abend, bevor sie ins Bett ging. Dies würde eine neue Welle der Empörung lostreten. Seufzend griff Dieter Rebmann zum Telefon. Es klingelte nur einmal.

»Dieter, ich hoffe, du hast gute Nachrichten!«

»Ich muss dich leider enttäuschen, Frank«, brachte er nur mühsam mit gequälter Stimme heraus.

»Nein! Komm mir jetzt nur nicht mit weiteren Hiobsbotschaften!«

»Es gibt eine neue Leiche.«

»Ich hab's geahnt. Verdammte Scheiße, wie konnte das passieren?«

»Es ist noch viel schlimmer, als du denkst. Eine vierundsiebzigjährige Dame mit ihrem Hund. Du weißt ja, dass Frauen als Opfer die Medien und den Mob noch viel mehr interessieren. Und die Art und Weise der Tat ... Grausig, kann ich dir sagen. Sie ist nicht einmal mehr als Frau zu erkennen, auch ihr Hund wurde völlig zerlegt. Teile von ihm befanden sich zwischen ihren Leichenteilen.«

»Oh mein Gott.«

»Du sagst es. Ich habe kaum Worte. Sei froh, dass du so etwas nicht sehen musst. Die einzig gute Nachricht ist, dass es bis auf einen Jogger, der sie frühmorgens gefunden hat, niemand Externes mitbekommen hat. Der Sportler ist in psychologischer Betreuung und ohnehin nicht mehr fähig, jemanden zu kontaktieren. Letztendlich mussten sie ihn sogar ruhigstellen.«

»So schlimm?«

»Schlimmer! Er hat sich über der Leiche erbrochen. Ich kann es ihm nicht einmal verübeln. So etwas habe ich in all den Jahren noch nicht gesehen. Wir haben sofort eine Nachrichtensperre verhängt. Den Tatort konnten wir absperren, bevor irgendjemand etwas mitbekam. Das war aber reine Glücksache. Nicht auszudenken, wenn davon schon etwas an die Öffentlichkeit gedrungen wäre.«

»Wenigstens ein Lichtblick in diesem Desaster. Dir ist schon klar, dass wir unbedingt eine Festnahme brauchen, bis wir die Nachrichtensperre aufheben?«

Dieter hatte befürchtet, dass das kommen würde. Er selbst hatte keine Argumente dagegen, auch wenn es seiner Arbeitsmoral widersprach. Eine Panik unter der Bevölkerung musste verhindert werden, koste es, was es wolle. Selbst wenn sie noch nicht so weit wären, jetzt musste ein Bauernopfer her und er wusste, dies würde von ganz oben gedeckt werden. Doch wusste er auch, wenn es schiefginge, dass ein Kopf rollen würde, und das war bestimmt nicht der, der das von ganz oben angeordnet hatte.

»Wir arbeiten mit Hochdruck daran. Es gibt allerlei Spuren am Tatort. Wer weiß, vielleicht finden wir ja schnell entscheidende Indizien.«

»Ist die Obduktion schon im Gange? Was ist die Tatwaffe?«

»Ein ebensolches Messer wie beim ersten Mord.«

»Ich hab's dir gestern gesagt, du hättest auf meinen Rat hören sollen und diesen Knacki Luka Basler festnehmen lassen, dann wäre das nicht passiert.«

»He, he, wir haben nichts gegen ihn in der Hand, außer dass er gerne schwarze Hosen und rote Hemden wie der Täter trägt. Aber keine Sorge, wir werden ihn in die Mangel nehmen. Der lebt ja allein und geht so gut wie nie aus. Ein Alibi hat der bestimmt nicht.«

»Dann mach endlich deinen Job!«, wurde Frank Sommer wieder ungehaltener. Seine Nerven lagen blank. Er wusste, was nun sehr bald auf ihn zukommen würde. Die Wahrscheinlichkeit, dass er diese Lawine überlebte, schätzte er als eher gering ein. Ausgerechnet im Wahljahr musste so etwas passieren.

»Du brauchst mich nicht anzupflaumen. Du weißt, dass ich alles in meiner Macht Stehende tue. Doch auch wir können nicht zaubern. Lass uns an einem Strang ziehen, dann werden wir den Fall bald zu den Akten legen können. Solch einem Psychopathen als Mörder werden sicher Fehler unterlaufen sein. Alles andere wäre ein Wunder!«

»Und beim ersten Mal? Da habt ihr doch auch nicht wirklich etwas gefunden.«

»Das war eine völlig andere Tat. Das sah auf den ersten Blick nach einem Raubüberfall aus. Nur die ungewöhnlich brutale Vorgehensweise hat uns zu denken gegeben. Aber er hatte damals Zeugen, und alles ging sehr schnell. Diesmal muss er lange Zeit gehabt haben.«

»Und das heißt?«

»Dass der Täter seine gestrige Tat so richtig ausgekostet haben muss. Seine Vorgehensweise wird uns viele Hinweise geben, da bin ich mir sicher. Er hatte Zeit, seine Triebe auszuleben. Der muss völlig krank sein. Du hättest diese Sauerei sehen sollen, so sieht es in keinem Schlachthof aus!«

»Zwischen uns beiden: Sieht das nach Luka Basler aus? Gibt es irgendwelche Parallelen zu seinem Mord damals, für den er gesessen hat?«

»Ganz ehrlich: Nein. Das ist nicht seine Handschrift. Deshalb hatte ich ja so Probleme mit deinem Anruf gestern.«

»Deine Befindlichkeiten interessieren mich herzlich wenig. Ich habe eine Stadt zu regieren und auch du hast deinen Job zu machen. Sieh zu, dass diese Bestie endlich von unseren Straßen verschwindet!«

Schmerz

2004 in Lagos/Nigeria

Ihr Verhältnis war nie gut gewesen, auch wenn sie wahrscheinlich ihrer Mutter näherstand, als ihre anderen Geschwister. Nach der Beerdigung ihrer Erzeugerin, der Dorfhure, kehrte schnell Ruhe ein. Christie war erstaunt, wie wenig es die Bewohner des kleinen Dorfes interessierte, wer ihre Mutter so bestialisch ermordet hatte. Unter ihnen lebte wohl ein Mörder und doch ging man einfach zum Alltag über, als ob nichts gewesen wäre, niemals jemand übersät mit Messerstichen und einer durchschnittenen Kehle aufgefunden worden wäre. Die Hütte ihrer Mutter wurde abgerissen. Das hatten die Dorfältesten so beschlossen. Selbst sie, Christie, hatte nichts dagegen gehabt. Es gab keinerlei gute Erinnerungen an diesen Ort, nur tiefen Schmerz.

Der Schmerz war nicht von Anfang an da gewesen. Direkt nach der Tat war die junge Frau ausschließlich von blankem Entsetzen über die Gräueltat erfasst worden. Ständig sah sie die Bilder vom Tatort vor sich. Ihre Mutter lag auf der dünnen Matratze in ihrer Lehmhütte, übersät mit eingetrocknetem Blut, auf dem Tausende von Fliegen saßen und kreisten. Am schlimmsten war die durchgeschnittene Kehle. Nie würde sie diesen Anblick vergessen.

Ein paar Tage nach der Beerdigung, an der neben sämtlichen Dorfbewohnern auch ein paar vermeintliche Kunden aus Nachbardörfern teilnahmen, war in Christie langsam, aber unaufhaltsam ein Schmerz aufgestiegen, bis er voll und ganz Besitz von ihr ergriff. Sie war das einzige Kind ihrer Mutter, das noch einen gewissen Kontakt zu ihr unterhalten hatte, auch wenn der nur sehr sporadisch stattfand.

Ihr jüngerer Bruder Christian war im Alter von elf Jahren weggerannt. Er hatte es zu Hause nicht mehr ausgehalten. Sie konnte es ihm nicht verübeln, denn sie war auch mehrmals kurz davor gewesen, es ihm gleichzutun. Christie hatte ihren Bruder nie wieder gesehen. Sie hörte, er sei über Benin und Togo ins benachbarte Ghana gefahren. Ein weit entfernter Onkel hatte ihn Jahre nach seinem Verschwinden kurz auf den Straßen von Accra getroffen. Seitdem fehlte jegliche Spur von ihm.

Die jüngste Schwester Mary fing kurz nach Christians Verschwinden an, immer heftiger zu husten, und war schließlich nach kurzer Krankheit von ihnen gegangen. Somit waren nur noch Diana und sie selbst verblieben. Diana war die Erstgeborene und hatte sich im zarten Alter von fünfzehn einem älteren, dicklichen Geschäftsmann an den Hals geworfen. Vermutlich dachte sie, das sei die bessere Alternative, als im Dorf weiterhin von ihrer Mutter schlecht behandelt zu werden. Ihr Ehemann versorgte sie gut, auch wenn sie nur die Drittfrau von ihm war. Ob er sie auch in nicht finanziellen Dingen gut behandelte, wusste sie nicht. Ihre Schwester zog nach Ikoyi in eines der Reichenviertel von Lagos, und bekam fast jährlich Nachwuchs. Der Kontakt zu ihr riss ab. Diana wollte nichts mehr mit ihrer Vergangenheit zu tun haben. Nur über Umwege hörte Christie ab und zu etwas über sie.

Kurz vor der Beerdigung hatte Christie ihre Schwester in Ikoyi aufgesucht, eine Gegend in der sie niemals zuvor war. Hier schotteten sich die Bewohner gut ab, Besucher waren nicht wirklich willkommen. Geladene Gäste wurden in verdunkelten Limousinen durch die wie von Geisterhand sich öffnenden und schnell wieder schließenden, blickdichten Tore gebracht. Ansonsten erhielt niemand Zutritt zu dieser elitären Welt. Häuser waren von hohen Mauern umgeben, auf denen neben spitzen, auf der Oberseite eingelassenen Glasscherben sich meist auch noch ein Elektrozaun befand. Dies bildete in Kombination mit einer ständigen Videoüberwachung ein fast unüberwindliches Hindernis. Für ungebetene Gäste war es unmöglich, auch nur einen Blick auf die Häuser zu werfen.

Lagos war die Hauptstadt des Verbrechens, da schottete sich jeder ab, der es zu etwas gebracht hatte. Meist waren diese abgeschotteten Personen die größten Verbrecher der Stadt oder aber korrupte Politiker.

Christie fühlte sich unwohl in dieser Gegend. In ihren Horrorvorstellungen öffnete sich in der nächsten Sekunde eines der schweren Tore, zwei Männer ergriffen sie im Vorbeigehen und zerrten sie in den Hof. Umgehend schloss sich das Tor wieder und sie wäre ihren Widersachern völlig hilflos ausgeliefert.

Sie schüttelte ihren Kopf, atmete tief durch und setzte ihren Weg fort. Allgegenwärtig waren unzählige Videokameras. Dass sie nicht wusste, wer alles hinter den dazugehörigen Überwachungsmonitoren saß, bereitete ihr ein bedrückendes Gefühl. Sie fühlte sich beobachtet und beschleunigte ihre Schritte. Endlich erreichte sie ihr Ziel, das Anwesen ihres Schwagers, den sie so gut wie nicht kannte.

Christie betätigte die Klingel. Umgehend zeigten ihr rote Lichter an, dass die Kamera der Gegensprechanlage aktiv war. Die Videokameras links und rechts über dem Tor hatte sie zuvor schon gesehen. Wahrscheinlich war sie bereits beobachtet worden, bevor sie auch nur in die Nähe der Klingel kam. Es dauerte geschlagene drei Minuten, bis sich etwas tat. Sie wollte gerade erneut den Klingelknopf betätigen, als eine unfreundliche Männerstimme ertönte: »Mädchen, was willst du hier?«

Sie fühlte sich sehr unwohl und brachte kaum eine Antwort heraus. Mit unsicherer Stimme entgegnete sie: »Ich bin die Schwester von Diana Squasi.«

»Ja, und?«

»Ich muss Diana sprechen, dringend!«

»Warum?«

»Wir haben einen Unglücksfall in der Familie.«

Schweigen am anderen Ende. Nach einer gefühlten Ewigkeit sagte die Männerstimme genervt: »Moment.«

Weitere fünf Minuten später ertönte eine andere Stimme mit nur einem Wort: »Verschwinde!«

Christies Puls raste. Ihr war, als müsse ihr Herz zerspringen, hatte sie doch deutlich die Stimme ihrer Schwester erkannt.

»Diana bitte!«, rief sie verzweifelt. Es erfolgte keinerlei Reaktion. »Bitte, unsere Mama ist gestorben!«

Sie konnte es nicht fassen, dass Diana nicht einmal mit ihr sprechen wollte. Sie waren sich nie nahe gestanden, hatten wohl auch unterschiedliche Väter, doch eine gemeinsame Mutter, das verbindet doch irgendwie. Und nun war die Frau tot, die sie beide Mama genannt hatten. Verzweifelt hämmerte Christie mit ihren Fäusten gegen das Tor und schrie immer wieder nach ihrer Schwester.

Keine drei Minuten später erschien ein Polizeiwagen, ein Beamter stieg vom Beifahrersitz, öffnete die Hintertür des Fahrzeugs und zerrte sie ohne Kommentar auf die Rücksitzbank. Christie protestierte, doch es half alles nichts. Sie wurde zur nächsten Polizeistation gebracht, ihrer Habseligkeiten entledigt und in eine Zelle gesperrt, in der sich bereits viele andere befanden. Niemand hörte sie an, niemand reagierte auf ihren Protest. Anfänglich fluchte sie lauthals vor sich hin. Als sie merkte, dass sie dadurch nur den Zorn ihrer Mitinsassen auf sich zog, die sie eindringlich aufforderten, endlich leise zu sein, sank sie zusammen und gab sich ganz ihrer Verzweiflung hin. Sie weinte bitterlich. Am nächsten Morgen wurde Christie Egbuna entlassen. Ein Polizist holte sie aus der Zelle und gab ihr die wenigen Habseligkeiten, die man ihr am Tag zuvor abgenommen hatte und zerrte sie grob zurück auf die Straße. Der Beamte forderte sie noch auf, sich niemals mehr in der Wohngegend blicken zu lassen, sonst würde ihr Schlimmes passieren.

Christie war deprimiert und verstand die Welt nicht mehr. Was für ein Mensch war ihre Schwester nur geworden? Diana sollte sie nie wieder sehen.

Zurück

Sie kamen gegen elf Uhr. Er hatte es kommen sehen, konnte aber nichts dagegen tun. Zweimal war er schon stundenlang auf dem Polizeipräsidium in der Saalburgstraße vernommen worden. Wie oft hatte er immer wieder seine Unschuld beteuert? Es war klar gewesen, dass sie irgendwann kommen würden, um ihn zu holen. Sie brauchten ihr Bauernopfer, bevor die Stimmung in der Stadt vollends kippte. Doch warum ausgerechnet er? Er konnte seine Suche noch gar nicht richtig beginnen und nun würde er wieder ewig in Untersuchungshaft sitzen. Wie sollte er sie nun finden, sie, die er unbedingt finden musste?

Nachdem Luka Basler durch den Spion die ihm bereits bekannten Polizisten Becker und Peters sah, war er darauf vorbereitet, was gleich passieren würde. Vor gut zehn Jahren hatte er Ähnliches erlebt, doch nun fühlte es sich anders an. Noch falscher als damals. Allein die Tatsache, dass sie normale Polizeibeamte schicken, um die Festnahme durchzuführen, sprach Bände. Sollte dies bei einem vermeintlich gemeingefährlichen Gewaltverbrecher nicht durch ein Spezialeinsatzkommando erfolgen? Damals hatten sie ihn förmlich überrumpelt und mit Gewalt in Gewahrsam genommen. Ein Vorgehen, das er jetzt durch die fast schon vertrauten Beamten so nicht erwartete.

In Lukas Kopf überschlugen sich die Gedanken. Er würde diesmal niemanden decken und sich auch keiner erdrückenden Beweislast beugen, so viel war sicher. Er wusste ganz genau, dass dies ein abgekartetes Spiel war, doch wer waren seine Gegenspieler? Wer hatte ein so großes Interesse daran, ihn noch einmal hinter Gittern zu sehen, dass dieser Jemand selbst nicht vor einem Mord zurückschreckte?

»Herr Luka Basler, Sie sind vorläufig festgenommen ...«, sagte Polizeikommissar Uwe Peters mit ernster Mine.

Vorläufig? Dass ich nicht lache ..., er wusste genau, dass dies alles andere als vorläufig sein würde. Trotzdem ließ er sich widerstandslos festnehmen. Sich dagegen zu wehren, würde seine Lage nur verschlimmern. Interessant, dass sie sich nicht einmal zuvor einen richterlichen Haftbefehl besorgt hatten. Anscheinend wollte jemand schnell Fakten schaffen. Luka hörte sich die Vorwürfe wortlos an, die gegen ihn erhoben wurden. Hatte er das richtig verstanden? Sie warfen ihm heimtückischen Mord in zwei Fällen vor. Warum zwei? Er war verwirrt und vermutete Schlimmes. Er wusste, in dieser Situation ist Schweigen Gold. Nicht noch einmal würde er den Fehler begehen, Fragen zu beantworten oder etwas von sich aus zu sagen.

Die Beamten führten ihn in Handschellen ab. Ein letzter Blick zurück zum Haus versetzte ihm einen tiefen Stich ins Herz. Er blickte ins Gesicht von Tante Trude, die am Fenster stand und ihn verstört ansah. In ihrem Gesicht las er pure Enttäuschung. Selbst sie hielt ihn inzwischen wohl auch für schuldig. Das wurde ihm in diesem Augenblick schmerzlich bewusst. Die letzten Tage war sie neben dem Bewährungshelfer Dennis Schneider und dem Journalisten Armin Anders sein Bollwerk gegen die schier übermächtige Masse derer gewesen, die in ihm die Bestie vom Kurpark sahen, wie die Presse den Täter titulierte. Doch nun war sie eingeknickt. Er konnte es ihr nicht verübeln. Es war alles zu viel gewesen für die alte Dame. Ihr Großneffe Dennis hätte ihr das nicht zumuten dürfen. Aber wer konnte schon ahnen, dass dies alles passieren würde? Nein, Dennis hatte es nur gut gemeint und sie natürlich auch.

Luka blickte noch einmal in ihr Gesicht und schüttelte vehement seinen Kopf, während die Polizisten ihn weiterschoben. Ob sie verstand, dass er damit ausdrücken wollte, die Morde nicht begangen zu haben? Er wusste es nicht und hatte keine Chance, es ihr zu sagen. Die Beamten drängten ihn in den Wagen und drückten dabei seinen Kopf hinunter. Nachdem die Autotür sich hinter ihm schloss, blickte er wieder zum Haus. Tante Trude war vom Fenster verschwunden. Er hoffte inständig, dass sie diesen Schock verkraften würde, doch nun musste er sich auf sich selbst konzentrieren. Würde es ihm gelingen, aus dieser Situation wieder herauszukommen, oder würde er noch einmal verurteilt werden?

Das Polizeiauto setzte sich in Bewegung. Erst jetzt sah Luka, dass die Nachbarn die ganze Szenerie mit Argusaugen verfolgt hatten. Einige standen vor ihren Häusern und blickten dem Wagen nach. Vermutlich waren sie aus den Häusern gekommen, als der Polizeiwagen vorfuhr, und hatten alles genau beobachtet. Sie würden erleichtert aufatmen und miteinander austauschen, wie glücklich sie waren, dass der Spuk nun endlich vorbei war.

Luka konnte es ihnen nicht einmal krummnehmen. An ihrer Stelle hätte er vielleicht ebenso reagiert. Doch war er es, dessen Festnahme nun gefeiert wurde. Vermutlich wussten nur er und der tatsächliche Täter, dass er, Luka Basler, unschuldig war. Bei dem Gedanken, erneut ins Gefängnis gehen zu müssen, bekam er einen dicken Kloß im Hals. Resigniert schloss er während der Fahrt die Augen und öffnete sie erst wieder, als ein Beamter ihn aufforderte, aus dem Wagen zu steigen.

Der Brief

Geliebter Bruder,
wenn du diese Zeilen liest, werde ich vermutlich nicht mehr am Leben sein. Ich habe dich vermisst, seitdem du uns verlassen hast, jeden Tag. Nein, ich mache dir keinen Vorwurf. Nichts läge mir ferner. Du hast am meisten unter unserer Mutter gelitten. Wahrscheinlich, weil du männlich bist, und es Männer waren, unter denen unsere Mutter ihrerseits gelitten hat.
Ich möchte sie keineswegs verteidigen, mein lieber Christian. Sie war ein schlechter Mensch, durch und durch. Wenn man selbst schlecht behandelt wird, gibt es einem nicht das Recht, auch andere Menschen schlecht zu behandeln. Aber das hat sie anscheinend nie verstanden, sie war einfach nur verbittert. Nach deinem Weggang war es zu Hause nur noch unerträglich. Sie ließ ihre ganze Wut an uns Verbliebenen aus, wie du dir sicher vorstellen kannst. Doch mein Zorn ist inzwischen verflogen. Er war eines Tages weg, ganz von alleine. Wie heißt es so schön: Die Zeit heilt alle Wunden.
Leider muss ich dir schlechte Nachrichten überbringen. Unser Sonnenschein Mary ist kurz nach deinem Verschwinden sehr krank geworden. Wir mussten täglich dabei zusehen, wie es ihr immer schlechter ging. Mutter brachte sie erst ins Juju-Haus, als sie schon halb tot war. Doch der Priester konnte nichts mehr machen. Die Götter waren wahrscheinlich zu sehr erzürnt über Mutters sorgloses Verhalten. Sie konnten nicht mehr umgestimmt werden, obwohl wir Tag und Nacht beteten. Möge sie in Frieden ruhen, unsere kleine Schwester.
Diana hat schon mit fünfzehn einen Mann gefunden, einen sehr reichen. Sie ist die Drittfrau von Immanuel Squasi geworden und hat ihm schon viele Kinder geschenkt. Seit ihrem Weggang habe ich sie ebenfalls nicht mehr

gesehen. Sie hat den Kontakt komplett abgebrochen und will nichts mehr von ihrer Herkunft wissen.

Mit siebzehn begann ich im Waisenhaus auf Victoria Island zu arbeiten. Ich entwickelte sehr schnell eine gute Hand für die armen Kinder. Die Arbeit machte viel Spaß und ich wurde von den Nonnen gut behandelt. Insbesondere Schwester Dorothea habe ich in mein Herz geschlossen und sie mich in ihres. Von niemandem habe ich so viel gelernt wie von ihr und ich wünschte, ich könnte ewig im Waisenhaus bleiben, doch vor Kurzem hat sich alles verändert. Ich bin hier nicht mehr sicher!

Nachdem ich längere Zeit nicht zu Hause im Dorf war, bin ich zu Ostern trotz meiner Ressentiments ihr gegenüber unsere Mutter besuchen gefahren. Ich will dir Details ersparen, aber das hat selbst sie nicht verdient. Die Götter haben mich an dem Tag zu ihr geführt, an dem sie bestialisch ermordet wurde. Ich konnte den Anblick ihrer aufgeschlitzten Kehle nicht ertragen und bin ohnmächtig geworden.

Was mich zusätzlich runtergezogen hat, war, dass Diana nicht zur Beerdigung erschien. Ich hatte sie im Haus ihres Mannes in Ikoyi aufgesucht, doch sie hat mich nicht einmal hereingebeten. Schlimmer noch, sie hat mich sogar von der Polizei verhaften lassen. Was ist nur mit dieser Welt los? Warum ist unsere Familie so verflucht?

Im Dorf hat der Tod unserer Mutter auch nicht viel Aufsehen erregt. Die Ältesten haben beschlossen, unsere Hütte abzureißen. Nichts sollte mehr an sie erinnern. Sie war wie wir alle immer eine unerwünschte Person gewesen. Ob sie deshalb so schlecht geworden ist?

Mir hat ihr Ende keine Ruhe mehr gelassen. Das hat niemand verdient, selbst sie nicht. Also habe ich Nachforschungen angestellt. Ein Junge aus dem Dorf berichtete mir, dass er am Tag ihres Todes in der Nähe der Hütte einen weißen Volkswagen Bulli gesehen hatte. Du weißt schon, einer von den vielen hier mit dem großen blauen B drauf, von dieser Baufirma, die so viel in unserer Stadt baut. Aus dem Wagen sei ein großer weißer Mann ausgestiegen und zur Hütte unserer Mutter gegangen. Er hatte lange blonde Haare und eine mächtige Nase. Später sei das Fahrzeug mit hoher

Geschwindigkeit davon gebraust. Diese Wagen haben alle eine Nummer aufgedruckt. Dieser hatte die Nummer einhundertachtundsiebzig.

Christian Egbuna hielt inne. Er schloss die Augen und ließ das bisher Gelesene auf sich wirken. Der Tod seiner kleinen Schwester Mary traf ihn sehr. Schon beim Lesen waren seine Augen feucht geworden, doch nun kämpfte er nicht mehr gegen die Tränen. Er hatte seine Familie damals bewusst verlassen, war geflohen vor der eigenen Vergangenheit mit all den Schmerzen, die er in seinem damaligen Leben erlitten hatte. Genau jene Vergangenheit, die ihn nun massiv einholte. Er hatte sich damals nicht einmal von Mary verabschiedet, aber auch nicht von Christie, Diana und seiner Mutter.

Der Tod seiner Mutter? Christian dachte kurz nach, konnte aber dazu keinen klaren Gedanken fassen. Als Mann Gottes hatte er sich jahrelang dagegen gewehrt, Hass für sie zu empfinden. Es war ihm recht gut gelungen. Stattdessen hatte er die Erinnerungen an sie verdrängt. Christian wusste nicht einmal mehr genau, wann er das letzte Mal an seine Mutter gedacht hatte, bis ihn Schwester Dorothea aufgesucht hatte, doch nun? Was empfand er in diesem Augenblick, in dem ihr Tod ihm noch einmal so richtig bewusst wurde? Er hörte in sich hinein, doch fand er dort keine eindeutige Antwort. Musste er nicht als gläubiger, gottesfürchtiger Mensch tiefe Trauer empfinden? War es ihm zu verzeihen, dass er in Anbetracht dessen, was diese Frau ihm angetan hatte, vielleicht sogar Erleichterung verspürte? Er kämpfte innerlich und beschloss, später in die Kirche zu gehen. Er musste am Abend mit dem Pastor sprechen und dessen Rat einholen. Nachdem er diesen Entschluss gefasst hatte, konnte er weiterlesen:

Manchmal helfen einem die Götter. Sie haben bestimmt einen guten Grund dafür, dass der Junge das beobachten durfte. Ich sehe es als einen Auftrag an,

das nicht auf uns sitzen zu lassen. Wir müssen den Mörder unserer Mutter zu Rechenschaft ziehen!
Zwei Tage nach Mutters Beerdigung erschien zufällig solch ein Volkswagen Bulli, mit einem weißen Mann und seiner nigerianischen Frau hier im Waisenhaus. Das Paar hat schon zwei Kinder und interessierte sich, einem unserer Waisen ein neues Zuhause zu geben. Sie sind sozial sehr engagiert, haben von unserer Arbeit gehört und möchten ihren Beitrag dazu leisten. Ich habe diese Gelegenheit natürlich genutzt und unter einem Vorwand nach dem Mann mit der großen Nase und den langen blonden Haaren gefragt. Der Mann war zum Glück keineswegs verschlossen, er hat Vertrauen zu unserer Kirche und witterte nichts Böses hinter meinen Fragen. Mir gelang es sogar, den Namen des blonden Mannes herauszufinden. Er ist Deutscher und heißt Detlef Hellmuth. Angeblich soll er in Kürze zurück nach Deutschland fliegen, da sein Vertrag endet.
Was mich nun seit zwei Tagen beunruhigt und dazu veranlasst, diesen Brief jeden Abend zu verstecken, ist, dass genau dieser Mann mit seinem Wagen ein paarmal vor unserem Waisenhaus auf der Straße parkte und uns hier beobachtete. Das kann kein Zufall sein. Wenn du unsere Mutter gesehen hättest, dann würdest du meine Angst verstehen. Er ist zu allem fähig!

An dieser Stelle endete der Brief. Keine Abschlussworte, kein Gruß an ihn. Es schien so, als wenn Christie ihn nicht zu Ende schreiben konnte, ihn schnell noch versteckt hatte, bevor ..., ja, bevor was? Was mochte wohl passiert sein? Sie schrieb, dass sie vermutlich tot sei, wenn er den Brief lesen würde. Wieder liefen Tränen seine Wangen hinunter. Christian Egbuna musste seine Schwester suchen, selbst auf die Gefahr hin, dass er herausfinden würde, dass sie tot sei.

Wer, warum, weshalb?

Als Armin Anders den Anruf entgegennahm, hörte er die niedergeschlagene Stimme von Luka Basler: »Sie haben mich festgenommen, angeblich vorläufig.«

»Warum denn das?«

»Verdacht auf zweifachen Mord.«

»Zweifachen Mord? Was ist passiert?«

»Ich hab keinen blassen Schimmer. Hab mit den Beamten nicht gesprochen, nur alles über mich ergehen lassen.«

»Das war klug. Trotzdem müssen wir sofort herausfinden, was die Ihnen konkret vorwerfen. Haben Sie schon einen Anwalt?«

»Nein, ich hab mein Recht, jemanden über meine Festnahme zu informieren, dazu genutzt, Sie anzurufen. Vielleicht können Sie ja etwas für mich tun. Von einem Pflichtanwalt vertreten zu werden, ist nicht so prickelnd.«

»Gut, ich kümmere mich darum und werde auch Dennis Schneider informieren. Sagen Sie keinesfalls irgendetwas, bis der Rechtsanwalt kommt. Sollte die richterliche Anhörung noch vorher angesetzt werden, bestehen Sie unbedingt darauf, auf den Anwalt zu warten!«

»Alles klar, danke.«

»Nichts zu danken. Haben Sie wirklich keine Ahnung, was es mit diesem zweiten Mord auf sich haben könnte?«

»Nein, ich schwöre es Ihnen, keinen blassen Schimmer. Für mich ist inzwischen klar, dass es ein abgekartetes Spiel ist.

Irgendjemand hat so ein großes Interesse, dass ich wieder in den Knast gehe, dass er dafür selbst vor einem Mord nicht zurückschreckt.«

»Wer könnte das sein? Irgendeinen Verdacht?«

»Nein. Das ist ja das Verrückte. Aber allein die beiden Flugblätter zeigen, dass hier jemand am Werk ist, der recht klug vorgeht. Doch diese Skrupellosigkeit, einen unschuldigen Menschen zu ermorden, ist schlichtweg unheimlich. Wer sollte so etwas machen?«

»Mindestens einen zu ermorden ... Wenn das reicht. Es muss wohl in der Zwischenzeit ein zweites Opfer geben.«

»Genau, das macht mir Angst, Herr Anders. Anscheinend bin ich der Grund, dass Menschen sterben müssen. Warum nur?«

»Das werden wir herausfinden, das verspreche ich Ihnen! Lassen Sie den Kopf nicht hängen und machen es so, wie besprochen. Ich kümmere mich um alles.«

***

Die richterliche Anhörung führte zu einem Haftbefehl. Die Indizien sprachen für sich, zumindest nach Auffassung der Richterin. Im Kurpark war eine zweite Leiche gefunden worden. Diesmal gab es keine unmittelbaren Zeugen und die verhängte Nachrichtensperre verhinderte, dass etwas nach außen drang. Wieder war die Tatwaffe ein Messer gewesen. Gleicher Typ wie beim ersten Mord. Das Opfer und ihr Hund waren regelrecht abgeschlachtet worden. Die Forensik hatte auf dem Messer zwar keine Fingerabdrücke gefunden, doch direkt neben der Leiche war ein Zigarettenstummel gelegen, auf dem sich die DNA von Luka Basler befand.

Der Einwand des Anwalts, dass dies sehr nach einem gestellten Tatort aussah, beziehungsweise der Zigarettenstummel schon vor der Tat dort gelegen haben könnte, wurde von der Richterin mit einem überheblichen Grinsen zur Seite gewischt. Zur Tatzeit war Luka Basler angeblich zu Hause gewesen und hatte somit kein Alibi. Trude Reinhard hatte tief und fest geschlafen und konnte keine Angaben dazu machen, ob ihr Mieter sich tatsächlich die ganze Nacht über in der Wohnung unter ihr aufgehalten hatte oder nicht. Die Richterin sah Fluchtgefahr als gegeben an.

Noch am selben Tag wurde Luka Basler in die Justizvollzugsanstalt Preungesheim verlegt, den Ort, den er hasste wie keinen anderen. Nach seiner Entlassung hatte er sich geschworen, hier niemals mehr auch nur in die Nähe zu kommen. Nur drei Wochen später war er nun wieder hier. Wie lange würde er diesmal sitzen?

***

Armin Anders keuchte auf seinem Mountainbike. *Scheiß Zigaretten*, dachte er sich und haderte schon wieder mit sich selbst. Als er schließlich bei Manfred Wegener in Kirdorf ankam, war er nass geschwitzt. Wie immer musste er mehrmals klingeln, bis Manfred endlich mit einem kurzen »Du schon wieder« die Tür öffnete.

»Auch schön, dich zu sehen, Manfred.«

Armin meinte noch, ein »Leck mich« gehört zu haben, als sein Freund durch den Flur verschwand, war sich jedoch nicht sicher. Würde definitiv zu Manfred passen, der stets abweisend und unfreundlich rüberkam.

Das nun folgende Ritual hatte schon Kultstatus zwischen ihnen. Wortlos ging Armin durch das Arbeitszimmer in die Küche, holte zwei Flaschen Bier heraus und suchte sich anschließend im Chaos einen Platz zum Sitzen. Irgendetwas musste er immer wegräumen, während Manfred, ihn völlig ignorierend, weiter auf eine seiner Tastaturen einhämmerte. Das Bier trank Armin schweigend. Würde er etwas sagen, wäre es, als wenn er mit einer Wand kommunizierte. Manfred war ganz in seinem Element und schien meilenweit entfernt. Oft fing Manfred nicht einmal mit dem Bier an, bis er endlich seine Tätigkeit, was immer das auch war, abgeschlossen hatte. Diesmal dauerte es besonders lange. Vielleicht auch deswegen das »Leck mich« von vorhin. Manfred hatte sich in irgendetwas festgebissen, und das konnte dauern.

Armin holte sich genervt ein zweites Bier aus dem Kühlschrank und hoffte insgeheim, dass Manfred für ihn bereit sein würde, bevor er betrunken war. Seine Sorge war aber übertrieben, denn nach dem ersten tiefen Schluck aus der neuen Flasche, griff Manfred zu seinem Bier, trank es an und drehte den Kopf zu seinem Freund. Das war das Zeichen, dass Armin nun sein Anliegen vorbringen konnte.

Armin schilderte ihm die Festnahme von Luka Basler und bat ihn, Näheres über den zweiten Mord herauszufinden. Keine große Herausforderung für Manfred. Nachdem er Armin alles Verfügbare mitgeteilt hatte, pfiff der Journalist durch die Zähne, beziehungsweise versuchte es. Richtig gelernt hatte er das nie und ärgerte sich wie immer darüber, dass es ihm so schlecht gelang. Dann sprach er wieder zu seinem Freund: »Ich brauche noch mehr Informationen über Luka Basler.«

»Ok.«

Schon hämmerte Manfred erneut auf einer Tastatur herum. Armin sprach weiter, war sich aber nicht sicher, ob seine Worte den Nerd auch erreichten. »Sein ganzes Umfeld müssen wir beleuchten!« Manfred zeigte keinerlei Reaktion, also sagte er eher zu sich selbst: »Irgendjemand hatte ein großes Interesse daran, dass Luka wieder eingebuchtet wird, ich muss wissen, wer das war.«

Armin unendlich erscheinende, schweigende Minuten vergingen, in denen er nur das Tastaturgeklapper und sein eigenes Atmen hörte. Das zweite Bier war geleert und er holte sich ein weiteres. Normalerweise trank er nicht so viel, doch war er angespannt. Er witterte etwas Großes, ohne zu wissen, in welche Richtung die Reise gehen würde. Endlich hielten Manfreds Finger inne. Der Computerspezialist griff nach seinem Bier und lehnte sich entspannt zurück.

»Es gibt nicht wirklich viel über ihn, aber eine Sache ist mehr als ungewöhnlich. Luka Basler kommt aus ärmlichsten Verhältnissen. Sein Vater ist unbekannt. Seine Mutter Felicitas Basler war wohl ungewollt schwanger geworden und der Erzeuger vermutlich abgehauen. Anders kann ich mir das nicht erklären.«

»Was meinst du?«

»Felicitas Basler hat im Alter von siebzehn Jahren eine Zwillingsgeburt gehabt und nur Luka behalten. Seine Schwester wurde zur Adoption freigegeben.«

»Eigenartig.«

»Sag ich doch. Was für eine Mutter macht denn so etwas? Und wie trifft man die Entscheidung, welches Kind man behält und welches man weggibt? Sie war vermutlich überfordert mit zwei Babys. So jung und bettelarm Mutter zu werden, hatte sie völlig aus der Bahn geworfen. Wahrscheinlich hat sie erst nach der Geburt der Zwillinge angefangen, als Prostituierte zu arbeiten. Aber sicher kann ich das nicht sagen.«

»Krass! Vielleicht hat sie sich von Luka mehr versprochen als von ihrer Tochter? Hat wohl gedacht, dass er als Junge schneller auf eigenen Beinen stehen und Geld nach Hause bringen würde.«

»Kann sein, aber sind nicht eher die Mädchen früher selbstständig? Vielleicht war das Mädchen auch kränklich? Egal, jedenfalls ging Felicitas Basler auf dem illegalen Straßenstrich in Berlin anschaffen und wurde immer wieder von der Polizei aufgegriffen. Zwischendurch nahm ihr das Jugendamt den Jungen weg. Luka war damals sieben.«

»Hört sich wie ein Krimi an.«

»Ja, und die Sache geht weiter: Sie brauchte über zwei Jahre, bis sie sich endlich so gefangen hatte, dass man ihr den Jungen wieder anvertraute. Jugendämter verstehen keinen Spaß, wenn es um das Kindeswohl geht. Ein weiteres Jahr später zog sie nach Frankfurt und begann in einem Laufhaus in der Taunusstraße anzuschaffen.«

»Klingt nicht nach einem wohlbehüteten Umfeld für einen Heranwachsenden.«

»Nein, ganz und gar nicht. Sie hatte darüber hinaus ein ernsthaftes Drogenproblem, vermutlich folgte deshalb dann ein Umzug nach Frankfurt. Das Jugendamt Berlin hätte ihr sonst wahrscheinlich den Sohn endgültig entzogen. Aber auch in Frankfurt erfolgten immer wieder Festnahmen durch die Polizei und sie flog schnell aus dem Laufhaus. Die Wirtschafter kennen keinen Spaß, wenn die täglich fällige Miete nicht bezahlt wird.«

»Was hat sie dann gemacht?«

»Sie hatte keine andere Wahl mehr und ist wie andere Junkies auf dem Straßenstrich gelandet. Theodor-Heuss-Allee, du weißt schon. Sie hat sich aber auch illegal im Bahnhofsviertel Freier gesucht.«

»Straßenstrich, puh, wer da landet, ist wirklich am Ende. Ist irgendetwas aus dieser Zeit über den Jungen bekannt?«

»Warte, um den muss ich mich gleich noch mal genauer kümmern. Doch erst kommt es noch schlimmer, das bittere Ende der Felicitas Basler: Ihre Leiche wurde eines Tages im Straßengraben bei Kelkheim gefunden. Ein perverser Freier hat sie wohl abgestochen.«

»Scheiße, ich hatte schon ein solches Ende befürchtet, als du sagtest, es komme noch schlimmer. Wer hat sie umgebracht?«

»Der Täter konnte nie ermittelt werden, trotz jeder Menge fremder DNA an der Leiche. Sie hatte sogar kurz zuvor noch ungeschützten Verkehr. Du weißt, wie diese Scheiße hierzulande funktioniert. Beim Tod einer Nutte wird anders ermittelt als beim Tod einer Politikerin. Die Untersuchungen wurden schnell eingestellt. Vermutlich fehlten wieder mal die Mittel.«

»Was ist aus Luka Baslers Zwillingsschwester geworden?«

In dem Moment ertönte ein Warnsignal, wie Armin es nur aus Unterseebooten in Kriegsfilmen kannte. Einer der Bildschirme blinkte dazu hell leuchtend in Rot.

»Scheiße!«, fluchte Manfred. »Du musst jetzt gehen. Ich kümmere mich am Abend weiter um Luka und seine Schwester. Die Sache hier wird länger dauern. Ein Hackerangriff bei einem Kunden, da ist jemand verdammt gut! Ich melde mich später bei dir.«

Nachdenklich radelte Armin zurück in den Stadtteil Gonzenheim. Er war sich durchaus bewusst, dass er das nach drei Flaschen Bier eigentlich nicht tun sollte, doch war er nicht bereit, das Rad zu schieben. Sein Handy klingelte. Dank der Freisprecheinrichtung über Bluetooth, die den Anruf automatisch entgegennahm, meldete er sich, weiterhin auf dem Hessenring in die Pedalen tretend: »Hallo!«

Er nannte am Telefon nie seinen Namen. Anrufer wussten ohnehin, wen sie anriefen, zumindest die, die sich nicht verwählt hatten.

»Hi, Brüderchen, warum schnaufst du denn so?«

»Ach, ich strampel mir gerade einen ab. Ich komme von Manfred und fahre nach Hause. Schönen Gruß soll ich dir von ihm ausrichten.«

Er piesackte seine Schwester immer mit seinem eigenartigen Freund. Es war ihr unangenehm, dass dieser schon seit Kindesbeinen einen Narren an ihr gefressen hatte. Ihr war dieser Computerfreak schon immer suspekt.

»Wie oft habe ich dir gesagt, du sollst diesen Namen nicht erwähnen.«

»Aber wenn er dir immer so nett schöne Grüße bestellt ...«

»Leck mich!«

Grinsend erwiderte Armin: »Du mich auch, Süße, aber deswegen rufst du doch bestimmt nicht an.«

»Nein, ich wollte dich für heute Abend einfach mal wieder zum Essen einladen. Roger ist gestern nach Monte Carlo gefahren, um Jason zu besuchen. Ich habe Lust zu kochen und eine Freundin von mir kommt auch. Für drei lohnt es sich, was Leckeres zu machen.«

»Welche Freundin denn?«

Armin schwante sogleich Böses, versuchte seine Schwester, ihn doch immer wieder zu verkuppeln. Er fand es ja rührselig, aber er suchte sich seine Partnerinnen lieber selbst aus. Er hielt sich für bindungsunfähig. Eine dauerhafte Beziehung passte ohnehin nicht in sein Leben.

In jungen Jahren immer wieder von heftigem Herzschmerz heimgesucht, hatte Armin recht bald herausgefunden, was ihn nach einer enttäuschten Liebe wieder auf die Beine brachte: eine andere Frau. Und so hatte er sich oft von einem Abenteuer ins nächste gestürzt, dabei versucht, die vergossenen Tränen und sentimentalen Gedanken an seine letzte Beziehung so schnell wie möglich zu vergessen.

Enttäuschte Gefühle? Was lag da näher, als sein Glück in einer neuen Affäre zu suchen? Diese blieb jedoch meist auch wieder recht kurz. Je größer die Enttäuschung in den Armen einer Frau war, desto schneller und heftiger hatte er sich sogleich in die nächste Liaison gestürzt. War rastlos um die Häuser gezogen, von einer Bar in die andere, von einem Klub in den nächsten, bis er ein weibliches Wesen gefunden hatte, das seine Aufmerksamkeit auf sich zog. Eine, die ihn so faszinierte, dass er sie besitzen musste. Es war ein Teufelskreis gewesen, aus dem er nie mehr so recht herausgekommen war.

Inzwischen war er zwar etwas ruhiger geworden, doch an seiner Grundeinstellung hatte sich nicht wirklich etwas geändert. Die Frau, die dauerhaft zu ihm passte, war wohl noch nicht geboren, und so erwartete er sich auch nichts von Danielas neuerlichem Versuch, ihn zu verkuppeln. Trotzdem war er neugierig, wer es wohl diesmal sein mochte.

»Überraschung«, gab Daniela sich geheimnisvoll.

»Nee, komm, mach's nicht so spannend, sonst tauche ich erst gar nicht auf. Ich erinnere mich noch mit Schrecken an diese Andrea, die den ganzen Abend ohne Luft zu holen schnatterte.«

»He, he, Andrea hatte einen Narren an dir gefressen und war so nervös, dass sie gar nicht anders konnte. Ich habe dir schon oft gesagt, dass sie eine ganz Liebe ist und das normalerweise so überhaupt nicht ihre Art ist.«

»Ja, ja, wer's glaubt, wird selig. Ganz im Ernst, wenn du Andrea meinst, dann nein, danke.«

»Brüderchen, du kennst mich doch.«

»Eben, deswegen ja.«

»Würde ich dir jemals so etwas noch einmal antun? Ich weiß doch, dass Andrea bei dir verbrannt ist. Ich will immer nur dein Bestes. Ach, wie wünschte ich, dass du mir nun in meine blauen Augen blicken könntest, damit du jeglichen Zweifel verlierst.«

Armin konnte nicht umhin, laut zu kichern. Seine Schwester war etwas ganz Besonderes für ihn und brachte ihn immer wieder zum Lachen.

Daniela fuhr fort: »Du wirst überrascht sein, das verspreche ich dir, sehr, sehr positiv überrascht!«

»Kenne ich sie?«

»Nein, das ist ja die Überraschung. Ich weiß doch, dass meine anderen Freundinnen nichts für dich sind, zumindest nichts

Dauerhaftes.« Jetzt war es an Daniela zu kichern. »Also komm bitte um zwanzig Uhr vorbei, ich koch auch deine geliebten gefüllten Paprika.«

»Das ist gemein. Du weißt genau, dass ich da nicht widerstehen kann. Also gut, dann bis später, aber ziehe dich schon mal warm an, wenn das wieder so eine Schnattertrulla ist.«

»He, he, da habe ich gar keine Angst. Freu mich drauf, bis dann.«

***

Zuhause angekommen rief Armin Anders Hauptkommissar Dieter Rebmann an. Dieser nahm den Anruf erst nach mehrmaligem Klingeln entgegen. Armin wartete nicht, bis sich sein Freund meldete. »Das ist wohl nicht euer Ernst, Dieter!«

Der Angesprochene wusste sofort, was er meinte.

»Mir sind die Hände gebunden, ich kann nicht darüber sprechen.«

»Ihr könnt doch nicht einen Unschuldigen einsperren, nur um der Öffentlichkeit ein Bauernopfer zu präsentieren und für ein paar Tage Ruhe einkehren zu lassen.«

»Wie gesagt, ich kommentiere das nicht.«

»Mensch Dieter, wir sind Freunde. Was soll das?«

»Liefere mir einen Gegenbeweis, dass Luka Basler unschuldig ist, dann kann ich mit der Staatsanwaltschaft reden. Ansonsten spricht weiterhin alles gegen deinen neuen Freund.«

»He, he, er ist nicht mein neuer Freund, aber du weißt, wie sehr ich Ungerechtigkeit hasse. Seit wann müssen Unschuldige in unserem Land beweisen, dass sie nicht die Täter sind? Ihr macht gerade den Bock zum Gärtner!«

»Vielleicht, vielleicht auch nicht. Seine DNA ist am Tatort gefunden worden und er hat kein Alibi.«

»Und was bitte soll sein Motiv sein?«

»Seit wann braucht ein Psychopath ein Motiv? Mal ganz ehrlich, Armin, so wie die Tat abgelaufen ist, muss der Typ total krank im Kopf sein. Der Druck war so groß, wir mussten ihn von der Straße holen.«

»Ich hab ihm einen Anwalt besorgt, doch ihr lasst ihn auflaufen. Ich wusste ja, dass diese Stadt vom Geld regiert wird, doch dass ihr so weit gehen würdet, hätte ich nicht gedacht. Das Ganze stinkt doch zum Himmel. Ein Zigarettenstummel als Indiz und sonst gar nichts, was soll das?«

»Verdammt, Armin, mir sind die Hände gebunden! Es war nicht nur der Zigarettenstummel mit seiner DNA am Tatort. Beim ersten Mord passten ja auch die Personenbeschreibung und die Kleidung haargenau.«

»Ihr habt aber an all seinen schwarzen Hosen und roten Pullis keinerlei Spuren vom Tatort gefunden.«

»Liefer mir etwas Neues, ansonsten ist für uns der Fall abgeschlossen und ich werde einen Teufel tun, meinen Job zu riskieren, indem ich auf eigene Faust weiter ermittle.«

»Habe ich das richtig verstanden? Du bittest mich um Hilfe und hältst dich von nun an raus, da du Angst um deinen Kopf hast?«

»Denk doch, was du willst!«

Damit war das Telefonat beendet. Armin kochte innerlich vor Wut. Diesmal schienen die Anweisungen von ganz oben zu kommen. Normalerweise zog Dieter nicht so schnell den Schwanz ein. Sein Schulfreund hatte recht, er musste Ergebnisse liefern, sonst würde Luka Basler gar noch ein zweites Mal verurteilt werden. Die ganze Sache stank zum Himmel.

Jacinta

Armin kam zu Fuß. Auch wenn er manchmal das Mountainbike benutzte, um zu seiner Schwester zu fahren, war es am Abend besser zu gehen. Entgegen seiner Absicht, die schon vor über einem Jahr gekaufte Beleuchtungsanlage für sein Fahrrad vorschriftsgemäß zu montieren, lag sie immer noch auf dem Regal in der Garage. Jedes Mal, wenn er am Abend wegmusste, nahm er sich fest vor, dieses Versäumnis endlich nachzuholen. Am nächsten Tag war der gute Vorsatz freilich stets vergessen oder es kam etwas Dringenderes dazwischen.

Armin klingelte bei den Strassners und lag kurze Zeit später in den Armen seiner aufkreischenden Schwester. In solch einem Augenblick, in dem sie sich innig umschlungen hielten, wurde ihm wieder bewusst, wie wunderbar das Leben doch sein konnte. Nichts erinnerte mehr an die depressive Frau zur Zeit, als ihr Sohn Jason verschwunden war. Nach der herzlichen Umarmung folgte er Daniela ins Wohnzimmer.

»Das ist Jacinta. Jacinta, mein Bruder Armin.«

Zu behaupten, dass Armin positiv überrascht war, wäre völlig untertrieben. Die Frau war ganz sein Typ. Kein Modepüppchen mit übertriebenem Make-up, ganz im Gegenteil. Lange brünette Haare, die nicht ungepflegt, aber doch ziemlich wild und ungeordnet ein sehr ebenmäßiges Gesicht umrahmten. Die Nase etwas zu groß, tiefblaue Augen, in denen er sich sofort verlor. Eine natürliche Schönheit. Sein Puls beschleunigte sich, als Jacinta ihre vollen Lippen öffnete und zwei Reihen weiß blitzender Zähne offenbarte. Der Journalist konnte nicht anders und starrte sie grinsend an.

»Hallo Armin, schön, dich kennenzulernen!«

Ihre Stimme elektrisierte ihn.

»Ganz meinerseits, ich freue mich auch!«

Sie hielten sich etwas zu lange die Hände und sahen sich dabei die ganze Zeit in die Augen. Ein betretenes Schweigen, das Daniela gut gelaunt mit den Worten beendete: »Na, habe ich zu viel versprochen?«

Beide sahen sich weiterhin an und antworteten nahezu zeitgleich: »Nein!«

Alle drei lachten und setzten sich auf die Couch.

»Jacinta und ich haben uns vor zwei Wochen beim Yogakurs kennengelernt. Wir haben uns gleich gut verstanden und die Nummern ausgetauscht. Seitdem haben wir schon einiges zusammen unternommen. Jacinta ist ..., ach, ihr Lieben, lernt euch doch einfach selbst besser kennen, ich muss wieder in die Küche, bevor das Essen anbrennt.«

Sprach's, erhob sich und eilte aus dem Wohnzimmer hinaus. Armin sah ihr kurz grinsend hinterher, um sich danach gleich wieder Jacinta zuzuwenden. Am liebsten hätte er ihren Kopf zwischen seine Hände genommen und ihre verführerischen Lippen sanft geküsst. Doch ganz so stürmisch war er nun auch wieder nicht. Er dachte stattdessen krampfhaft darüber nach, was er sie fragen konnte. Normalerweise war er nicht auf den Mund gefallen und hatte keinerlei Probleme, mit einer Frau Konversation zu betreiben, doch die Situation überforderte ihn. Schon lange hatte ihn keine Frau mehr auf den ersten Blick so fasziniert. Jacinta war einfach zu perfekt, zumindest vom Aussehen.

»Ich bin erst vor einem Monat nach Frankfurt gezogen. Neue Stadt, neues Leben«. Dabei lächelte sie ihn an, dass er sich sofort wieder verlor. »Deine Schwester hat mir schon einiges von dir erzählt. Du führst ein interessantes Leben.«

»Findest du? Ich vermute mal, Daniela hat schamlos übertrieben.«

»Glaube ich nicht und mir gefällt gerade, was ich sehe.«

Huh, die geht ja ran, bei der muss ich wirklich aufpassen, sonst bin ich verloren, dachte er sich, grinste sie aber frech an und entgegnete: »Du bist auch nicht gerade von schlechten Eltern ...«

»He, he, du kennst meine Eltern doch gar nicht. Meine Mama ist Mexikanerin, mein Vater ein echter Berliner. Nun ja, und das Ergebnis dieser Kombination sitzt jetzt hier neben dir.«

»Du bist auf jeden Fall nicht auf den Mund gefallen, Jacinta, das gefällt mir, und noch vieles mehr ...«

»So? Was denn zum Beispiel?« Dabei rückte sie enger an ihn heran. Ihre Gesichter waren nun so nah, dass er ihren heißen Atem spürte. Einem inneren Zwang folgend, beugte er sich vor und presste seine Lippen kurz auf ihre. Dabei sah er Jacinta unverblümt in die Augen. Für einen kurzen Augenblick dachte Armin, er sei zu stürmisch gewesen und hätte es versaut, doch dann entgegnete sie mit leiser Stimme: »Hey, du bist ja ein ganz Frecher«, und küsste ihn zurück. Diesmal verblieben ihre Lippen etwas länger aufeinander. Sie sahen sich an und konnten die Blicke nicht vom jeweils anderen lassen. Die gegenseitige Anziehungskraft hatte etwas Magisches.

Armin ergriff Jacintas Hand. Ihre Finger spielten miteinander. Wie von einem Magnet angezogen, beugten sich beide zueinander vor und küssten sich erneut. Ihre Lippen öffneten sich und bereiteten so den Weg für ihre Zungen, die sich anfänglich vorsichtig und dann immer wilder umkreisend vereinten.

Daniela kam aus der Küche, blieb im Flur stehen und beobachtete fasziniert das neugefundene Pärchen. Garantiert hatten Jacinta und Armin nichts von ihrer Anwesenheit mitbekommen, so beschäftigt wie sie waren. Grinsend ging Daniela zurück in die Küche. Sie wollte den Augenblick der beiden nicht zerstören, brannte aber darauf, zu sehen, wie der weitere Abend sich entwickeln würde. Sie wusste, dass ihr Bruder ein Schürzenjäger war, hatte das aber noch nie so hautnah miterlebt. Fünf Minuten später rief sie übertrieben laut aus der Küche: »Kinder, das Essen ist fertig«, und erschien kurz darauf mit den ersten beiden köstlich duftenden Tellern und stellte sie auf dem Esstisch ab.

»Ich hoffe, ihr habt einen Bärenhunger. Ich habe wie immer viel zu viel gekocht. Aber nun steht auf, ihr beiden Turteltäubchen und setzt euch rüber an den Tisch!«

Die beiden Angesprochenen strahlten über beide Ohren und erhoben sich. Armin half Jacinta mit ihrem Stuhl, die sich umgehend für diese, bei vielen aus der Mode gekommenen, netten Geste mit einem bezaubernden Lächeln bedankte. Sein Puls machte schon wieder Bocksprünge. Er goss Rotwein aus dem Dekanter in die bereitstehenden Gläser und setzte sich ebenfalls, als Daniela gerade mit dem dritten Teller erschien.

Sie prosteten einander zu und tranken auf einen schönen Abend zusammen. Armin und Jacinta saßen sich gegenüber und konnten auch beim Essen ihre Augen nicht voneinander lassen. Sie wussten bislang so gut wie nichts über den jeweils anderen, wobei Jacinta eindeutig im Vorteil war, hatte doch Daniela zumindest in ihren Schwärmereien über ihren Bruder den einen oder anderen Hinweis gegeben, wie sein Leben aussah. Daniela versuchte beim Essen immer wieder ein richtiges Gespräch aufkommen zu lassen, doch ihre beiden Gäste starrten sich ständig nur an und hatten dabei so ein breites Grinsen auf ihren Gesichtern, dass sie zwischendurch immer wieder das Kauen vergaßen. Daniela gab es schließlich auf. Sie wusste, dass sie an diesem Abend keine größere Rolle spielen würde. Ihr Plan war voll und ganz aufgegangen. In ihren romantischen Träumen hörte sie schon die Hochzeitsglocken läuten, negierte dabei aber völlig die bekannte Einstellung ihres Bruders zu diesem Thema.

Westernhagens *Sexy, was hast du bloß aus diesem Mann gemacht* ertönte aus Armins rechter Hosentasche. Jacinta blickte ihn leicht irritiert an. Daniela schmunzelte, als Armin sein Handy herausfischte. Er sah Manfreds Nummer auf dem Display, sagte kurz: »Entschuldigung, der Anruf ist wichtig«, erhob sich und ging schnellen Schrittes in den Flur.

»Hey, hast du etwas herausgefunden?«

»Klar, komm her.«

»Ich kann jetzt nicht. Bin bei Daniela.«

Kurzes Schweigen in der Leitung. Armin stellte sich vor, wie Manfred in Gedanken an seine Schwester sabbernd in seinem chaotischen Arbeitszimmer saß. *Armer Kerl*, dachte er, *ob Manfred überhaupt jemals eine Frau gehabt hatte?* Er selbst war die letzte Stunde durch die heiße Jacinta regelrecht in Hitzewallungen geraten und bedauerte nun seinen Freund noch mehr als gewöhnlich. Dieser entgegnete nur kurz: »Dann komm halt später.«

»Könnte auch morgen werden. Bin gerade erst zu ihr gekommen und wir sitzen nun beim Essen. Wir haben uns schon länger nicht gesehen und haben viel zu bereden.«

Jacinta verschwieg er, Manfred musste nicht alles wissen.

»Okay«, sagte dieser, dann war die Verbindung tot.

***

Im Morgengrauen hob Armin Anders den Kopf leicht und blickte zur Seite. Er lag im großen King Size Bett und sah eine wunderschöne Frau in seinen Armen liegen, eng an ihn herangekuschelt. Er lächelte und ließ den gestrigen Abend in Gedanken Revue passieren. Kurz nach dem köstlichen Essen hatten er und Jacinta sich dezent bei Daniela verabschiedet und waren im

Dunkeln Hand in Hand zu seinem Haus gegangen. Er wusste, seine Schwester würde dafür Verständnis haben, hatte sie ihn doch immer wieder vergeblich versucht zu verkuppeln. Doch diesmal war es ein glatter Volltreffer gewesen. Liebevoll strich er der rassigen Jacinta übers Haar. Sie rekelte sich etwas im Schlaf und genoss die Berührung, ohne aufzuwachen. Ihr Körper zeigte alle Anzeichen einer völligen Entspannung. Sie fühlte sich offensichtlich mehr als wohl in seinen Armen und schlief glücklich mit einem Lächeln auf dem Gesicht. Er betrachtete sie. Sah sich alle Stellen an, die er in der Nacht liebkost hatte. Jacinta erschien ihm so perfekt. Hier hatte die Natur ein Meisterwerk geschaffen. Von ihrer Figur her eine aufregende Latina. Eine Latina mit tiefblauen Augen, die sie wohl von ihrem Berliner Vater geerbt hatte. Was für eine Kombination. Er konnte sein Glück nicht fassen. Gleichzeitig verspürte er Furcht in sich aufsteigen. Wann immer er sich in der Vergangenheit Hals über Kopf verliebt hatte, hatte es kurze Zeit später in einem Chaos aus Schmerz und Verzweiflung geendet.

Vorsichtig löste er sich von ihr und bewegte sich aus dem Bett so leise, wie es nur ging, damit sie nicht aufwachte. Er warf ihr einen letzten Blick zu und wollte schon aus dem Zimmer gehen, doch seine innere Stimme hinderte ihn daran. Er konnte es einfach nicht lassen und hauchte ihr stattdessen zuvor noch einen Kuss auf die Wange. Unten in der Küche summte er glücklich vor sich hin und bereitete ein üppiges Frühstück. Schon lange hatte er keine Eier mit Speck und Würstchen gemacht. Wie oft hatte er bereits die dafür notwendigen Zutaten wegwerfen müssen, da das Haltbarkeitsdatum deutlich überschritten war und die Konsistenz nicht mehr einladend aussah. Zum Glück hatte er vor zwei Tagen beim Einkaufen wieder mal Lust auf ein ausgedehntes Frühstück gehabt, aber wie fast immer versäumt, es dann auch tatsächlich zuzubereiten. Sein innerer Schweinehund, der ihn immer zu der schnellen Variante Brot mit Butter und Marmelade greifen ließ, war meist übermächtig. Heute hingegen genoss er die Zubereitung und schnitt mit Begeisterung Tomaten, Paprika und Gurken, bestäubte sie mit schwarzem Pfeffer und fügte etwas Salz hinzu.

Stolz warf er einen letzten Blick auf den liebevoll dekorierten Tisch, bevor er zurück ins Schlafzimmer ging und Jacinta mit zärtlichen Küssen aufweckte. Sie umschlang ihn sofort und küsste ihn leidenschaftlich zurück. Sie blickten einander in die Augen und konnten die Vertrautheit nicht fassen, die sie beide spürten. Beim Frühstück versuchten sie sich zum ersten Mal, eingehender miteinander zu unterhalten. Am Abend und in der Nacht waren sie aufgrund der sie überwältigenden gegenseitigen Anziehungskraft nicht in der Lage gewesen, sich vernünftig auszutauschen.

»Wir wissen noch gar nichts voneinander«, eröffnete Armin das Gespräch und lächelte sie an.

»Ach, du solltest deine Schwester besser kennen, sie hat mir bereits das eine oder andere deiner tiefsten Geheimnisse verraten«, entgegnete Jacinta und grinste dabei schnippisch.

»Was du als meine tiefsten Geheimnisse erachtest, ist gar nichts gegen die brutale Realität, die sich dir eines Tages offenbaren wird.«

»Huh, du machst mir aber Angst.«

»Du mir auch«, sagte Armin und beugte sich zu ihr, um sie leidenschaftlich zu küssen. Nachdem sie wieder zu Atem gekommen waren, flüsterte Jacinta: »Du bist gefährlich, Armin Anders.«

»Und du nicht minder gefährlich, Jacinta. Jacinta wer eigentlich?«

»Carstens, Jacinta Carstens.«

»Interessante Namenskombination. Es ist mir eine Ehre, Sie nun endlich kennenzulernen, nachdem das am gestrigen Abend so kläglich gescheitert ist.«

»Ja, interessant wie alles an mir.« Nun war sie es, die sich vorbeugte und ihn küsste.

»Jacinta Carstens, Sie gefallen mir!«

»Ach wirklich? Was Sie nicht sagen, Herr Anders.«

Inzwischen saß sie auf seinem Schoß und ihre Hände gingen auf Wanderschaft. Rasch trafen sich ihre Lippen und die Zungen begannen miteinander zu spielen. Umgehend stieg das Feuer erneut in ihnen auf. Sie schlossen die Augen und genossen ihre Zärtlichkeiten, bis Armin sich schließlich langsam erhob. Er hielt Jacinta dabei mit beiden Händen unter ihren Oberschenkeln fest und stemmte sie mit sich nach oben. Ihre Finger hielt sie, ihn weiterhin innig küssend, hinter seinem Nacken verschränkt. So trug Armin sie die Treppe hinauf ins Schlafzimmer und ließ sich mit ihr auf dem Bett nieder. Wieder liebten sie sich leidenschaftlich. Sie waren wie in Trance und konnten kaum vom anderen ablassen. Völlig erschöpft lagen sie sich anschließend um Atem ringend in den Armen. Keiner sagte ein Wort, sie genossen stumm den Augenblick und hofften insgeheim, dass er nie enden möge. Ihre Blicke sprachen Bände. Sie hatten sich verliebt.

Geschafft

Direkt nach der Pressekonferenz überschlugen sich die Meldungen: Die Bestie vom Kurpark war gefasst. Es ging wie ein Lauffeuer durch die sozialen Medien. Im Hessischen Rundfunk gab es eine Sondersendung zu diesem Thema. Die Vorkommnisse in Bad Homburg hatten kaum jemanden unberührt gelassen. Trotz des Schocks über den zweiten, noch bestialischeren Mord machte sich in der Bevölkerung die Genugtuung breit, dass solch ein Tier nicht mehr frei herumlief und Angst und Schrecken verbreiten konnte. Der Tenor der Nachrichten ging überwiegend in die Richtung, dass man in einem gut funktionierenden Rechtsstaat lebte, in dem Verbrechen keine Chance hatte, langfristig ungesühnt zu bleiben. Der Mörder würde seine gerechte Strafe bekommen. In Anbetracht der Grausamkeit seiner Taten würde das Gericht bestimmt Sicherheitsverwahrung anordnen, sodass nie wieder eine Gefahr von der Bestie ausginge.

Der trainierte großgewachsene Mann verfolgte in seinem Zimmer die Meldungen. Er war am Ziel, er hatte erreicht, für was er seit Jahren gekämpft hatte. All die Mühen und Entbehrungen trugen nun Früchte: Luka Basler musste büßen für das, was er ihm angetan hatte. Kein Richter der Welt würde ihn frühzeitig aus der Haft entlassen, dafür hatte er gesorgt. Er hatte sich selbst übertroffen, so viel war sicher. Und es hatte Spaß gemacht, verdammt viel Spaß. Ohne diesen Basler hätte er das wohl nie herausgefunden, hätte diese Lust in sich nie spüren können und somit sollte er ihm eigentlich dankbar sein. Doch so weit wollte er nicht gehen, der Schmerz über das, was Luka Basler gemacht hatte, nagte immer noch tief in ihm.

Er schloss die Augen und die Bilder im Kopf kamen zurück. Deutlich sah er die Szene vor sich. Das Messer glitt fast widerstandslos durch das Fleisch, das anfänglich ein wenig, dann immer weiter aufklaffte. Die Wunde füllte sich allmählich mit Blut. Was für ein Anblick. Es erregte ihn. Er öffnete kurz seine Augen, dann schüttelte er mit dem Kopf, als wolle er damit die Dämonen in sich vertreiben. Tief im Innersten wusste er jedoch, dass diese sich nicht mehr vertreiben ließen. Ihm war gerade bewusst geworden, dass er nicht aufhören konnte, warum auch? Er würde weiter morden. Die angstgeweiteten Augen seiner Opfer, von denen er inzwischen fast jede Nacht träumte, gaben ihm so viel. Sogar mehr, als die Genugtuung, dass dieser Gutmensch Luka Basler wieder einsaß. Dieser Idiot hatte einen Neonazi umgebracht, nur um dieses Kanakenpack vor ihm zu schützen.

Luka Basler hatte sich jedoch das falsche Opfer ausgesucht und somit Bekanntschaft mit ihm machen müssen. Schade, dass er ihn nicht umbringen konnte. Er hätte nur zu gerne auch Luka Baslers angstgeweitete Augen vor sich gesehen, wenn er mit dem beidseitig geschliffenen Messer dessen Bauch aufschlitzte und ihn bei lebendigem Leib ausweidete. Doch was wären solch kurze Augenblicke der Freude gegen die Gewissheit, dass er stattdessen Lukas ganzes Leben zerstört und ihn seiner Freiheit beraubt hatte? Nein, dieser Kretin sollte weiter leben und jeden Tag daran denken, wie sinnlos seine Tat damals gewesen war. Auf die um Gnade winselnden aufgerissenen Augen würde er trotzdem nicht verzichten, es musste halt jemand anderes dafür herhalten. Er konnte nicht anders.

In nächster Zeit würde er sehr vorsichtig sein müssen und in Zukunft vor allem weit, weit weg von Bad Homburg seine Opfer suchen. Hier war seine Mission erfüllt. Das unter einem falschen Namen angemietete und für ein halbes Jahr im Voraus bezahlte Zimmer würde er noch heute verlassen und zurück in seine langjährige Wahlheimat Graz fahren.

Blut

Nach der leidenschaftlichen Nacht mit Jacinta, die sich gegen zehn Uhr mit den Worten verabschiedete, »Jetzt muss ich aber wirklich ins Büro fahren«, fuhr Armin diesmal mit seinem Wagen in den Stadtteil Kirdorf. Sport hatte er am Morgen schon ausreichend gehabt, er sollte nun besser zur Ruhe kommen, nicht nur körperlich. Der Journalist musste bei dem Gedanken grinsen, dass er immer noch nicht viel über Jacinta wusste. Beim Abschied hatte sie ihm noch schnell verraten, dass sie Rechtsanwältin war.

Bestens gelaunt wählte er über die Spracheingabe die Nummer seiner Schwester. Der Klingelton dröhnte aus den Lautsprechern und schaltete das Radio stumm. Daniela meldete sich bereits beim zweiten Klingeln. Vermutlich saß sie ohnehin schon auf Kohlen, um zu hören, wie der weitere Abend verlaufen war. Armin kannte die Neugierde seiner Schwester nur allzu gut. Wieder grinste er.

»Ich bin so sauer auf dich.«
»Ich liebe dich auch, Armin.«
»Wie konntest du mir das nur antun?«
»Na, Brüderchen, habe ich dir etwa zu viel versprochen?«
»Nein, das ist ja das Schlimme. Und weißt du was?«
»Nein, ich bin ganz Ohr.«
»Ich weiß immer noch so gut wie nichts von ihr. Wir hatten nicht einmal Zeit, miteinander zu reden. Und jetzt ist sie schon ins Büro gefahren.«

»Du meinst, ihr habt die Nacht zusammen verbracht und habt euch gar nicht unterhalten?«

Armin konnte deutlich Danielas unterdrücktes Kichern hören, die sich bemühte, nicht lauthals loszuprusten. »Ich fürchte fast, es ist genau so abgelaufen. Wie konntest du mir diese Frau nur vorstellen. Ich werde dich ewig dafür hassen.«

»Ha, ha, da ich dich selten so glücklich erlebt habe, hält sich meine Angst in Grenzen. Ich bin froh, dass ihr euch auf Anhieb so gut verstanden habt. Es war ja schon beim Essen nicht mehr mit anzusehen, wie ihr Turteltäubchen euch mit den Augen verschlungen habt. Wie waren eigentlich die gefüllten Paprika?«

»Die was?«

»Na das Essen?«

»Du meinst, wir haben gestern auch etwas gegessen?« Armin lachte laut auf.

»Mistkäfer! Dabei habe ich mir solche Mühe gegeben und bin stundenlang in der Küche gestanden.«

»Ich glaube, Schwesterherz, in dieser Situation hätte ich alles in mich reingeschlungen, ohne zu merken, was ich eigentlich esse.«

»Hi, hi, ich hab's gesehen. Ihr habt zwischendurch sogar das Kauen vergessen.«

»Ganz ehrlich, Daniela: Danke!«

»Nichts zu danken, Armin. Versau es nun aber nicht, bitte! Jacinta ist ein ganz besonderer Mensch und ihr beide hättet es verdient, wenn es klappen würde.«

»Moooment. So weit sind wir noch nicht. Mach nicht gleich aus einer heißen Nacht eine Beziehung. Du kennst meine Einstellung dazu. Auch wenn ich gerade auf Wolke Sieben schwebe, heißt das noch lange nicht, dass du uns in deiner hoffnungslosen Romantik schon fürs Leben verkuppeln kannst.«

»Abwarten, Armin, abwarten.«

»Ja, genau. Und nun erzähl mir doch bitte, was du alles über dieses bezaubernde Wesen weißt. Ich habe sie bisher ja nur sehr, wie soll ich das sagen, sehr einseitig kennengelernt.«

Diesmal musste Daniela herzhaft lachen. »Das hast du sehr treffend ausgedrückt. Aber ganz im Ernst: Du musst schon selbst herausfinden, mit wem du dich da eingelassen hast. Meine Lippen sind verschlossen.«

»He, he, sei nicht so, bitte!«

»Doch, so bin ich. Vielleicht verabredet ihr euch mal ganz gezielt zum Informationsaustausch auf neutralem Boden und ganz weit vom nächsten Bett entfernt? Nehmt euch vor, die Hände voneinander zu lassen, bis ihr euch auch verbal kennengelernt habt?«

Armin konnte vor sich deutlich das schelmische Grinsen seiner Schwester sehen.

»Und wie soll ich das bitte machen?«

»Na ruf sie an und verabredet euch! Schon mal von so etwas wie einem Telefon gehört?«

»Ich habe noch nicht einmal ihre Nummer«, hörte sie Armin kleinlaut sagen, bevor sie schon wieder in einem beherzten Lachen ausbrach.

»Du meinst, ihr habt eure Nummern nicht ausgetauscht?«

»Nein, irgendwie kamen wir nicht dazu.«

Daniela lachte noch lauter und entgegnete, nachdem sie sich gefangen hatte: »Du bist unmöglich, Armin Anders, wenn du nicht mein Bruder wärst, würde ich mich glatt in dich verlieben!«

»Ich weiß. Aber kannst du mir nun endlich ihre Nummer geben? Ich sitze hier mittlerweile seit fünf Minuten vor Manfreds Wohnung im Auto und muss zu ihm rein.«

***

Manfred Wegener öffnete die Tür bereits nach dem ersten Klingeln. Armin war verwundert, als er ihn schon nach wenigen Augenblicken den Schlüssel herumdrehen hörte. Er konnte sich nicht erinnern, dass dies jemals zuvor schon einmal vorgekommen war.

»Rein mit dir!«

»Freundlich wie immer. Einen wunderschönen guten Morgen wünsche ich dir, mein Freund!«

»Boah, so ein Grinsegesicht am Morgen. Das hat mir gerade noch gefehlt. Ich dachte, du warst gestern Abend bei deiner Schwester und nicht im Puff.«

»He, he, du weißt allen Ernstes, was ein Puff ist?«

»Leck mich!« Damit trollte sich Manfred in sein Arbeitszimmer. Armin schloss die Tür hinter sich und folgte ihm. Die Schuhe auszuziehen war hier auf dem staubigen Boden nicht zu empfehlen. Sauberkeit war nicht wirklich Manfreds Stärke.

Noch einmal verwundert, stellte Armin fest, dass diesmal sogar der Stuhl leer geräumt war, auf dem er gewöhnlich saß, als ob Manfred ihn schon erwartet hätte. Vielleicht war seinem Freund auch einfach nur langweilig gewesen.

»Sprich, was hast du noch herausgefunden über Luka Basler?«

»Nach dem Tod seiner Mutter kam er in ein Waisenhaus in Aschaffenburg.«

»Aschaffenburg? Warum denn das? Das ist schon Bayern und sie haben zuvor in Frankfurt gelebt, da müssten doch die Hessen zuständig gewesen sein.«

»Nein, sie waren in Aschaffenburg polizeilich gemeldet. Warum und ob sie tatsächlich dort gewohnt haben, obwohl seine Mutter Felicitas in Frankfurt anschaffen ging, weiß ich nicht. Ist vermutlich auch nicht wichtig für dich, oder?«

»Nein, Aschaffenburg hat mich nur verwundert. Wie lange war Luka denn im Waisenhaus?«

»Bis er eine Ausbildung zum Speditionskaufmann begann. Er hatte gute Noten in der Schule und war auch sonst unauffällig. Eher ungewöhnlich für ein Waisenkind mit solch einem Hintergrund. Bis auf zwei Raufereien wurde er von allen Betreuern und Lehrern nur gelobt.«

»Was waren das für Raufereien?«

»Bin ich Gott?«

»Nee, aber so etwas Ähnliches.« Dabei grinste Armin seinen Freund schelmisch an. Er wusste genau, wo er ihn packen musste, damit sein Ehrgeiz geweckt wurde, noch mehr Dinge herauszufinden. In dem Fall wäre das jedoch nicht nötig gewesen, denn Manfred hatte diese Details nur vergessen, und musste sie kurz nachlesen. Ein paar Klicks und Manfred konnte berichten: »Im ersten Fall kam er einem türkischen Freund zu Hilfe, der von drei anderen Klassenkameraden verprügelt und als *Kanake* beschimpft wurde.«

»Luka wird mir immer sympathischer.«

»Ja, und im zweiten Fall ging er auf einen zwei Jahre älteren Waisen los, der seine kleine Freundin aus Angola, ebenfalls durch einen tragischen Unfall Vollwaise, angespuckt und als *Nigger* bezeichnet hatte. Luka hatte sich dabei nicht nur eine blutige Nase geholt, sondern auch einen Rüffel der Heimleitung kassiert, gegen den er noch lange heftig protestierte.«

»Anscheinend war sein Gerechtigkeitsgefühl dadurch verletzt worden. Das hat etwas.«

»Ja, aber wie schon gesagt, das waren die einzigen beiden Vorkommnisse in all den Jahren.«

»Also muss er den Tod seiner Mutter recht gut verkraftet haben. Vielleicht hatte er nie eine besondere Beziehung zu ihr?«

»Ja, das war so. Das geht aus dem Bericht des Jugendamtes hervor. Nach dem Waisenhaus bekam er ein Appartement in der Spedition. Die hatten einige davon, in denen die Fernfahrer gelegentlich übernachten konnten. Gute alte Zeit, in der sich Speditionen so etwas noch leisten konnten.«

»Und nach der Ausbildung?«

»Wurde er übernommen, rutschte irgendwie in die Buchhaltung und arbeitete sich sogar zum Leiter Rechnungswesen empor. Er war voll von Ehrgeiz und engagierte sich auch außerhalb der Arbeit noch bei der Integration von Migranten.«

»Wie findest du all das nur heraus?«

»Alles eine Frage, welche Quellen man anzapft und wie stümperhaft diese gesichert sind. Du weißt doch, es wird überall gespart und nicht einmal die Bundesregierung hat ein Interesse daran, für Datensicherheit zu sorgen. Die Gesetze sind lediglich Makulatur, um deren eigene Machenschaften zu verbergen. Der Mensch ist und bleibt gläsern.«

»Ja, ja, ich kenne deine Theorie darüber. Die ganzen Terroranschläge in jüngster Zeit sind auch nur ein indirektes Mittel, die Bevölkerung mürbe zu machen, damit sie sich endlich noch gläserner macht und sich freiwillig immer und überall überwachen lässt. Bevor das Sicherheitsgefühl nicht völlig zerstört ist, würde die Mehrheit der Bevölkerung nie nach noch mehr Staat und Überwachung schreien.«

»Du scheinst es langsam zu verstehen.« Frech grinste Manfred seinen Freund an und schlug vor, ein Bier zu trinken.

»He, he, bist du wahnsinnig, es ist nicht mal elf Uhr.«

»Ich rede nicht weiter, wenn du mich nun hängenlässt!«

»Das ist Erpressung!«

»Soll es ja auch sein.«

»Aber nur eins, bitte. Bin diesmal mit dem Wagen hier.«

»Als wenn es mit dem Rad weniger gefährlich wäre, besoffen zu fahren.«

»Zumindest für andere, für mich nicht, das stimmt schon. Aber lassen wir das. Bring endlich das Bier, ich muss wissen, was es sonst noch über Luka Basler gibt. Bisher sehe ich nichts, was ihn auf einmal veranlasst haben könnte, zu einem Mörder zu werden.«

Manfred grinste noch breiter als zuvor und brachte zwei kalte Flaschen aus dem Kühlschrank. Nach dem Zuprosten nahm er einen tiefen Schluck, rülpste herzhaft und sprach weiter: »Allzu viel mehr gibt es nicht über diesen Herren.«

»Und dafür hast du mich genötigt, mit dir dieses Bier zu trinken?«

»Manchmal muss man zu unfairen Mitteln greifen, sonst bleibt man auf der Strecke.«

Die beiden Freunde lachten und prosteten sich wieder zu. Dann fuhr Manfred fort: »Nun, ja, eine Kleinigkeit gibt es schon noch ...«

»Und die wäre?«

»Luka Basler hatte einmal freiwillig eine Speichelprobe abgegeben. Es gab damals eine schreckliche Geschichte mit einem verschwundenen elfjährigen Mädchen, das man erst ein halbes Jahr später ermordet im Wald versteckt aufgefunden hatte.«

»Und was hatte Luka damit zu tun?«, fragte Armin ungläubig.

»Nichts, keine Angst. Er passte nur vom Alter und seiner Statur zum Täterprofil und hatte dementsprechend nach einem Aufruf der Polizei, eine freiwillige Speichelprobe zum Abgleich der DNA abgegeben.«

»Das war vermutlich Jahre später sein Verhängnis. Warum trifft es immer nur die Falschen?«

»Weil es keine Gerechtigkeit auf dieser Welt gibt.«

Bevor Manfred wieder eine seiner beliebten Grundsatzdiskussionen anfangen konnte, die der ansonsten in der Öffentlichkeit so wortkarge Nerd nur mit ihm führen konnte, stellte Armin schnell die nächste Frage: »Wie kam es zu dem Mord an Markus Stemmler?«

»Die Ermittlungsakte hatte ich dir doch schon das letzte Mal besorgt.«

»Stimmt, aber die ist nicht wirklich ergiebig. Die Vernehmungsprotokolle zeigen nur, dass Luka Basler den Mord anfänglich vehement abgestritten hatte. Ganz im Gegenteil, er behauptete sogar, nicht einmal in der Nähe des Tatortes gewesen zu sein.«

»Ja, aber die Indizien deuteten auf ihn. Er wurde in der fraglichen Nacht kaum zehn Kilometer vom Tatort geblitzt. An der Kleidung des Opfers und im benachbarten Wald wurde seine DNA gefunden. Darüber hinaus haben wir ja inzwischen die Bestätigung, dass er immer äußerst allergisch auf braune Soße reagierte. Somit passte er perfekt als Verdächtiger, diesen Neonazi umgebracht zu haben.«

»Die Tat passt aber trotzdem nicht zu dem sonst so friedvollen und unauffälligen Gesamtbild von ihm.«

»Er hat aber irgendwann aufgehört, die Tat zu bestreiten. Selbst im Gerichtssaal hat er dazu entgegen dem Rat seines Verteidigers geschwiegen. Dies wurde ihm dann negativ ausgelegt.«

Nach einer kurzen Zeit des Schweigens rief Armin plötzlich aufgeregt: »Luka Basler ist unschuldig, er war es nicht!«

Manfred blickte ihn verdutzt an. Armin fuhr fort: »Es ist doch klar. Zwillinge haben dieselbe DNA. Bis auf die DNA und die Tatsache, dass er wahrscheinlich zufällig nicht allzu weit vom Tatort in eine Radarfalle geraten war, gab es keinerlei Beweise. Durch sein Engagement für Ausländer war er für alle ein perfekter Mörder, dazu sein hartnäckiges Schweigen ...«

Manfred pfiff durch seine Zähne.

»Du hast recht. Warum schweigt jemand in solch einer Situation? Doch nur, weil er den wahren Mörder kennt und schützen will. Wir müssen seine Schwester suchen und deren Verbindung zu Markus Stemmler.«

»Und worauf wartest du?«

Manfred Wegener blickte auf die Uhr und schüttelte den Kopf.

»Ich muss los, Armin. Ich habe noch einen Termin. Eine Frankfurter Firma hat mich beauftragt, für sie ein IT-Sicherheitskonzept zu erstellen, und heute ist die Präsentation dafür anberaumt.«

Armin grinste schon wieder. Ihm war sofort klar, warum sein Kumpel zuvor zu so früher Stunde ein Bier trinken wollte. Menschenansammlungen waren ihm ein Graus und vor versammelten Firmenvertretern eine Präsentation halten zu müssen, artete für Manfred in einen wahren Albtraum aus. Er verstand, dass es besser war, nun zu gehen.

»Vielleicht hast du ja heute Abend Zeit, mir ein paar Hintergrundinformationen zu Luka Baslers Schwester herauszusuchen und mir ihre Kontaktdaten zu besorgen.«

»Mache ich, mein Freund.« Bei diesen Worten erhob sich Manfred Wegener und stürmte leicht gehetzt ins Bad.

»Danke Manfred, mach's gut! Ich find allein hinaus.«

Stimulus

April 2007 in der Nähe von Limburg an der Lahn

Belina Dresbach hatte einen beschwerlichen Nachhauseweg. Das kleine ehemalige Forsthaus, in dem sie mit ihrer Lebenspartnerin Amanda lebte, lag acht Kilometer entfernt von ihrem Handarbeitsgeschäft. Jeden Tag machte sie sich am Morgen mit dem Fahrrad auf den Weg zur Arbeit und abends wieder zurück. Solange sie auf der Bundesstraße fuhr, war die Fahrt erträglich, denn dort war die Oberfläche glatt und sie musste keinen Schlaglöchern ausweichen. Doch die zwei Kilometer von dem idyllisch an einer Waldlichtung gelegenen Forsthaus bis zu der Bundesstraße und zurück hatten es in sich. Für diesen Forstweg fühlte sich niemand verantwortlich oder der Bundesforst hatte nicht genügend finanzielle Mittel, um sein gesamtes Wegenetz in einem adäquaten Zustand zu halten. Fluchend setzte Belina ihren Weg fort, sie war zuvor bei Dunkelheit in ein tiefes Schlagloch geraten, das mit Wasser vom gerade erst allmählich endenden Regen gefüllt war. Das schmuddelige Aprilwetter machte dieses Jahr seinem Namen alle Ehre. Nicht ein Tag ohne Regen, was den ohnehin im Wald vorhandenen Nebel mit mehr Feuchtigkeit speiste und ihn somit noch undurchdringlicher erscheinen ließ.

Dies waren die Augenblicke, in denen sie mit ihrer Lebensgefährtin Amanda haderte. Sie hatte sich bei der Wahl ihres Heimes vor drei Jahren durchgesetzt. Das Haus war zwar sehr stimmungsvoll und entsprach voll und ganz ihrem Lebensstil, doch hatte ihre neue Bleibe wirklich so weit ab von jeglicher Zivilisation im Wald liegen müssen? Die Alternative auf der anderen Seite des Dorfes hätte es auch getan und der Weg wäre weniger beschwerlich gewesen. Doch so kam sie oft am Abend mit nassen und dreckigen Schuhen an, da sie mit ihrem Fahrrad auf dem glitschig schlammigen Waldweg hin und wieder die Kontrolle verlor und zur Vermeidung eines Sturzes ihre Füße auf den Boden bringen musste. Gerade war sie so richtig in eine Pfütze getreten und fluchte in Gedanken vor sich hin, als sie aus der Ferne lauter werdende Stimmen vernahm. Das war ihr hier mitten im Wald noch nie passiert. Bis auf eine ältere Frau, die im Herbst Pilze gesucht und sich dabei verlaufen hatte, war ihr auf dem Nachhauseweg noch nie jemand begegnet.

Sie war nicht wirklich ängstlich, doch bei Dunkelheit ohne Schutz im Wald unterwegs zu sein, bereitete ihr nun deutliches Unbehagen. Sie lauschte in den Wald hinein. Die Stimmen wurden lauter, sie vernahm ein Kichern und Grölen. Es hatte den Anschein, dass ein paar Männer über den Durst getrunken hatten und direkt auf sie zukamen. Durch die Bäume hindurch erspähte sie bei genauerem Hinsehen Lichtstrahlen. Sie wusste nicht so recht, was sie machen sollte. Umkehren und warten, bis die Truppe den Waldweg in Richtung Bundesstraße verließ, war keine echte Alternative. Zu beschwerlich wäre der neuerliche Weg zurück bei diesen unwirtlichen Bedingungen.

Belinas Füße waren nass und eiskalt. Sie fröstelte, atmete tief die kalte Luft ein und beschloss, möglichst zügig an den entgegenkommenden Männern vorbeizuradeln. Lichter von zwei Taschenlampen kamen allmählich näher und sie konnte inzwischen das Gesprochene hören, das sich aus der Nähe mehr wie ein Lallen anhörte: »Hier, nimm noch einen Schluck, dann brauchen wir weniger zu tragen!« Die Stimme war tief und eindeutig nicht aus der Region.

»Nein, Markus, lass mal. Ich bin schon hackevoll! Ich glaub, ich muss gleich kotzen.« Stimme eines eher Jugendlichen.

»Willst du etwa kneifen, du Schwächling? Hier, sauf jetzt, bevor ich dir eine reinhaue!«

Bei diesen Worten wurde es Belina noch mulmiger. Sie versuchte, schneller zu fahren, als es auf dem glitschigen Weg machbar war. Sie wollte mit viel Schwung an den Betrunkenen vorbeiradeln. Just als sie in einer Wegbiegung in Sichtweite der Männer gelangte, rutschte ihr Hinterrad vom Mittelsteg des Weges seitlich weg. Sie versuchte noch gegenzusteuern, aber es war zu spät. Sie schlingerte und rutschte auf ihrem Fahrrad in den Graben. Als sie mühsam ihr Bein unter dem Rad herauszog, das sie durch ihr eigenes Gewicht so beschwerte, dass es ihr nur unter größter Anstrengung gelang, erfasste sie der Schein einer starken Taschenlampe. Sie glaubte, ihr eigenes Herz schlagen zu hören.

»Ja, wen haben wir denn da?«, grölte unverkennbar die tiefe Stimme von eben. Belina versuchte aufzusehen, doch die Lampe blendete so stark, dass sie den Sprecher nicht erkennen konnte. »Sieht die nicht lecker aus, das ist doch jetzt genau die Richtige für uns, meinst du nicht, Sven?«

»Lass die doch, Markus, wir müssen heim.«

»He, he, seit wann bestimmst du, was wir machen, du kleine Kröte?«

Kopfschüttelnd wandte der große Mann sich wieder Belina zu, die inzwischen ihr Fahrrad aufgerichtet hatte. »Guten Abend, du Schlampe, was machst du denn hier so im Dunkeln allein im Wald. Du willst doch sicher, dass ich es dir richtig besorge, du Drecksstück! Danke für die Einladung!«.

»Lassen Sie mich in Ruhe, Sie sind ja betrunken! Ich wohne gleich da vorne, da ist mein Mann mit seinem Freund. Ich fahre jetzt weiter und wir vergessen das Ganze hier!« Belina versuchte, überzeugend zu wirken, doch versagte ihr angesichts der Anspannung fast die Stimme.

»He, he, du Schlampe, du fährst nirgendwo hin!«

Bei diesen Worten entriss ihr der Mann, den der Jugendliche zuvor Markus genannt hatte, das Fahrrad und warf es neben dem Weg ins Gestrüpp. Belina Dresbach konnte nun deutlich seine markanten Gesichtszüge sehen. Eine mächtige Hakennase dominierte sein Erscheinungsbild und lange blonde Haare, die er zu einem Zopf zusammengebunden hatte. Sie versuchte, ihre klaren Gedanken zurückzubekommen, und wandte sich um, um einen Fluchtversuch zu starten. Sie wusste, dass sie gegen den großgewachsenen, muskulösen Mann im Kampf keinerlei Chance hätte. Die einzige Möglichkeit war, davonzulaufen und zu hoffen, dass der Betrunkene bei der Verfolgung stolpern würde. Doch Markus ergriff sie, noch bevor sie ihren Gedanken fertig gesponnen hatte, mit einer für seinen angetrunkenen Zustand erstaunlichen Geschwindigkeit. Er packte den Arm der Frau und zog sie mit einem Ruck an sich. Belina versuchte, sich zu wehren, doch der Mann war übermächtig. Deutlich konnte sie seinen Atem an ihrer Wange spüren, der extrem nach billigem Fusel roch. Ihr wurde fast übel, doch war es eher die Angst vor dem, was sie nun erwartete, als der üble spirituosengetränkte Mundgeruch ihres Widersachers.

»Sven, komm mal her und halt ihre Hände fest. Das wilde Ding versucht doch glatt, nach mir zu schlagen.«

Der Angesprochene reagierte nicht sofort und blickte stattdessen nur ungläubig auf den Anführer der Neonazigruppe, zu der er erst kürzlich hinzugestoßen war. Er versuchte, seine alkoholschwangeren Gedanken zu sortieren. Sven Körner hatte mächtig Respekt, nein, sogar Angst vor Markus, dem Anführer, aber eine unschuldige Frau zu fixieren, damit sich dieser in Ruhe an ihr vergehen konnte, war zu viel für ihn. Das hatte nichts mit seinen Idealen eines deutschen Deutschlands zu tun, für die er beschlossen hatte zu kämpfen. Hier ging es um eine beliebige Frau, deren Gesinnung sie nicht einmal kannten.

»Komm her!«, befahl Markus mit deutlich gereizterer Stimme als zuvor.

Dem Befehl langsam folgend, ging Sven unsicheren Schrittes die rund drei Meter zu seinem Anführer. Ehe er sich's versah, hatte er dessen Pranke am Hals. Markus, ein Bär von einem Mann, drückte ihm mit seiner Hand die Kehle zu und hob ihn dabei kurz ein paar Zentimeter vom Boden hoch. Mit seiner anderen Hand hielt er immer noch die Radfahrerin umklammert und blickte Sven verärgert an. »Wenn ich dir etwas sage, dann machst du das sofort! Hörst, du? Sofort, und ohne nachzudenken! Sonst wird das nichts mit deiner Aufnahme bei uns!«

Nachdem Markus ihn wieder losgelassen hatte, blickte er den eher schmächtigen Sven so eindringlich an, dass dieser völlig eingeschüchtert seine schmerzende Kehle hielt. Er hatte verstanden.

»So, und nun an den Baum mit ihr. Du fixierst ihre Hände hinter dem Stamm und ich werde der dreckigen Schlampe geben, was sie so dringend braucht!« Dabei zerrte er Belina zum nächsten Baum und presste sie mit ihrem Rücken dagegen. Ihr Kopf schlug gegen den Baum, was sie kurzfristig etwas benommen werden ließ. Widerwillig ging Sven hinter den Baum, ergriff ihre Arme, zog sie seitlich links und rechts um den Baum und fixierte die junge Frau so, dass sie sich kaum noch bewegen konnte.

»Markus, komm lass uns nach Frankfurt in die Taunusstraße fahren. Die Weiber dort sind doch viel geiler und machen alles, was wir wollen. Wenn's ne Kanakenbraut wäre, die hier bei uns nichts verloren hat, ok, aber die sieht doch total deutsch aus.«

Sven scheiterte mit diesem letzten Versuch, seinen Freund zur Vernunft zu bringen. Längst war das Tier in Markus erwacht.

Er öffnete umständlich Belinas Hose, die mit ruckartigen Hüftbewegungen ihn daran zu hindern versuchte. Gleichzeitig zerrte sie wie wild an ihren Armen, die Sven aber sicher hinter dem Baum fixiert hielt. Die Frau riss ihren Kopf verzweifelt zur Seite. Trotz Alkohols verstand Sven, dass sie ihn anblicken wollte. Das war der letzte verzweifelte Schrei nach Hilfe, ein Appell an seine Menschlichkeit. Er könnte sich jedoch nie gegen Markus stellen. Er wusste, dass er das nicht überleben würde. Just als Belina ihren Kopf so weit wie möglich nach hinten drehte, rammte ihr Markus seine Faust in den Bauch. Ihre Gegenwehr starb, als sie verzagt nach Luft japste.

»Lass los!«, schrie er seinen Kumpel an und zerrte sein Opfer mit einem heftigen Ruck vom Baum weg. Markus stieß sie rücklings auf den Boden und warf sich mit ganzem Gewicht auf sie. Mit weit aufgerissenen Augen und zitterndem Körper ließ sie resigniert alles über sich ergehen. Sie hatte keine andere Wahl. Wie durch einen Schleier aus Wut und Verzweiflung realisierte sie, dass ihre Hose geöffnet und bis zu den Knien runtergezogen wurde. Als Markus mit einem brutalen Stoß in sie eindrang, warf sie dem anderen schmächtigen Mann einen letzten verzweifelten Blick zu. Doch sah sie in dessen eingeschüchterten Augen, dass sie von ihm keine Hilfe zu erwarten hatte. Er stand wie betäubt neben dem Geschehen und starrte in ihr Gesicht, während sein Anführer sich an ihr verging und dabei geradezu animalische Laute ausstieß.

Die Begegnung

Christian Egbuna weinte bitterlich. Seine ganze Vergangenheit war auf einmal so präsent, als würde er wieder mitten in ihr stecken. Unwillkürlich griff er nach seiner linken Hand, die schmerzte, obwohl sie gar nicht da war. Stattdessen fühlte er die Prothese und streifte sie genervt ab. Er betrachtete seinen Armstumpf und konnte es wie immer nicht begreifen, dass er die Schmerzen dort fühlte, wo sich früher einmal seine Hand befunden hatte. Die Hand, die ihm von seiner Mutter mit einem energisch kräftigen Hieb abgehackt worden war.

Jahrelang hatte sie ihn auf die Straßen von Lagos geschickt, um Geld heimzubringen. Zusammen mit anderen Jungs, die sein Schicksal teilten, hatten sie Autos im Stau der Millionenstadt regelrecht belagert. Hatten Autofahrer am Weiterfahren gehindert, wenn sie sich weigerten, ihnen ein paar Kobos zuzuwerfen. Die einträglichsten Opfer waren die Oyibos, wie sie die Weißen hier nannten. Viele arbeiteten zu dieser Zeit in der Stadt, die aufgrund des Ölreichtums boomte wie keine andere Metropole in Afrika. Brücken, Straßen, Kraftwerke, riesige Gebäude - alles musste gebaut werden, um dem sogenannten Fortschritt zu dienen. Nur besser wurde es nie in der Stadt, trotz all der Milliarden, die vom Öl kamen. Das Geld versickerte in den Händen der Regierenden und erreichte das gemeine Volk nie. Die Herrscher wurden reicher und reicher, während die Bevölkerung in bitterer Armut versank und die rasant steigenden Preise in der Stadt selbst für die Grundnahrungsmittel nicht mehr zahlen konnten.

Hatten die Straßenkinder mal einen Wagen mit einem weißen Insassen erspäht, wurde dieser sogleich massiv genötigt, ihnen mehr zu zahlen, schließlich hatten die Weißen doch viel Geld. Sie waren in der Lage, sich die teuren Flüge und Hotels in Lagos zu leisten, also mussten sie viel, viel Geld haben und konnten etwas abgeben. Das war nur gerecht.

Es gab immer wieder Autofahrer, die sich das nicht gefallen ließen, ausstiegen und auf die Kinder eindroschen. Einige hatten sogar extra dafür einen Schlagstock auf dem Beifahrersitz liegen, den sie skrupellos einsetzten. Sie sahen es als ihr Recht auf Selbstverteidigung an. Sein Freund Akono wurde auf diese Weise von einer Art Totschläger so am Kopf getroffen, dass er ein paar Tage später seiner Verwundung erlag. Sterben war in den Straßen von Lagos nichts Ungewöhnliches. Immer wieder verschwand der eine oder andere von ihnen, ohne dass sie wussten, was aus ihm geworden war. Gestern noch da gewesen, heute schon verschwunden und trotzdem wurden sie nie weniger. Fast täglich kamen Neue hinzu, Kinder ohne Zukunft.

Eine einträgliche Einnahmequelle waren auch die Strände der Stadt. Entlang der Straßen mussten die Badegäste parken, um dann zu Fuß zum Strand zu gehen. Kaum hatten sie ihren Wagen abgestellt, war dieser von Straßenkindern umlagert, die anboten, auf den Wagen aufzupassen, natürlich gegen Bares. Wer nicht zahlte, sollte nach dem Baden sein Wunder erleben. Ein aufgestochener Reifen war noch eher harmlos. Manchmal zerkratzten die Kinder das Auto vollständig, warfen die Scheiben mit Steinen kaputt und entwendeten alles, was sie im Inneren finden und anschließend verwerten konnten. Mit der Zeit zahlte jeder, der dort parkte, ausnahmslos.

Hin und wieder traute sich Christian am Abend nicht nach Hause. Es waren die Tage, an denen es ihm einfach nicht gelang, genug Geld zu erbetteln und zu erpressen. Er wusste genau, was ihm dann blühte. Seine Mutter verdrosch ihn mit allem, was sie gerade in dem Augenblick in die Hand bekam. Später lernte auch sie hinzu und hatte stets ein Stück Metall in der Feuerstelle ihrer Hütte liegen, mit dem sie die Haut ihres Sohnes solange malträtierte, bis sie überzeugt war, dass er niemals wieder mit einer geringen Ausbeute nach Hause käme. Der Körper des kleinen Jungen war über und über mit Brandmalen versehen.

An Tagen, an denen sie selbst genug Kunden hatte, war sie meist gnädiger gestimmt und gab ihm lediglich eine harte Ohrfeige. Einmal fiel die derart heftig aus, dass er rücklings in die Feuerstelle fiel und seine Hose dabei Feuer fing. Dies nötigte sie dazu, ihn anschließend aufs Übelste zu verprügeln. Hosen waren schließlich teuer und der kleine Bengel sollte besser aufpassen.

Mit Wehmut dachte Christian an jene Nacht im Oktober zurück, in der er nach drei Tagen auf der Straße wieder nach Hause kam. Er hatte nicht einmal das erwartete Geld für zwei Tage zusammen bekommen. Die Situation auf der Straße wurde immer schlimmer. Zu viele neue Bettelkinder buhlten um das Einsehen der Autofahrer, der Kuchen wurde immer kleiner. Christian wusste lange nicht, was er tun sollte. Egal, was er machte, er würde leiden.

Ginge er nach Hause oder versuchte er stattdessen, am nächsten Tag das fehlende Geld rein zu holen, Schläge und weitere Misshandlungen würde es ohnehin geben. In seinem Kopf fand ein ständiger Kampf darüber statt, was die bessere Alternative sei. Als er sich letztendlich nach Hause traute, empfing seine Mutter ihn schon mit dem glühend heißen Eisen. Wahrscheinlich hatte sie seine Schritte gehört. Er schrie vor Schmerzen, doch sie hatte keine Gnade. Ein Exzess der Gewalt fand statt, der kein Ende zu nehmen schien. Sie brannte Muster in seine Haut und schlug mit dem heißen Metall auf ihn ein. Irgendwann hielt er es nicht mehr aus, stolperte zur Tür hinaus und rannte um sein Leben. Weiter und immer weiter. Erst tief in der Nacht realisierte Christian, wie weit er schon von zu Hause weg war. Im Kopf des Elfjährigen formte sich ein Gedanke: Er würde nie wieder nach Hause zurückkehren. Er wusste, er würde sich nie gegen sie erheben, sich nicht wehren. Nein, sie war seine Mutter, das machte man nicht, egal wie schlecht sie war. Aber davonlaufen, das konnte er. Sie hatte ihm keine andere Wahl gelassen.

Auf den Straßen der Metropole hatte er gelernt, wie er zu Geld kommen konnte. Wenn er recht nachdachte, war es das Einzige, was er jemals gelernt hatte. Zur Schule hatte er anders als seine Schwestern nie gehen dürfen. Er würde sich durchschlagen und weiterziehen, immer weiter von Lagos weg. So viele Kilometer wie möglich zwischen sich und seine Mutter bringen, damit er ihr nie wieder begegnen musste.

Jahre später war er angekommen. Er hatte sich mühsam ein neues Leben aufgebaut, weit entfernt von seiner Heimat. Mit viel Fleiß hatte er Lesen und Schreiben gelernt und viele andere Dinge, die die meisten schon von Kindesbeinen an in der Schule lernten. Die Basis für seinen Aufstieg war sein unerschütterlicher Glaube an Gott gewesen. Gott hatte ihm geholfen. Hatte ihn an die Hand genommen und auf den rechten Weg geführt. Davon war er überzeugt und war ihm dafür zutiefst dankbar.

So sehr ihn der Tod seiner kleinen Schwester Mary auch mitnahm, so sehr wunderte sich Christian, dass sich seine Gedanken mehr und mehr auf seine Mutter zu konzentrieren begannen. Sie hätte nicht sterben dürfen, nicht so und keineswegs so früh. Obwohl er seine Vergangenheit viele Jahre verdrängt hatte, war es ihm nun ein dringendes Bedürfnis, mit ihr Frieden zu schließen. Er wollte sie konfrontieren mit all dem, was sie ihm angetan hatte. Sie auf den rechten Pfad führen. Vielleicht hätte sie ja doch noch ihren Weg zu Gott und einem redlichen Leben gefunden? Wenn er es nur noch einmal versucht hätte, mit ihr ins Gespräch zu kommen. Stattdessen hatte er es immer weiter hinausgezögert. War er gar zu feige gewesen, ihr gegenüberzutreten? Längst hätte er sich eine Reise nach Nigeria leisten können, doch irgendetwas hatte ihn immer davon abgehalten. War es die Angst vor der Vergangenheit gewesen? Angst, dass sie ihn wieder ganz vereinnahmen und in eine tiefe Depression führen könnte? Er wusste es nicht und nun war es zu spät.

Was ihm jedoch heute hier im Wohnzimmer mit seinem verheulten Gesicht immer klarer wurde: Er musste den Mörder seiner Mutter suchen. Es konnte kein Zufall sein, dass dieser aus Deutschland war und der Brief seiner Schwester ihn hier erreicht hatte. Das war wieder ein Zeichen des Herrn. Er würde dem Zeichen folgen, bis er den Mörder mit dessen Tat konfrontierte.

Er griff zum Telefon. Kurze Zeit später meldete sich die gütige Stimme:

»Pastor Benjamin Friday.«

»Hi Pastor, hier ist Christian Egbuna.«

»Christian, mein Sohn, wie geht es dir?«

»Schlecht, sehr schlecht. Ich muss dich sprechen, Pastor. Wenn es irgendwie geht, heute noch.«

»Heute noch? Oh, das klingt nicht gut, aber natürlich, du weißt, ich bin immer für dich da.«

»Kann ich am Abend vorbeikommen?«

»Ich bin heute nicht mehr im Gemeindehaus. Du kannst aber zu mir nach Hause kommen. Du weißt, wo ich wohne.«

»Ja, danke Pastor. Ich mach mich auf den Weg. Bis später.«

»Möge Gott mit dir sein, mein Sohn.«

Nachdem Christian die S-Bahn von Mainz nach Frankfurt genommen hatte, stieg er an der Hauptwache in die U-Bahn nach Bad Homburg - Gonzenheim. Um diese Zeit war die Bahn gut gefüllt. Er ergatterte einen letzten Platz am Fenster gegenüber einem gut aussehenden Mann in mittlerem Alter. Er blickte nur flüchtig zu ihm, dann starrte er, in Gedanken versunken, auf den Bahnsteig. Der Zug setzte sich in Bewegung und wurde immer schneller. Mario Müller-Westernhagens *Sexy, was hast du bloß aus diesem Mann gemacht* ertönte aus der Tasche seines Gegenübers.

Christian beobachtete den Mann, der sein Handy mühsam aus der Hosentasche fischte und sich schließlich mit einem einfachen »Hallo« meldete. Während des Telefonats nickte er ein paar Mal, als wenn das sein Anrufer sehen könnte, und antwortete in kurzen Sätzen. Aus dem was Christian vernahm, wurde ihm schnell klar, dieser Mann telefonierte mit einem hohen Tier bei der Polizei. Dies erweckte seine Aufmerksamkeit und er beobachtete den Mann genauer. Die obersten drei Knöpfe seines Hemdes standen offen. Deutlich sah Christian eine Kette, die wahrscheinlich aus Westafrika, vermutlich sogar Nigeria stammte. Ein kleiner Elfenbeinzahn an einer Kette mit schwarzen und elfenbeinfarbenen Perlen. Interessiert lauschte er weiter dem Gespräch. Sein Gegenüber bemerkte dies, war aber anscheinend keineswegs erbost, sondern blickte ihn stattdessen freundlich an und nickte, als sich ihre Augen trafen.

Nach dem Ende des Telefonats sahen sich die beiden Männer wieder an. »Hallo«, sagte der Mann zu Christian Egbuna.

»Guten Abend, entschuldigen Sie, ich wollte nicht lauschen, doch das geht in einer öffentlichen Bahn nicht anders«, versuchte Christian, sich zu rechtfertigen.

»Schon in Ordnung, wenn das Gespräch geheim gewesen wäre, hätte ich es nicht in der U-Bahn geführt. Aus welchem Land Afrikas kommen Sie, wenn ich fragen darf?«

»Ich bin in Lagos aufgewachsen, lebe aber schon viele Jahre in Deutschland.«

»Lagos? Interessant. Ich habe dort als Kind mit meinen Eltern gewohnt und bin in Apapa auf die deutsche Schule gegangen.«

»Deswegen hat er uns hier zusammengeführt.«

Fragend sah der weiße den schwarzen Mann an. »Was meinen Sie bitte?«

»Der Herr hat uns hier aufeinandertreffen lassen. Es gibt so etwas wie einen Zufall nicht. Alles hat einen Sinn, alles ist gesteuert.«

Der Deutsche kannte den unerschütterlich starken Glauben der meisten Afrikaner an Gott. Auch der Mix einer Weltreligion mit dem gleichzeitigen Glauben an alte, traditionelle Geister und Götter war ihm nicht fremd. Er hatte einiges in seiner Jugend davon mitbekommen, auch wenn ihm viele Dinge nach wie vor suspekt waren. Ihm fiel sofort sein Traum wieder ein, der ihn ständig bis zur Pubertät verfolgt hatte. Schon beim Telefonieren war ihm aufgefallen, dass der Nigerianer eine Handprothese trug. Er dachte an dessen Worte und an seinen Traum. Kopfschüttelnd blickte er auf, sah seinen Gesprächspartner an und antwortete: »Wenn Sie es sagen. Sie wissen bestimmt, wir Deutschen sind nicht so gläubig und versuchen immer, für alles eine logische Erklärung zu finden.«

»Was machen Sie beruflich? Sind Sie bei der Polizei?«

»Sie haben gut zugehört, ich bin Armin Anders.« Der Mann grinste und reichte dem Afrikaner die Hand.

»Christian, Christian Egbuna. Schön, Sie kennenzulernen!«

»Nein, ich bin nicht bei der Polizei, ich bin Journalist. So jemand, der überall seine Nase hineinsteckt, wo er eine interessante Geschichte wittert oder gar einen Skandal vermutet.«

Die beiden Herren grinsten sich an. Sie waren sich sofort sympathisch.

»Wohnen Sie in Bad Homburg, oder steigen Sie früher aus?«, fragte Armin.

»Nein, ich wohne in Mainz, bin aber auf dem Weg zum Pastor. In meinem Leben haben sich Dinge ereignet, bei denen ich

Beistand brauche. Unser Gemeindehaus liegt in Wiesbaden, doch der Pastor lebt mit seiner Familie in Bad Homburg.«

»Verstehe. Ich hoffe, es sind keine unangenehmen Dinge, die Sie hierher bringen.«

»Leider doch, mindestens zwei Todesfälle in meiner Familie, davon einer ein Gewaltverbrechen.«

Diese Worte verstärkten Armin Anders Interesse an seinem neuen Bekannten. Er wusste selbst nicht warum, aber irgendwie stolperte er immer wieder über Verbrechen, die ihn nicht losließen, bis er sie aufgeklärt hatte.

»Das tut mir leid! Sie sind ungewöhnlich offen zu mir, wie kommt das?«

»Weil ich weiß, dass der Herr mich zu Ihnen geführt hat.«

Armin grinste ob so viel Gottvertrauen, doch hatte er schon längst Blut geleckt. Er wollte mehr erfahren und fragte immer wieder nach. Christian Egbuna erzählte und erzählte. Am Ende waren sie sogar per Du. Leider hatten sie ihr Fahrtziel Gonzenheim viel zu schnell erreicht. Zum Abschied nannte der Afrikaner Armin noch den Namen des vermeintlichen Mörders seiner Mutter. Die Herren beschlossen aus unterschiedlichen Motiven heraus, in Kontakt zu bleiben, und tauschten ihre Mobilnummern aus.

Nacht- und Tagträume

Dieselbe düstere Hütte, derselbe eindringliche Geruch. Eine Kombination von verbrannter Kohle, Erde, siedendem Öl, Schweiß und allerlei undefinierbarer Essensgerüche. Mein Arm lag auf dem Holzklotz. Warum konnte ich ihn nur nicht wegziehen? Ich wollte es so sehr, doch es gelang mir nicht. Etwas hielt mich zurück, raubte mir die Kraft. Dann passierte das Unvermeidliche: Die zuvor rasiermesserscharf geschliffene Machete sauste knapp an meinem Kopf vorbei und dann ertönte das Tschak. Dieses eindringliche Geräusch, das entsteht, wenn ein scharfes Fleischerbeil ein Stück Rindfleisch mit Knochen in zwei Stücke zerteilte ... Unwillkürlich griff Armin Anders im Schlaf zur linken Hand. Die Täuschung war jedoch perfekt. Nicht einmal das Vorhandensein seiner Hand konnte ihn aus dem tiefen Albtraum reißen. Er blickte auf den Topf mit siedendem Öl und fühlte dann den Schmerz, einen grässlichen, unerträglichen Schmerz, der ihn in Ohnmacht fallenließ. Schweißgebadet zuckte er nach vorne, saß aufrecht im Bett und sah sich um. Wieder dieser Traum. Er sah eine Frau vor sich, eine Afrikanerin mit kalten Augen. Sie hatte eine dicke breite Nase und volle Lippen. Er hatte sie nie zuvor gesehen und doch war ihr Gesicht so klar und deutlich, dass er es zeichnen könnte, wenn er nur ausreichend Talent dafür besäße.

Armin öffnete erneut seine Augen, seufzte und blickte auf die Uhr. Vier Uhr dreißig, viel zu früh zum Aufstehen. Er legte sich nieder, drehte sich zur Seite und versuchte noch mal einzuschlafen. So sehr er sich auch darauf konzentrierte, nur ein schwarzes Bild vor seinen Augen zu sehen, es gelang ihm nicht. Er war innerlich zu aufgewühlt, als dass er die ständigen Bilder aus seinen Augen vertreiben konnte. Die Gedanken sausten im Kopf herum, obwohl die Augen bleiern schwer und er hundemüde war. An Schlaf war nicht mehr zu denken, auch wenn er ihn bitter nötig hatte. Schließlich gab er seine Versuche auf, ging in die Küche und machte sich einen Kaffee. Später lief er rastlos im Büro auf und ab und wartete ungeduldig, bis er endlich seinen Freund, Hauptkommissar Dieter Rebmann, anrufen konnte. Er wollte ihn nicht aufwecken, das Warten erschien ihm endlos. Gegen sieben Uhr dreißig beschloss er, es zu riskieren, und wählte die Nummer.

»Guten Morgen Armin. So ein früher Anruf von dir? Ich hoffe, du hast zur Abwechslung gute Neuigkeiten.«

»Morgen Dieter, leider nein, ich brauche deine Hilfe.«

»Nicht schon wieder. Das bringt immer nur Probleme, wenn du etwas willst. Und Probleme haben wir derzeit reichlich. Kein Bedarf!«

»He, he, nein, du sollst diesmal niemanden festnehmen, bevor ich dir irgendwelche Gründe dafür geliefert habe oder sonstige schräge Sachen machen. Ich brauche einfach nur ein paar Informationen.«

»Informationen? Du? Normalerweise hast du doch mehr davon als wir. Keine Ahnung, wie du das immer machst. Und nun brauchst du mich?«

»Ja, kein großes Ding. Ich bitte dich einfach nur, mal den Namen *Detlef Hellmuth* durch eure Systeme jagen zu lassen. Vermutlich ist er kein unbeschriebenes Blatt.«

»Warum? Ist der dir beim Einkaufen auf die Füße getreten oder was?«

»Mach's einfach, bitte, er schreibt sich mit *th* am Ende.«

Seufzen am anderen Ende, dann hörte Armin leises Klicken auf einer Tastatur im Hintergrund. Dieter Rebmann atmete etwas heftiger als normal. Er fühlte sich nicht wirklich wohl, wenn er Dinge außerhalb der Legalität machte, auch wenn er wusste, dass sie für einen guten Zweck waren. Er hatte bei seinem Kumpel Armin keinerlei Zweifel, sie kannten sich schließlich von Kindesbeinen an und trotzdem war es nicht richtig. Es gab ein strenges Datenschutzgesetz und er verstieß gerade massiv gegen die Dienstvorschriften. Allerdings war es mit dem engagierten Journalisten immer ein Geben und Nehmen und ohne ihn wäre so mancher Fall deutlich später gelöst worden, wenn überhaupt. Wie schon so oft wunderte er sich nun über diese Anfrage, denn das, was der Computer ausspuckte, war seltsam.

»Also wenn der dir auf die Füße gestiegen ist, dann hat der verdammt lange Beine.«

»Warum?«

»Weil er nicht mehr unter uns weilt. Detlef Hellmuth ist im August 2005 an einem Schlaganfall gestorben. Freund kann er keiner von dir gewesen sein.«

»So, meinst du?«

»Ja, er war ein Neonazi der übelsten Sorte!«

»Das passt, danke. Und du bist dir sicher, dass er tot ist?«

»Beliebe ich, etwa zu scherzen? Untote werden heutzutage eher nicht verbrannt und in einer Urne verpackt auf dem Friedhof von Hof bestattet. So geschehen am 3. September 2005.«

»So genau wollte ich es gar nicht wissen. Wollte doch nur sichergehen. Bleib cool. Das nächste Bier geht auf mich.«

»Hoffentlich, ich werde dich beizeiten daran erinnern.«

»Brauchst du nicht, ist doch Ehrensache.«

Damit war das Telefonat beendet. Armin realisierte erst jetzt, dass er dabei wieder die ganze Zeit in seinem Büro auf und ab gegangen war. Er grinste, nahm eine Zigarette aus der Schachtel und zündete sie sich an.

***

Christian Egbuna meldete sich sofort. Er hatte Armin Anders Namen auf dem Handydisplay aufleuchten sehen und war gespannt, was dieser zu berichten hatte:

»Hallo Armin, nett, dass du dich meldest!«

»Hat leider ein bisschen gedauert, da ich viel um die Ohren habe, aber ich denke mal, du wirst deinen Seelenfrieden zurückbekommen. Der mutmaßliche Mörder deiner Mutter ist tot. Er erlag im Jahre 2005 einem Schlaganfall. Er liegt in Hof in Bayern begraben.«

Schweigen am anderen Ende.

»Hallo Christian, hast du gehört?«

»Ja, ich weiß nur nicht, was ich dazu sagen soll. Soll ich mich freuen oder traurig sein? Ist das eine gerechte Strafe? Ich plaudere nur so dahin, sorry. Ich muss das erst mal verarbeiten.«

»Verstehe ich voll und ganz. Wenn du reden willst, dann melde dich einfach. Okay?«

»Mach ich, danke noch mal!«

Nach dem Auflegen ließ Armin das Telefonat nicht los. Er versuchte, sich in Christians Situation hineinzuversetzen. Dieser hatte ihm einiges aus seiner traumatischen Kindheit und von seiner Beziehung zur Mutter erzählt. Viele Afrikaner glaubten trotz ihrer Zugehörigkeit zu einer Weltreligion immer noch an Geister und deren Macht. Hexen, Verzaubern, Voodoo, Schamanismus oder Juju, egal wie man es nannte, es gab etwas Übernatürliches, das uns Menschen beeinflusste und sogar in den Wahnsinn treiben konnte, davon waren fast alle Afrikaner überzeugt.

Selbst er, Armin Anders, hatte schon mehrmals im Leben Dinge erlebt, vor denen sein Intellekt ganz klar kapitulieren musste. Sie waren, nüchtern betrachtet, schlichtweg nicht möglich beziehungsweise nicht zu erklären, und doch gab es sie. Er schloss die Augen und sah wieder den Traum seiner Jugend vor sich. Der kleine Junge in der einfachen Lehmhütte, der Geruch von Holzkohlenfeuer, heißem Öl und verbranntem Fleisch. Auf einem Hackklotz lag eine abgetrennte Hand. Anders als in den Jugendträumen sah er diesmal erneut nicht seine Hand und die eigene Mutter vor sich, nein, er sah Christian Egbuna im zarten Alter von sechs Jahren, der ungläubig erst seinen Armstumpf und dann seine Mutter anstarrte und anschließend in Ohnmacht fiel.

Armin schüttelte seinen Kopf und öffnete die Augen. Dies war nun schon das zweite Mal, dass er diese Frau deutlich vor sich sah. War das wirklich Christians Mutter? Alles hatte eine Bedeutung, nur oft erschloss sich diese einem nicht oder erst Jahre später. Hatte er die ganze Zeit seit seiner Jugend von Christian geträumt? War er mit einer Art Fluch oder höherer Aufgabe bedacht worden, dem armen Jungen im Traum irgendwann einmal zu helfen? *Blödsinn, jetzt werde ich auch schon verrückt,* versuchte er, seine Gedanken beiseitezuschieben, schloss aber sofort wieder die Augen.

Deutlich sah er jenes Juju-Haus vor sich, das sie auf einer ihrer vielen Ausflüge in den Busch rund um Lagos gesehen hatten. Seine Eltern, die Schwester und er hatten sogar dem Dorfpriester die Hand geschüttelt. Dieser hatte sich besonders intensiv mit ihm, dem achtjährigen Armin beschäftigt. Er sah wohl mit seinen damals noch strohblonden Haaren und blauen Augen für den Priester aus wie ein Wesen aus einer anderen Welt. Oder ist damals mehr passiert? Armin dachte nach und versuchte, sich die Szene aus seiner Kindheit noch einmal vor sein geistiges Auge zu holen.

Der Priester hatte geheimnisvolle Worte in seiner Stammessprache gesprochen und dabei dauernd Armins Hände ergriffen, was ihm damals sehr unangenehm war. Er entzog dem Geistlichen mehrmals seine Hand, doch der ergriff sie immer wieder. Dann strich er ihm über das so gar nicht nach Afrika passende blonde Haar und blickte Armin tief in die Augen, murmelte etwas in sich hinein, stampfte mit den Füßen und ging wortlos ins Juju-Haus zurück. Als er wieder herauskam, stand Familie Anders immer noch etwas verwirrt und ziellos zwischen den Hütten des kleinen Dorfes, und sah den Priester laut singend und tänzelnd auf sie zukommen. Sie wussten nicht, ob sie stehen bleiben oder weglaufen sollten, konnten aber dann doch nicht anders, als einfach auf der Stelle auszuharren.

Der Priester blieb vor dem kleinen Jungen stehen, ergriff dessen Hand und legte eine kleine glänzende Kaurimuschel hinein. Dann schloss er mit seiner Hand die Finger des Kindes, sodass dieser die Muschel umklammerte. Er blickte Armin wieder in dessen blaue Augen. »Pass gut auf sie auf und lass sie dich begleiten, wo immer du auch hingehst. Du wirst viel Gutes tun in deinem Leben, mein Junge, und nun gehe hin, wo du hergekommen bist.«

Armin hatte alles über sich ergehen lassen, verstand jedoch als Achtjähriger nicht so recht, was mit ihm geschah. Dann sah er den Priester sich abwenden und wieder in das Juju-Haus verschwinden.

Auf der Fahrt aus dem Busch zurück in den Moloch Lagos hatte Familie Anders Witzchen über den Priester und das zuvor Erlebte gemacht. Armin blickte jedoch immer wieder stolz die kleine hübsche Muschel in seiner Hand an und beschloss, auf sie aufzupassen wie auf seinen Augapfel. Er hatte sich seitdem nie mehr Gedanken über das merkwürdige Verhalten des Priesters gemacht. Viele Jahre später runzelte er nun in seinem Büro in Bad Homburg die Stirn, griff in die linke Hosentasche und fühlte beruhigt die ihn immer begleitende Kaurimuschel in seiner Hand.

Rot

2004 in Lagos/Nigeria

Es war Sonntag und geradezu unerträglich heiß in der Stadt. Die Luftfeuchtigkeit betrug einhundert Prozent. Die Haut fühlte sich feucht und klebrig an. Moskitos schwirrten umher und nervten ihn. Aus irgendeinem Grund liebten sie ihn wie kein anderes Opfer. Er hasste es, ein Opfer zu sein. Die Woche war hart gewesen, auf der Baustelle hatte es wie fast immer Probleme gegeben. Sein Handy klingelte. Erst wollte er es ignorieren, dann sah er, dass es Sepp war, sein Kollege aus der Einkaufsabteilung der großen Baufirma, für die sie arbeiteten. Sie hatten sich das letzte Jahr über angefreundet. Schnell fanden sie heraus, dass sie sich nur allzu einig in ihrer Gesinnung waren und verbrachten ab dem Zeitpunkt viel Zeit miteinander.

»Hey, Sepp, was geht ab?«

»Nichts, das ist ja das Problem. Lass uns rausfahren in den Busch. Mir fällt hier die Decke auf den Kopf.«

»Trifft sich gut. Ich dachte auch gerade daran, ein wenig spazierenzufahren.«

»Ok, Treffpunkt wie immer in einer Stunde?«

»Gut, alles klar, bis dann.«

Detlef Hellmuth sprang schnell unter die kalte, erfrischende Dusche, damit seine Lebensgeister zurückkehrten. Anschließend zog er sich an und saß ein paar Minuten später bereits im weißen Volkswagen Bulli. Er musste sich beeilen, da sein Freund Sepp näher am Treffpunkt wohnte als er. Es war schwierig in dieser Stadt eine sichere Stelle zu finden, an der man beruhigt einen Wagen abstellen konnte, um dann gemeinsam weiterzufahren. Hier in Lagos wurde alles gestohlen, was man irgendwie bewegen und abtransportieren konnte. Des Öfteren war es vorgekommen, dass Autos von Kollegen nie wieder aufgefunden wurden, oder aber sich am abgestellten Platz nur noch das Chassis befand, nachdem sie ein paar Stunden später zurückgekehrt waren. Ersatzteile waren ein einbringliches Geschäft. Heerscharen von Dieben machten sich daran, alles, aber auch wirklich alles von ungesicherten parkenden Autos abzumontieren. Herausgetrennte Scheiben, fehlende Räder, manchmal fehlte das gesamte Interieur, vom Motor ganz zu schweigen.

Selbst die inzwischen in die Autos eingebauten GPS-Sender boten keine absolute Sicherheit. Die Wagen wurden zwar selten komplett gestohlen, doch oft genug stattdessen völlig zerlegt. Zwei Wochen zuvor kam ein Kollege am Nachmittag zur Stelle seines am selben Tag am Morgen abgestellten Autos zurück. Die Diebe hatten wie zum Hohn das Bauteil mit dem integrierten GPS-Sender, auf einem Stein gut sichtbar platziert, zurückgelassen. Vom Auto fehlte jede Spur.

Pünktlich kam Detlef am Treffpunkt an. Sepp war noch nicht dort, wie er bei der Durchsicht der parkenden Autos schnell feststellte. Er fluchte. Der große Mann hasste es zu warten und ließ den Motor weiterlaufen. Ohne das Gebläse der Klimaanlage auf höchste Stufe gestellt, konnte er in der glühend heißen Sonne nicht im Wagen warten. Schatten Fehlanzeige. Immer wieder blickte er auf die Uhr. Trotz der auf achtzehn Grad heruntergekühlten Innentemperatur bildeten sich Schweißperlen auf seiner Stirn.

Wo bleibt der Arsch nur? Lässt mich hier warten. Was glaubt der, wer er ist?

Erneuter Blick auf die Uhr. Dann griff Detlef zum Telefon: »Willst du mich verarschen? Wo bleibst du?«

»Sorry! Fuck, ich hab dich total vergessen. Es tut mir so leid, ich mach es wieder gut, versprochen!«

»Was? Du meinst, du bist noch nicht einmal losgefahren?«

»Ich schwöre, ich bin unschuldig! Du kannst dir nicht vorstellen, was eben passiert ist. Du kennst doch die Tochter vom Chef, die süße Nadine. Die wohnen ja im Bungalow direkt neben meinem. Ich komme gerade aus der Dusche, da klingelt sie und fragt mich nach einem Kilo Zucker. *Klar,* sag ich, *komm rein, bin sicher, ich habe noch eine Packung.*«

»Und was hat das mit unserer Verabredung zu tun? Wird doch wohl nicht so lange dauern, dem Flittchen den Zucker aus der Küche zu holen!«

»Warte, verstehst du gleich. Nachdem ich den Zucker geholt hab, steht sie nicht mehr an der Tür. Sie hat sich stattdessen ganz frech auf mein Sofa gelümmelt, und zwar so, dass ich deutlich das Dunkle ihrer linken Brust sehen konnte. Als ich vor ihr stand, rekelte sie sich so, dass dann sogar der Nippel rausrutschte. Das war natürlich nicht unbeabsichtigt. Sie blickte mich an, dass mir Hören und Sehen verging und meinte: *Es macht dir doch nichts aus, dass ich es mir bequem gemacht habe ...* Danach benetzte sie mit ihrer Zunge die Lippen. Ich weiß, es ist scheiße, sie ist immerhin die Tochter vom Chef, aber die macht mich schon eine Zeit lang unglaublich rattig.«

»Und dann vergisst du, mir abzusagen?«

»Tut mir leid, aber es ging alles so schnell. Ich setzte mich neben sie, und ehe ich mich's versah, öffnete sie meine Hose und bediente sich.«

Detlef kochte innerlich. Niemand versetzte ihn, auch sein Freund Sepp nicht. Was für ein Deutscher war das, der nicht zu seinem Wort stand? Er würde sich eines Tages rächen, das war klar. Jetzt beendete er das Gespräch ohne weiteren Kommentar und fuhr allein los. Er musste raus aus der Stadt, raus aus diesem lauten Moloch aus Dreck und Gestank und menschlichem Abschaum.

Längst hatte er die asphaltierten Straßen hinter sich gelassen. Sah immer wieder weites Land, gerodet von Menschenhand, meist mit Palmen darauf. Nichts zu sehen vom Urwald, der hier einst vorherrschte. Er blickte zu einer Palme, auf der gerade ein Palmweinernter geschickt hochstieg. *Wie ein Affe. Diese Schwarzen sind wie die Affen. Es gibt halt nur eine Herrenrasse. Daran gibt es nichts zu deuteln,* dachte er abfällig und fuhr den nächsten Weg rechts rein. Er wusste nicht recht, was er allein hier in den ausgedehnten Vororten von Lagos machen sollte. *Gehört das überhaupt noch zu Lagos? Keine Ahnung, ist aber auch scheißegal.*

Er versuchte weiterhin, seine Wut herunterzuschlucken und auf andere Gedanken zu kommen, doch es gelang ihm nicht recht. Der enge staubige Weg führte anscheinend in ein Dorf, denn in einiger Entfernung vor ihm tauchte auf der linken Seite eine Lehmhütte auf. Als er sich mit seinem Wagen näherte, sah er am Eingang eine Frau stehen, die ihm zuwinkte. *Gute Figur, die sehe ich mir genauer an,* dachte er sich.

Detlef parkte seinen Wagen am Wegesrand. Wenn die Augen ihn nicht täuschten, war die Frau durchaus brauchbar. Er schloss den Bulli ab und ging auf die Hütte zu. Sie lag etwas außerhalb des übrigen Dorfes, als wenn die anderen Bewohner bewusst Abstand zu ihr suchen würden. Die Frau strahlte ihn an. Er musste sich zusammenreißen, freundlich zu sein. Der Groll über Sepps ungebührliches Verhalten war noch keineswegs verflogen. Außerdem hasste er sich selbst dafür, dass er schon wieder eine Schwarze besteigen wollte. Wie oft hatte er sich schon vorgenommen, nur noch Sex mit seinesgleichen zu haben. Es wäre schrecklich für ihn, eine Schwarze zu schwängern und damit zur weiteren Rassenvermischung beizutragen, doch waren seine Triebe einfach stärker. Er verstand seinen Körper nicht, der so heftig auf diese Kreaturen reagierte.

»Willkommen, tritt in meine Hütte ein! Ich bereite dir einen Tee.« Die Frau sprach in dem für Lagos so typischen Pidginenglisch.

Als ob ich bei dieser Affenhitze einen Tee trinken würde. Aber sie sieht gut aus, obwohl sie schon älter ist. Festes Fleisch. Sie wird bald unter mir schreien vor Lust, dieses Tier.

Er bedankte sich höflich und war froh, dass sie zugleich die einfache Holztür hinter sich verschloss, nachdem sie eingetreten waren. Das Licht war sehr diffus. Detlef brauchte ein paar Augenblicke, bis er sich an die Dunkelheit im Inneren gewöhnt hatte.

»Mir ist heiß«, sagte er, knöpfte sein Hemd auf und warf es auf den Boden.

»Mir auch«, sagte die Frau grinsend und schlüpfte aus ihrem armseligen Kleid. Sie trug nichts darunter und hatte, auch wenn man ihr die Schwangerschaften ansah, eine ansehnliche Figur.

Die Frau näherte sich ihm, ließ ihre Zunge leicht außerhalb ihres Mundes rotieren und blickte ihm lasziv in die Augen. *Ein Vollprofi, genau das, was ich jetzt brauche!*, stellte er erleichtert für sich fest. Umgehend zog sie ihm die Shorts herunter und saugte an seinem Geschlechtsteil.

Detlef reagierte sofort. Die Prostituierte hielt kurz inne, sah sich ihr Werk etwas genauer an, stieß ein kurzes belustigtes »Hah« aus und blies weiter. Ein kurzer Laut, doch dieses »Hah« war der größte Fehler ihres armseligen Lebens. Der große Mann warf sie mit einem kräftigen Schubser auf den Boden. Die Frau blickte ihn erstaunt und gleichzeitig protestierend an. Doch war sie vieles gewohnt von den Männern, die sie benutzten und dabei selten zimperlich mit ihr umgingen. Sie spielte das Spiel mit, als sie sah, dass er sich vor sie niederkniete, ihre Beine auseinanderzog und mit einem Ruck in sie eindrang. Sie spürte ihn kaum, doch das war ihr ohnehin nicht wichtig. Er würde sie benutzen, schnell zum Abschluss kommen, wie fast alle und ihr dann etwas Geld dalassen.

Romantische Augenblicke gab es keine in ihrem Leben. Man war hier nicht nett zu einer Hure. Man bezahlte sie dafür, dass man sich in und mit ihr Erleichterung verschaffte. Nicht mehr, nicht weniger.

Der weiße Mann kam noch schneller, als sie erwartet hatte. Sie spürte seine heiße Flüssigkeit in sich hineinspritzen und sah sich schon in Gedanken gleich wieder vor ihrer Tür stehen, um auf den nächsten Kunden zu warten.

Nachdem Detlef zu Atem gekommen war, blickte er in das Gesicht der Frau unter ihm. Deutlich konnte er ihre Alkoholfahne riechen, die ihm zuvor in seiner Geilheit nicht aufgefallen war.

»Warum hast du gelacht?«, fauchte er sie an.

»Ich habe nicht gelacht, ich habe gestöhnt!«

Er schlug sie mit seiner mächtigen Hand ins Gesicht. Ihr Kopf wurde förmlich zur Seite gerissen.

»*Hah* ist also ein Stöhnen bei dir?«

Die Frau wusste genau, worauf er hinauswollte und verfluchte sich für ihren Fehler. Männer mit kleinen Schwänzen waren meist sehr sensibel, wenn es um abfällige Gesten oder Laute über ihre Geschlechtsteile ging. Ihr fiel nichts Besseres ein, also entgegnete sie: »Das *Hah* ist so ein Tick von mir, das sage ich immer, wenn die Arbeit mit meinem Mund so schnell Wirkung zeigt, ich bin dann immer stolz auf mich.«

Als sie die Worte sprach, hatte sie das beunruhigende Gefühl, dass sie diesmal nicht die Kurve kratzen würde. Sie sah in den Augen des Mannes, dass er sich selbst nicht unter Kontrolle hatte. Das waren Augen, von denen die bösen Geister Besitz ergriffen hatten. Sie fing an, in Gedanken zu beten, spürte, wie der große Mann mit dem kleinen Penis seine riesigen Hände um ihren Hals schloss und zudrückte.

Der verzweifelten Prostituierten fiel nichts Besseres ein, als sich so schnell wie möglich tot zu stellen, ein Vorhaben, das sie kurze Zeit später bitter bereute. Hätte er sie wirklich nur erdrosselt, wäre ihr viel Leid erspart geblieben. Der Mann ließ von ihr ab, als sie sich nicht mehr bewegte. Zuvor hatte sie theatralisch gezuckt, als wäre sie im Todeskampf. Der Weiße konnte nicht wissen, dass sie einen Kunden hatte, der sie regelmäßig beim Geschlechtsakt lange würgte. Es törnte ihn an, sich vorzustellen, dass sie unter seinen Händen starb. Doch so weit ließ dieser Kunde es nie kommen. Sie hatte dadurch immer wieder trainiert, lange Zeit ohne Sauerstoff auszukommen.

Detlef war enttäuscht über sich selbst. Warum hatte er sie nur so einfach sterben lassen. Diese Hure hatte Schmerzen verdient. Viele, viele Schmerzen. Niemand machte sich ungesühnt über ihn lustig, so eine dreckige Schwarze schon mal gar nicht. Er trat vor lauter Wut wild auf sie ein. Als er ihr mit seinem rechten Fuß unvermittelt auf ihren Bauch sprang, bemerkte er, dass sie keineswegs tot war. Dies war der Augenblick, in dem die schreckliche Tortur der Sulola Egbuna erst so richtig begann. Ihre übelst zugerichtete Leiche wurde Stunden später in der Lehmhütte entdeckt. Der gesamte Boden war blutrot gefärbt. Unfassbar, dass so viel Blut vom Körper einer einzigen Frau stammen konnte. Von ihrem Mörder und Peiniger fehlte jede Spur.

Tante Rosemarie

Seit Tagen konnte er nicht schlafen und fand keine Ruhe. Unentwegt brodelte es in ihm. Auch die Besuche in der Kirche und mehrere inbrünstige Gebete pro Tag brachten keine Linderung. Ständig sah er abwechselnd seine Mutter und Christie, seine verschollene Schwester, vor sich, wann immer er die Augen schloss. Auf dem Küchentisch lag das inzwischen abgegriffene Bild von Detlef Hellmuth, das ihm Armin Anders auf seine eindringliche Bitte besorgt und zugeschickt hatte. Der Mörder seiner Mutter. Vermutlich auch dafür verantwortlich, dass Christie verschwunden oder gar tot war. Wo war sie? Was war mit ihr passiert? Fragen, die ihn nicht mehr losließen.

Warum hatte Detlef Hellmuth sterben müssen? Warum durfte er ihm, dem Mörder seiner Mutter, nicht in die Augen sehen und ihn zur Rede stellen? Was gäbe er dafür, ihm gegenüberzutreten zu dürfen und nach dem Warum zu fragen.

Auf der Arbeit bei der Caritas in Frankfurt machten Christian Egbunas Kollegen sich bereits Sorgen über ihn. Der ansonsten so freundliche und vor Lebensmut und Energie nur so strotzende Nigerianer war nicht wiederzuerkennen. Ständig nachdenklich, hatte er oft seine Augen geschlossen. Die Kollegen wussten manchmal nicht, war er eingedöst oder sinnierte er nur wieder über irgendetwas, das ihn offensichtlich so stark beschäftigte, dass inzwischen sogar seine Arbeit darunter litt.

Christians Handy klingelte. Eine ihm unbekannte Frankfurter Festnetznummer. Er meldete sich: »Christian Egbuna.«

»Hallo Christian, hier ist Schwester Dorothea.«

Christians Herz klopfte sofort schneller. Instinktiv wusste er, dass dieser Anruf bedeutsam sein würde. Er wollte die Nonne begrüßen, doch ein Kloß in seinem Hals verhinderte, dass er die Worte aus seinem Mund brachte. Kurze Zeit später fragte Dorothea: »Christian, sind Sie dran?«

Er presste ein mühsames »Ja« heraus. Dabei dachte er sein eigenes Herzklopfen lauter zu hören, als seine Antwort.

»Jemand aus der Heimat hat mich kontaktiert und gebeten, Ihnen eine Nachricht zu hinterlassen. Es ist Ihre Tante Rosemarie.«

Christian war verwirrt. »Tante Rosemarie? Ich wusste nicht, dass ich eine Tante Rosemarie habe.«

»Sie werden so viele Verwandte haben, von denen Sie nichts wissen, werter Christian. Die Umstände, unter denen Sie aufgewachsen sind, haben einen stärkeren Familienbund verhindert. Umso schöner ist es doch, dass sich Ihre Tante nun gemeldet hat. Blut verbindet.«

Christians Gedanken rasten. Hatte er damals durch seine Flucht im Kindesalter alles hinter sich gelassen und bewusst darauf geachtet, dass seine Vergangenheit nichts mehr mit seiner Gegenwart zu tun hatte, so konnte dies nun kein Zufall sein. Seine Vergangenheit holte ihn massiv ein. Vielleicht hatte seine Tante gar Kontakt zu Christie, über die er seit ein paar Tagen ständig nachdenken musste?

»Was hat meine Tante gesagt?«

»Sie bittet Sie, sich so schnell wie möglich mit ihr in Verbindung zu setzen. Sie hat mir eine Telefonnummer hinterlassen, die ich Ihnen gerne weitergebe. Haben Sie etwas zum Schreiben?«

Christian ergriff den seitlich vor ihm liegenden Kugelschreiber und bemerkte dabei, wie stark seine Hand zitterte. Er konnte es nicht fassen und brannte darauf, Neuigkeiten aus Afrika zu bekommen. Vorbei war die Zeit der Flucht, des Verdrängens und des Negierens seiner eigenen Vergangenheit. Er würde sich allem stellen und hoffentlich auch herausfinden, wo Christie sich befand.

»Ja, ich habe etwas zum Schreiben«, erwiderte er aufgeregt.

Nachdem Schwester Dorothea ihm die Nummer durchgegeben und sich verabschiedet hatte, lehnte Christian sich in seinem Bürostuhl zurück und starrte ungläubig die Decke an. Die noch aus den Siebzigern stammende Deckenverkleidung, die wohl einmal ganz weiß gewesen sein musste, hatte eine glatte Oberfläche aus Polystyrol und wies zur Verzierung unterschiedlich große, kreisrunde Löchlein auf. Ab und zu hatte er angefangen, die Anzahl der Löcher einer Platte zu zählen, wenn ihm gerade langweilig gewesen war. Doch nun war er nervös und fragte sich, ob seine Chefin ihm den Rest des Tages freigeben würde, wenn er sie darum bat. Er wollte sie nicht anlügen und ein Unwohlsein vortäuschen. Das war nicht seine Art. Aber er musste sich sofort eine Calling Card besorgen, die die Minutenpreise für ein Telefonat nach Lagos erträglich machte. Was könnte diese Tante Rosemarie ihm nur mitteilen wollen?

***

Es klingelte. Christians Herz klopfte umgehend lauter. Würde sie direkt rangehen, meldete sich eine Mailbox oder gar niemand? Ein weiteres Klingeln, er begann zu schwitzen. Noch ein Klingeln und dann hörte er eine resolute Stimme: »Rosemarie.«

»Hier ist Christian Egbuna aus Deutschland!«, er schrie unwillkürlich in sein Smartphone, schließlich war seine vermeintliche Tante weit entfernt.

»Christian, wie schön, dass du dich meldest. Wie geht es dir?« Die Frau am anderen Ende sprach mit ebenso lauter Stimme.

»Ganz okay soweit.«

»Erzähle mir nichts, du kannst derzeit nicht schlafen!«

»Wie kannst du das wissen?«, fragte er sie verwundert.

»Die Götter haben es mir verraten. Deshalb habe ich dich auch gesucht. Sie haben mir aufgetragen, mich mit dir in Verbindung zu setzen.«

Christian schluckte. Er hatte eine gewisse Vorahnung, was ihn in diesem Gespräch noch erwarten würde.

»Wie sind wir überhaupt verwandt?«

»Du kennst mich nicht mehr? Vielleicht warst du noch zu klein. Ich habe dich das letzte Mal gesehen, da warst du vier Jahre alt. Danach habe ich weder dich noch deine Geschwister wiedergesehen. Meine Schwester war die Frau, die dir aus bloßer Gier die Hand abgehackt hat.«

Das bedrückende Gefühl in Christian wurde stärker. Noch nie hatte das jemand so offen ausgesprochen, zumindest kein Erwachsener. Nur seine große Schwester Christie hatte mit ihm einmal darüber gesprochen. Doch wie viele Jahre war das her? Sie waren noch Kinder gewesen. Kinder, die die gemeinsame Angst vor der eigenen Mutter einte und die nicht wussten, wie sie mit der Situation zu Hause umgehen sollten.

»Woher weißt du das? Hat sie dir etwa davon erzählt?«

»Nein, mir braucht kein Mensch etwas zu erzählen. Ich erfahre alles Wichtige von den Göttern.«

Sie war anscheinend eine spirituelle Frau. Eine Frau, die die hohe Kunst der Kommunikation mit den Göttern beherrschte, die von einer Generation an die Nächste und dort auch nur an die dazu sorgfältig ausgewählten Nachkommen weitergegeben wurde. Eine Priesterin, eine sogenannte Juju-Frau. Juju-Frauen waren gefährlich, sie konnten Leben zerstören, indem sie jemanden mit einem Fluch belegten, das wusste Christian wie jeder andere Nigerianer. Würde er ihr vertrauen können? Wollte sie ihm Gutes oder brauchte sie ihn nur für ihr Teufelswerk? Er war noch aufgewühlter als vor dem Gespräch und lauschte weiterhin den Worten seiner Tante mit einer vorsichtigen Skepsis.

»Du hast einen Weißen kennengelernt. Er wird dir helfen, deinen inneren Frieden zu finden. Er liebt unser Land und war selbst schon hier. Er ist ein guter Mensch!«

Für Christian war sofort klar, dass sie über Armin Anders sprach. Sie musste eine gute Juju-Frau sein, kein Zweifel. Wie sonst hätte sie das wissen können.

»Was ist mit Christie? Lebt sie?«

»Suche sie, Christian, suche sie!«

»Also lebt sie?«

»Das darf ich dir nicht sagen. Die Götter haben mir dazu keinen Auftrag gegeben. Aber du musst sie suchen, und zwar schnell!«

»Wie soll ich das anstellen? Ich bin hier in Deutschland, das letzte Mal habe ich sie gesehen, als ich elf Jahre alt war und das war in Lagos.«

»Ist das ein Grund nicht nach ihr zu suchen?«

»Ich wollte nie wieder nach Afrika zurückkehren. Dieser Kontinent bedeutet für mich nur Schmerz!«

»Du wirst nach Afrika zurückkehren, auch wenn dir das jetzt unwahrscheinlich erscheint! Aber zuvor musst du deine Schwester finden. Sei vorsichtig. Nichts ist so, wie es auf den ersten Blick erscheint.«

»Aber wie soll ich sie denn suchen?«

»Der Mörder deiner Mutter wird dich zu ihr führen!«

»Aber der ist tot, verbrannt und vergraben, er kann mir nicht mehr helfen!«, rief er verzweifelt in das Smartphone. Christian Egbuna hörte nur noch ein »Nichts ist so, wie es scheint!«, dann war die Verbindung unterbrochen. *Seltsam*, dachte er und versank wieder in Gedanken an seine Schwester.

Deutschland

Dezember 2004 in Lagos/Nigeria

Sein Vertrag war fast zu Ende. Sie hatten ihm nicht die, damals beim Bewerbungsgespräch für diesen Afrikaeinsatz in Aussicht gestellte, Verlängerung gegeben. Ganz im Gegenteil, nun sollte er sogar zwei Monate früher das Land verlassen. Wie ein Verbrecher, den man nicht mehr in der Firma haben wollte, damit er kein schlechtes Licht auf sie warf. Was hatte er schon großartig getan? Ein ungeklärter Verkehrsunfall, vielleicht war er etwas angetrunken gewesen? Konnte schon sein. Doch wollte er sich keineswegs an einen Unfall erinnern. Vielleicht war ihm ein Affe vor das Auto gelaufen? Wer weiß das schon. Sein Boss war rasend vor Wut.

»Haben Sie eine Ahnung, was das für uns bedeuten kann? Sie wissen selbst, wie wacklig unsere Position hier im Lande ist. Die Konkurrenz schläft nicht und versucht, uns mit immer höheren Bestechungsgeldern aus dem Geschäft zu drängen.«

»Ich habe keine Ahnung, wie diese verdammten Haare an mein Auto gekommen sind. Vielleicht haben es zwei vor dem Auto miteinander getrieben und irgendwie haben die Haare sich dann dort verfangen. Seit wann machen wir hier so viel Aufhebens um so eine Kleinigkeit?«

»Die Kombination von Blut und Haaren spricht wohl eindeutig eine andere Sprache! Dazu die Delle. Sie müssen das Land so schnell wie möglich verlassen, Sie wissen wohl selbst, dass Sie ein nigerianisches Gefängnis als Weißer nicht überlegen würden.«

»Gefängnis? Warum denn Gefängnis, Chef? Ich habe doch den Wildunfall gemeldet. Das war ein ausgewachsenes Tier, das mir da einfach so vor den Wagen gesprungen ist. Seit wann sind Affen so wichtig, dass man dafür in den Bau geht?«

Als er dies sagte, schaute ihn sein Chef nur verständnislos an. Dieser wollte die Diskussion keineswegs vertiefen und den Fall so schnell wie möglich von seinem Schreibtisch bekommen. Ihm graute bei dem Gedanken, dass mit dem Firmenwagen ein Mensch getötet worden sein könnte. Also verdrängte er ihn und suchte nach einer stillen, für alle Beteiligten besseren Lösung, als den Fall weiter zu untersuchen. Er hatte mehr als genug Probleme zu lösen. Detlef Hellmuth war alles andere als afrikakompatibel. Er hatte von Anfang an nicht verstanden, was die Zentrale in Deutschland sich dabei gedacht hatte, ihm diesen Mann zu schicken. Jemand mit so einer rechten Gesinnung hatte nichts in Afrika zu suchen, das war wohl sonnenklar.

»Über Ihre Arbeit kann ich nichts Negatives sagen, Herr Hellmuth. Man sollte jedoch Land und Leute schon ein wenig lieben, wenn man im Ausland arbeitet.«

»Wer sagt denn, dass ich das nicht tue?«, erwiderte Detlef trotzig. Er wäre gerne noch in Lagos geblieben, nicht nur wegen des guten Geldes. Hier konnte er seine sadistische Ader viel besser ausleben als in Deutschland. *Die Schwarzen sind eh viel zu dumm, als dass sie mir jemals auf die Schliche kommen würden,* war er überzeugt.

»Sie brauchen sich nicht verstellen, Herr Hellmuth. Sie sind eine tickende Zeitbombe und es war nur eine Frage der Zeit, bis etwas Schlimmeres passieren würde, während Sie für uns tätig waren. Allein, wie Sie unsere nigerianischen Kollegen behandeln, ist schon mehr als grenzwertig. Es gab zahlreiche Beschwerden über Sie. Ich kann nichts mehr für Sie tun, Ihr Rückflug ist gebucht!«

Detlef startete noch einen letzten Versuch, doch biss er dabei bei seinem Vorgesetzten auf Granit. Resigniert musste er aufgeben und verließ wutentbrannt das Büro des Chefs. Er hätte sich den Wagen vor der Rückgabe besser anschauen müssen, doch wer konnte denn ahnen, dass dieses Büschel Haare zum Vorschein kommen würde, nachdem man den Wagen zur genaueren Untersuchung auf die Hebebühne gefahren hatte. Irgendwann würde er es diesem Arschloch von Chef schon zeigen. Hatte er nicht selbst gesagt, dass es an seiner Arbeit nichts auszusetzen gab? Wie er über Schwarze dachte, war wohl ihm überlassen und hatte nichts mit seiner Arbeit zu tun. Als pflichtbewusster Deutscher arbeitete er gut und zuverlässig. Das wusste er und alle seine Vorgesetzten. Stets war er ein Vorbild für andere gewesen und jetzt wurde er sogar davongejagt.

Detlef Hellmuth musste hart an sich halten, um seine Wut hinunterzuschlucken. Es fiel ihm nicht leicht, doch blieb ihm nichts anderes übrig, als sich in dieser brenzligen Situation zusammenzureißen. Heruntergeschluckte Wut war keine vergessene. Sie loderte weiterhin in ihm und würde schon bald ein Feuer entfachen, das Deutschland erschütterte, wenn er erst einmal zurück in seinem geliebten Land wäre.

***

»Er ist wieder da«, sagte der Glatzkopf, den sie nur Glatze nannten.

»Wer?«

»Na Detlef, jetzt sind deine Tage als Anführer wohl gezählt!«

Glatze grinste Kevin Becker frech an. Ihm hatte nie gefallen, wie dieser nach dem Weggang von Detlef Hellmuth die Führung der Organisation an sich gerissen hatte. Ja, Kevin war nach Detlef das älteste Mitglied hier, doch seiner Meinung nach als Anführer völlig ungeeignet und viel zu weich. Nun würde wieder Zucht und Ordnung herrschen, und sie würden endlich viel mehr Aktionen durchführen. So wie damals, als Detlef noch herrschte.

»Blödsinn, Detlef muss verstehen, dass er nicht einfach herkommen und wieder seinen alten Platz einnehmen kann. Er muss sich zuvor erneut hocharbeiten. Wir haben schließlich Regeln!«

In dem Moment öffnete sich die Tür und der große Mann mit der markanten Hakennase und den langen blonden Haaren trat ein. Er sagte kein Wort, blickte sich kurz um und ging direkt auf Kevin zu. Kurz vor ihm blieb er stehen und schaute ihn mit kalten Augen an. Der zuvor noch so selbstbewusste Mann blickte schuldbewusst auf und erhob sich von seinem Sessel, dem einzigen Sessel im Raum. Er war dem Anführer vorbehalten und bildete einen deutlichen Kontrast zu den einfachen Holzstühlen im Raum, mit denen die übrigen Mitglieder vorliebnehmen mussten.

Obwohl Kevin nun ebenfalls stand, reichte er Detlef nur bis zu dessen Kinn. Die Männer blickten sich weiter schweigend an. Man hätte eine Nadel auf den Boden fallen hören können, so ruhig war es in der angespannten Situation. Der bisherige Anführer Kevin biss die Backenzähne aufeinander, da er Angst hatte, Detlef könnte das Vibrieren seiner Gesichtsmuskeln sehen. Er senkte den Blick, weil er dem Augenkontakt mit dem früheren Anführer nicht mehr standhalten konnte. Schließlich trat er innerlich kochend zur Seite.

Detlef ließ sich grinsend auf dem vorgewärmten Sessel nieder.

»Nachdem das nun geklärt ist: Männer, was gibt's Neues? Ist irgendetwas Besonderes passiert während meiner Abwesenheit oder habt ihr hier nur die Stühle vollgefurzt?«

Kevin Becker verließ wortlos den Raum. Detlef und Glatze grinsten sich nur an.

»Schön, dass du zurück bist, Detlef. Es war langweilig ohne dich.«

»Danke, Glatze, das war zu erwarten.«

»Ja, diese Lusche hat sich noch am selben Tag angeschickt, deinen Platz einzunehmen, nachdem du mich angerufen und mir die Sache von deinem Job in Afrika erzählt hattest. Aber er hat nichts auf die Reihe bekommen, überhaupt nichts!«

»Das dachte ich mir schon, als ich diesen Loser hier auf meinem Platz sitzen sah. Ihr habt also keine Fortschritte gemacht?«

»Nein, es gab kaum noch Aktionen. Hier wurde fast nur gesoffen, aber nichts mehr unternommen, um unser Land zu säubern.«

»Keine Angst, wir werden in nächster Zeit den Kurs der Organisation wieder korrigieren und viel unternehmen. Ich habe in Lagos gesehen, was passiert, wenn so ein Gesindel etwas zu sagen hat. Wir sind und bleiben die Herrenrasse und das muss die Welt endlich begreifen!«

»Du scheinst ganz der Alte zu sein. Endlich wird es wieder wie früher! Kevin war ja nie der Führertyp und hatte sich bei Aktionen auch nicht durch besondere Taten hervorgehoben. Trotzdem haben wir unsere Regeln, also war es klar, dass er als Dienstältester deinen Platz übernehmen würde, als du weg warst.«

»Kevin ist ein Großmaul, ohne irgendetwas dahinter! Das war schon immer so. Wundert mich nicht, dass hier nichts voranging. Habt ihr wenigstens ein paar Kanaken platt gemacht?«

»Nein, wann immer jemand mit einem Vorschlag kam, hatte Kevin irgendwelche Bedenken vorgetragen. Es sei zu riskant, die Bullen ohnehin dauernd hinter uns her, bla, bla, bla ... Er ist und bleibt eine Lusche!«

»Gibt es irgendwas Neues? Ein Ziel, das sich richtig lohnen würde?«

»Klar, einige, Chef!«

Glatze grinste bereits vor lauter Vorfreude und stachelte Detlef weiter an: »Wäre doch ein geiler Wiedereinstieg von dir, wenn wir sofort etwas richtig Großes machen würden, ich hab da so eine Idee ...«

»Erzähl!«

»Du kennst doch sicher noch das Heimann-Haus?«

»Das alte Gebäude etwas außerhalb der Stadt, das viele Jahre leer stand, weil sich kein Mieter fand, da es dort angeblich spukt?«

»Ja, genau das.«

»Was ist damit?«

»Die Stadt hat über den Winter dort Sinti und Roma einquartiert, der letzte Abschaum kann ich dir sagen. Wir könnten es so abfackeln, dass keiner das Gebäude lebend verlässt. Ist ziemlich einfach. Es gibt nur einen Eingang, es ist abgelegen und die Fenster im Erdgeschoss sind vergittert.«

Detlefs Augen leuchteten. Auf Glatze konnte er sich verlassen. Diese Aktion war ganz nach seinem Geschmack. Zigeuner anzünden, das hatte was. Genau das Richtige, um der Wut über seine Entlassung in Lagos Luft zu verschaffen.

»Lass uns sofort hinfahren, nur wir beide. Ich will mir das aus der Nähe ansehen. Vielleicht machen wir es ja noch diese Woche!«

Auf der Fahrt zum Heimann-Haus breitete sich in Detlefs Körper immer weiter ein angenehm warmes Kribbeln aus. Er konnte an gar nichts anderes mehr denken. Der Neonazi sah ständig das Gebäude in Flammen vor sich. An den vergitterten Fenstern drängten sich Menschen, um nach Luft zum Atmen zu ringen. Sie schrien verzweifelt, als sie von den Flammen erfasst wurden.

»Detlef, wie weit sollen wir ranfahren?«

Keine Reaktion.

»Detlef, hallo!«

Detlef sah Glatze mit leuchtenden Augen an.

»Was ist?«

»Träumst du oder was? Ich habe dich gefragt, wie weit wir ranfahren sollen?«

»Besser du hältst jetzt an. Wir parken hier in dem kleinen Wäldchen und gehen den Rest zu Fuß.«

Es war genau so, wie er es noch in Erinnerung hatte. Das Heimann-Haus lag weit abseits der übrigen Bebauung. Das nächstgelegene Gebäude befand sich außer Sichtweite, es gab keinen Durchgangsverkehr. Hierher verirrte sich nur selten jemand. Selbst die Stadt wollte offensichtlich nichts mit den Sinti und Roma zu tun haben. Ein warmes Plätzchen für den Winter war gut fürs Image, der seit der Gründung seiner Organisation als rechts verschrienen Stadt.

Rechts? So ein Blödsinn. Wir Deutsche haben ein Recht auf unser Land. Niemand, aber auch wirklich niemand darf herkommen und uns die Jobs klauen und unseren Wohnungsmarkt überfluten. Wenn die stromlinienförmigen Politiker das endlich selbst mal offen zugeben würden, dann wäre schon viel erreicht. Alle denken wie wir, haben jedoch nicht den Mumm dazu, dieses Land zu säubern. Zu viele Gutmenschen, die nur so tun, als ob sie mit dem Abschaum sympathisieren. Niemand will die in der Nähe haben, das ist nur allzu offensichtlich. Wir sind die Einzigen, die die Eier haben, etwas dagegen zu tun. Wir sind die wahren Deutschen.

Interessante Entdeckung

Der Friedhofswärter traute seinen Augen kaum, als er am Morgen die Sträucher des denkmalgeschützten Hauptfriedhofes in der Plauener Straße in Hof in Bayern goss und dabei sein Blick zur Seite schweifte. Er ließ sofort den Gartenschlauch fallen und ging zu dem Hügel, den er aus rund fünfzig Metern auf dem Urnenfeld erblickte. Frische Erde. Aufgehäuft neben dem Urnengrab von Alois Schörghuber, und zwar so sorgfältig, dass nicht ein Erdklumpen auf die Granitplatte gefallen war, die das Grab des im Jahre 2006 verstorbenen Stadtrates von Hof bedeckte.

»Was zum Himmel hat das zu bedeuten?«, murmelte er aufgebracht vor sich hin. Dabei starrte er fassungslos auf das nicht mehr vorhandene Grab von Detlef Hellmuth. Statt die kleine Abdeckplatte mit dessen Namen zu sehen, prangerte dort ein tiefes Loch die Öffnung des Grabes an. Gestern Abend war noch alles in Ordnung gewesen, das konnte er beschwören. Nicht dass er speziell auf dieses Grab geachtet hätte, nein, aber ein solcher Erdhaufen wäre ihm auf jeden Fall aufgefallen. Er kümmerte sich liebevoll um den Friedhof mit seinen Toten.

Die einfache Urne von Detlef Hellmuth, das Sparmodell, wie sie es intern nannten, lag offen neben dem Erdhügel, der ebenfalls unversehrte Deckel gleich daneben. Die Täter mussten Detlef Hellmuth in der Nacht ausgegraben haben. Bei näherer Betrachtung fiel ihm auf: Die Urne war leer und innen komplett sauber, so als wenn sich nie die zu Asche gewordenen sterblichen Überreste eines Menschen darin befunden hätten.

»Seltsam, äußerst seltsam«, stammelte er vor sich hin, als er schnellen Schrittes ins Büro der Friedhofsverwaltung schritt. Sein Chef war wie immer nicht da, sodass er zum Telefonhörer griff und ihn anrief. Dieser konnte sich auch keinen Reim auf die Sache machen, hielt ihn jedoch dazu an, mit niemandem über das, was er an diesem Morgen gesehen hatte, auch nur ein Sterbenswort zu reden.

Zu diesem Zeitpunkt waren die drei Männer schon längst auf dem Weg zurück nach Mainz. Christian Egbunas Freunde hatten zuvor die Urne von Detlef Hellmuth ausgegraben und Bestätigung für das Unvorstellbare bekommen. Ganz offensichtlich hatte man in Hof vor ein paar Jahren nichts als Luft in einer Urne begraben. Es muss eine Inszenierung gewesen sein, doch für wen? Die Götter hatten wieder mal recht behalten: Nichts war so, wie es schien.

Gedankenversunken saß Christian auf der Rücksitzbank und sinnierte, was das Ganze für ihn zu bedeuten hätte. Würde er den Mörder seiner Mutter nun doch noch finden? Lebte er gar und er konnte ihm eines Tages gegenüberstehen, in die Augen sehen und damit konfrontieren, dass er, Christian Egbuna, nun niemals mit seiner Mutter persönlich Frieden schließen durfte? Seit dem Besuch der Nonne hatten sich sein Leben und seine Denkweise völlig verändert. Alles, was ihn jahrelange Bemühungen gekostet hatte, endlich zu verdrängen, war nun wieder mitten in seinem Leben. Wieder eine Lektion gelernt: Man kann nicht davonlaufen, insbesondere nicht vor sich selbst und seiner eigenen Vergangenheit.

Hatte Detlef Hellmuth den Schlaganfall nur vorgetäuscht? Wenn ja, warum? Wie war es möglich, dass ein Neonazi so mächtige Freunde hatte, dass er seinen eigenen Tod inszenieren, und die ganze Welt im Glauben lassen konnte, er befände sich tief auf dem Friedhof in einer Urne vergraben? Christian Egbuna hatte sich bislang in Deutschland wohl und sicher gefühlt, doch dieser Gedanke machte ihm Angst.

Oder hatte jemand anderes die Hand im Spiel und hielt den Mörder seiner Mutter stattdessen gefangen und folterte ihn aus Rache für dessen Gräueltaten? Die Möglichkeiten waren vielfältig und er würde es ohne fremde Hilfe niemals schaffen, an Detlef Hellmuth und vielleicht sogar an seine Schwester Christie heranzukommen, sofern sie noch lebte. Jetzt war es Zeit, den Journalisten anzurufen, seine Tante Rosemarie hatte ihm diesen Wink der Götter überbracht.

Zitternd vor Aufregung zog er sein Smartphone aus der Hosentasche. Der Ruf ging direkt zur Mailbox. Christian war darauf nicht vorbereitet und drückte die rote Taste. Er blickte aus dem Autofenster und sah die Landschaft im Eiltempo an sich vorübersausen. Ähnlich wie seine Jugend in den letzten Tagen ständig an ihm vorbeirauschte, als würde er sie immer und immer wieder erleben.

Das Smartphone vibrierte in seiner Hand. Er starrte es kurz an, als sei es ein Relikt aus einer vergangenen Zeit, dann sammelte er sich und sah den Namen Armin Anders auf dem Display. Der Journalist rief ihn nach der Beendigung eines anderen Telefonates gleich zurück.

»Hallo Armin, danke für den Rückruf!«

»Kein Thema, wo brennt denn der Schuh?«

»Detlef Hellmuth ist nicht tot!«

»Wie? Das kann doch gar nicht sein. Ich habe aus sehr zuverlässiger Quelle die Bestätigung erhalten, dass er im Jahre 2005 an einem Schlaganfall verstorben sei.«

»Kann schon sein, aber die Götter wussten es besser!«

»Könntest du bitte weniger kryptisch sprechen? Was veranlasst dich zu der Vermutung, er könnte nicht tot sein?«

»Wir haben seine Urne ausgegraben und sie war leer!«

»Ihr hab was?« Spätestens jetzt war Armin Anders hellwach.

»Niemand hat uns gesehen. Ich bin mit zwei Freunden zum Friedhof in Hof gefahren. Wir haben mit Spaten die Urne vorsichtig freigelegt und dann geöffnet. Ein leeres Gefäß, das innen völlig sauber war. Da hat noch nie Asche drin gelegen!«

»Wie kommt man denn auf die Idee, so etwas zu machen?« Armins Gedanken überschlugen sich. Irgendetwas in ihm hatte ihm schon in der U-Bahn gesagt, dass seine Begegnung mit Christian Egbuna eine bedeutungsschwere sein würde. Doch eine Urne auszugraben? Dazu musste der Afrikaner einen triftigen Grund gehabt haben.

»Was ist denn dann mit der Leiche des mutmaßlichen Mörders deiner Mutter passiert? Gibt es überhaupt eine Leiche? Kann es sein, dass Detlef Hellmuth nicht doch noch lebt?«

»Genau darum rufe ich dich ja an, Armin. Bitte hilf mir, das alles herauszufinden!«

»Na und ob ich das tue. Das Ganze interessiert mich nun auch brennend. Doch zuvor eine Frage: Was hat dich dazu bewogen, eine so weite Strecke zu fahren und die Urne auszugraben?«

»Ich bekam eine Nachricht von einer mir bislang unbekannten Tante aus Lagos, dass ich meine Schwester suchen solle.«

»Also ist sie doch noch am Leben?«

»Das habe ich sie auch gefragt, aber keine Antwort erhalten. Doch die Suche nach dem Mörder meiner Mutter soll mich auf sie stoßen. Und ...« Hier zögerte der gottesfürchtige Mann und sprach erst nach einer kurzen Pause weiter: »Meine Tante sagte, du würdest mir dabei helfen, ihn zu finden!«

Nun war es an Armin zu schweigen. In seinem Kopf mischte sich ein Gewirr von Bildern vom Juju-Haus, das er als Kind in Nigeria gesehen hatte, über den Priester und seine Kaurimuschel bis hin zu dem immer wieder erscheinenden Traum mit der abgehackten Hand. Heftig ausatmend pfiff er durch die Zähne. Armin schluckte kurz und fragte ungläubig: »Und deine Tante hat explizit mich genannt?«

»Nein, so kann man das nicht sagen. Sie meinte, ich hätte vor kurzem einen weißen Mann kennengelernt, der mir dabei helfen würde. Nun ja, außer dir habe ich die letzten Wochen keine neue Bekanntschaft gemacht.«

Wieder so ein Fall, den sich Armin mit seinem Verstand nicht erklären konnte. War doch etwas an diesem ganzen Übersinnlichen? Er schüttelte seinen Kopf und antwortete: »Na dann werde ich es mal versuchen, ich melde mich, Christian, sobald ich etwas herausgefunden habe!«

***

Nachdem Armin Anders sich von dem aufwühlenden Telefonat mit Christian Egbuna erholt hatte, griff er erneut zu seinem Smartphone und wählte Manfred Wegeners Nummer. Nach zweimal Klingeln legte er jedoch wieder auf. *Nein, so etwas kann ich Manfred nicht am Telefon sagen. Wenn dieser Neonazi noch lebt, dann treten wir hier in ein Wespennest.* Einen Augenblick später dachte er beunruhigt: *Gott, jetzt erfasst mich schon dieselbe Paranoia wie Manfred. In was für einer Zeit leben wir eigentlich, dass man immer und überall von einer Überwachung ausgehen muss?*

Kurze Zeit später saß er in Manfreds Arbeitszimmer in Kirdorf und schaute nervös seinem Freund zu, der völlig in sich gekehrt wieder mal auf den Tastaturen herumklickte, als spielte er verzückt Beethovens Neunte auf einem gewaltigen Flügel. Er wagte es nicht, ihn mit neuen Fragen zu unterbrechen, die ihm zwischendurch einfielen. Fragen für was? Manfred würde ohnehin der Sache auf den Grund gehen. Es war inzwischen für ihn zu einer Art Ausgleichssport geworden, Antworten auf die teils skurrilen und manchmal sogar absurd anmutenden Fragen seines besten Freundes zu finden.

Manfred hatte ihn noch nie enttäuscht, auch wenn sie immer wieder zuvor erst den einen oder anderen Gedanken gemeinsam durchspielen mussten, bevor er die Suche nach den richtigen Details aufnehmen konnte. Dabei missachtete er jegliche Datenschutzbestimmungen. Nicht alles war so geradlinig wie die Frage nach dem Todestag einer bestimmten Person. Doch was war, wenn der angeblich Ende August 2005 verstorbene Detlef Hellmuth tatsächlich noch am Leben war? Dies schien auch Manfred vor ein größeres Problem zu stellen, denn in dessen Gesicht konnte Armin selbst nach rund neunzig Minuten Schweigen keinerlei Anzeichen erkennen, dass dieser inzwischen auch nur einen Schritt weitergekommen wäre.

Für einen Augenblick verfluchte Armin sich selbst bei dem Gedanken, warum er denn nicht den Thriller, an dem er zur Zeit las, mit zu Manfred genommen hatte, um sich die Zeit zu vertreiben. Er hätte eigentlich wissen müssen, dass der Fall des vermeintlich untoten Neonazis Manfred vor große Hürden stellen, und somit dementsprechend viel Zeit in Anspruch nehmen würde. Doch dann musste er sich eingestehen, dass er ohnehin viel zu aufgewühlt war, als dass er sich zwischendurch auf ein Buch hätte konzentrieren können. Also starrte er weiter diverse Gegenstände im chaotischen Arbeitszimmer seines Freundes an und verlor sich wieder in eigenartigen Gedanken.

War dieses Zimmer überhaupt chaotisch oder folgte es nicht irgendeiner inneren Logik seines Freundes, die er nie so ganz verstehen würde? In manchen Dingen war ihm die Person Manfred Wegener immer noch ein Rätsel. Wie konnte jemand so gut wie sein ganzes Leben in diesem Raum ohne Tageslicht verbringen und dabei mit sich selbst so im Reinen sein? Armin war vermutlich abgesehen von dem Techniker der Telefongesellschaft, der ihm den Anschluss gelegt hatte, der einzige Besucher, den Manfred jemals in seiner Wohnung gehabt hatte. Gerade machte sich Armin Gedanken, ob nicht doch noch einmal im Jahr jemand kam, um die Wasseruhr im Bad und die Messanzeigen an den Heizkörpern abzulesen, oder ob dies auch schon elektronisch erfolgte, als Manfred ein lautes »Boah« ausstieß.

Armin blickte voller Neugier auf seinen Freund und bevor dieser etwas erläutern konnte, formulierte er die Frage, die ihm am brennendsten auf der Zunge lag: »Also lebt Detlef Hellmuth noch?«

»Das kann ich dir nicht sagen. Ich kann dir nicht einmal sagen, wie er später hieß.«

»Du sprichst in Rätseln. Ist er untergetaucht und hat eine neue Identität angenommen oder was?«

»So ähnlich. Detlef Hellmuth war Teil eines Zeugenschutzprogrammes im bayerischen Hof und musste offiziell sterben, sonst wäre er vermutlich sehr schnell wirklich gestorben!«

»Zeugenschutzprogramm?« Armin pfiff durch die Zähne. »Wow, das hätte ich wohl am wenigsten vermutet. Aber du weißt nicht, wie er jetzt heißt und wo er sich inzwischen aufhält?«

»Nein, soweit bin ich nicht, noch nicht! Das kann ich auch nicht so schnell herausfinden, dazu brauche ich mehr Zeit. Wenn etwas in diesem Lande gut gesichert ist, dann die neuen Identitäten von Personen im Zeugenschutzprogramm. Da finde ich schneller sämtliche Details der letzten Steuererklärung unserer Bundeskanzlerin heraus.«

»Die interessieren mich herzlich wenig. Warum war Detlef Hellmuth im Zeugenschutzprogramm? Wen hat er verraten?«

»Weißt du es immer noch nicht?«

Verständnislos sah Armin Anders seinen eigenartigen Kumpel an. Dieser genoss es, in Armins ratloses Gesicht zu blicken und nur nach und nach mit weiteren Details herauszurücken:

»Die Stadt Hof und das Jahr 2005 ..., läutet da nichts in deinem Spatzenhirn?«

Manfred Wegener war nicht nur der beste Computerspezialist, den Armin sich vorstellen konnte, er hatte auch dank seines geradezu fotografischen Gedächtnisses ein bewundernswertes Allgemeinwissen und konnte sich selbst nach Jahren noch an Details erinnern. Damit versetzte er den Journalisten des Öfteren in Erstaunen. Doch diesmal musste Armin zugeben, total auf der Leitung gestanden zu haben. Fassungslos runzelte er die Stirn, als das »Boah« seines Freundes ein Gesicht bekam. »Hof 2005, die größte Gräueltat in diesem Land seit dem Ende des Zweiten Weltkrieges, unglaublich! Und Detlef Hellmuth hatte die Täter zur Strecke gebracht beziehungsweise verpfiffen?«

»Ja, er war der einzige Belastungszeuge und hat sie ans Messer geliefert, jeden einzelnen!«

»Kein Wunder, dass sein Name derart geschützt werden musste, dass selbst du Probleme hast, ihn herauszufinden.«

»Wer sagt denn, dass ich das habe?« Manfred grinste ihn an. »Ich brauche einfach nur etwas mehr Zeit, aber spätestens heute Abend liefere ich dir seine neue Identität auf dem Silbertablett.«

Die Aktion

Januar 2005 in Hof/Bayern

Es war kalt in der kleinen Stadt im Südosten Deutschlands. Für ihr Vorhaben nicht gerade ideal, denn kalte Nächte sind klar. Gute Sicht für alle, nicht nur für sie selbst. Sterne standen am Himmel. Der Mond war fast voll und hatte eine Zeichnung wie ein Gesicht, eher wie eine Fratze, die sie von oben beobachtete und eher noch bestärkte. Sie glaubten sich im Recht. Keinerlei Zweifel, dass sie nicht das Richtige taten. Dies war Deutschland, ihr Land, das Land des Herrenvolkes. Wo kämen sie denn hin, wenn sie nicht einmal ihr eigenes Land verteidigen durften?

Nein, so konnte es nicht weitergehen. Heute Nacht würden sie ein Zeichen setzen. Ein Zeichen, das wie ein Feuer durch die inzwischen unerträglich gewordene Republik gehen würde. Sie waren sich sicher, andere würden folgen und es ihnen gleichtun. Irgendwann würden auch die verantwortungslosen Politiker einknicken und sich zu ihnen bekennen. Alle würden ihnen danken, denn mit dieser Tat würden sie den Stein ins Rollen bringen und eine ganze Welle in Bewegung setzen. Es würde wieder wie früher werden. Deutschland den Deutschen.

Sie waren zu fünft. Vermummte Männer ganz in Schwarz, mit Springerstiefeln, die ihnen einen guten Halt auf dem glatten, durchgefrorenen Boden gaben. Sie hatten in der Nacht lange im nahe gelegenen Wäldchen ausgeharrt und von dort aus das Haus durch einen Feldstecher aus dem kurz zuvor gestohlenen weißen

Transporter beobachtet. Sie waren mit Baseballschlägern bewaffnet und würden kurzen Prozess mit jedem machen, der aus dem Fenster spränge, um den Flammen zu entgehen.

Jeder hatte einen großen schweren Rucksack neben sich, allesamt bis oben hin gefüllt mit Molotowcocktails und jeweils einer zusätzlichen Flasche Spiritus. Das letzte Licht im Haus war exakt vor einer Stunde ausgegangen. Zeit zum Aufbrechen.

Der weiße Transporter verließ das Wäldchen auf dem geschotterten Weg. Sie verwendeten nur das Standlicht, das reichte in Kombination der klaren Nacht mit dem, vom Raureif weiß angezuckerten, Boden völlig aus. Mehr Licht könnte vielleicht auffallen, auch wenn die Chance dafür hier draußen eher gering war. Langsam bewegte sich das Fahrzeug im zweiten Gang auf das Haus zu. Kurz davor hielt es an, die Männer stiegen aus, bis auf den Fahrer. Der Eingangsbereich des Hauses war vollgestellt mit allerlei Gerümpel. Dies hatte Detlef zwei Tage zuvor bei seiner Visite schon feststellen können. Der ganze Unrat würde brennen wie Zunder und jeglichen Fluchtversuch zunichtemachen. Trotz der Kälte hatten die Zigeuner die Hauseingangstür tagsüber offen stehen gelassen und waren wild gestikulierend vor dem Haus gestanden, als Detlef mit einem Pitbull vorbeispazierte. Allein deren Blicke hatten ihn in seinem Vorhaben bestärkt. Sich im eigenen Land argwöhnisch anglotzen lassen zu müssen, so weit war man schon gekommen. Dunkle Haut, buschige Augenbrauen und eine Sprache, die er nicht verstand. Was hatten die hier im deutschen Land zu suchen? Dies war der Zeitpunkt gewesen, an dem er letztlich den Entschluss gefasst hatte. Keinerlei Zweifel, es musste getan werden, was getan werden musste.

Jetzt war Showtime. Nachdem die drei anderen Männer sich an den übrigen Seiten des Hauses positioniert hatten, schlug Detlef mit einem gezielten Schlag seines Baseballschlägers die einfache Scheibe im oberen Teil der mindestens fünfzig Jahre alten Tür ein, entlud die Hälfte eines Benzinkanisters durch die Öffnung und warf den Kanister in den Flur. Er gab dem Fahrer ein Zeichen und trat von der Tür zurück. Detlef nahm den ersten Molotowcocktail und warf ihn durch die Öffnung in den Flur. Ein heftiger Feuerball breitete sich im Flur aus, er brannte umgehend lichterloh. In dem Moment setzte sich der Kastenwagen in Bewegung, schrammte laut quietschend an der Wand entlang und kam direkt vor der Tür zum Stehen. Der Fahrer sprang hastig heraus. Hier würde niemand mehr aus dem Haus fliehen können, auch der Wagen ginge vermutlich in Kürze in Flammen auf.

Die beiden Männer sahen sich grinsend an und begannen, die Fenster des Gebäudes mit Molotowcocktails zu bewerfen. Die Mitstreiter auf den anderen drei Seiten würden ihren Teil dazu beitragen, dass die Feuersbrunst das Haus überall nahezu zeitgleich erfasste. Niemand würde das Gebäude lebend verlassen. Innerhalb von Sekunden wurde es hell rund um das Heimann-Haus. Trotz des Lärms der Flammen konnten die fünf Gesinnungsgenossen die ersten Schreie wahrnehmen. Eine Frau erschien an einem brennenden Fenster im Erdgeschoss und rüttelte aus purer Verzweiflung an den Gitterstäben. Natürlich ohne Erfolg. Dabei verbrannte sie sich schreiend die Hände, die Neonazis sahen zu, wie ihre langen Haare Feuer fingen.

Glatze klatschte Detlefs Hände ab und freute sich wie ein kleiner Junge. Lauthals grölte er herum und begann einen Freudentanz, in den nach und nach die übrigen Beteiligten einstimmten. Nur Kevin Becker stand sprachlos etwas abseits von den anderen. Aus dem Obergeschoss stürzte sich ein Mann aus purer Verzweiflung aus dem Fenster und landete auf dem hart gefrorenen Boden. Beim Aufschlagen schrie er vor lauter Schmerzen auf. Vermutlich hatte er sich dabei etliche Knochen gebrochen. Glatze schwang seinen Baseballschläger und rief in irrwitziger Freude: »Der gehört mir!«

»Glatze, stop!«, schrie Detlef aus vollem Hals. Der so Angerufene hielt inne und drehte sich verwundert um.

»Warum? Was ist los? Wir haben doch gesagt, keine Gnade für niemanden!«

»Das soll Kevin erledigen. Er hat sich in meiner Abwesenheit zum Anführer aufgespielt, ohne etwas vorangebracht zu haben«, entgegnete Detlef und zu Kevin gewandt, fuhr er fort: »Los, jetzt zeig mal, was du drauf hast. Bist du wirklich einer von uns oder nur so eine lächerliche Lusche?«

»He, he, du weißt doch, dass ich voll hinter der Sache stehe«, entgegnete dieser, doch schwangen seine Zweifel nur allzu deutlich in seiner Stimme mit. Das Licht, das von den Flammen auf ihn schimmerte, ließ dazu ein eingeschüchtertes Gesicht erkennen. Detlef genoss diesen Augenblick. Er hatte immer gewusst, dass dieser Kevin ein Feigling war.

»Dann bring du es zu Ende! Mach die Ratte kalt, schlag ihm seinen nutzlosen Zigeunerschädel ein!«

»Glatze hat doch so eine Freude dran. Lass ihn das machen, schließlich ist das seine Aktion, also soll er auch die Lorbeeren dafür ernten!« Mit diesen Worten versuchte Kevin, noch irgendwie die Kurve zu kratzen.

»Schlag dem winselnden Zigeuner endlich den Schädel ein, Kevin, oder du fliegst aus dem Klub! Seit wann bestimmst du hier irgendetwas? Ich sage, du tust es, also tu es!«

Verunsichert blickte Kevin in die Runde. Glatze begann zu rufen: »Tu es, tu es, tu es!« Schließlich stimmten auch die anderen drei mit ein: »Tu es, tu es, tu es!«

Kevin nahm seinen Baseballschläger in beide Hände und ging mit weichen Knien auf den sich am Boden vor Schmerzen krümmenden Mann zu. Deutlich sah er dessen Brandwunden auf der Haut. Sein linker Fuß stand verdreht nach außen ab. Der frühere Anführer blieb vor seinem Opfer stehen. Sich selbst leise Mut zusprechend, hob er langsam den Schläger. Über seinem Kopf hielt er inne. Der Mann am Boden sah ihm direkt in die Augen. Ein eindringlicher, verzweifelter Blick, der dem Neonazi durch Mark und Bein ging.

Die Männer im Hintergrund grölten wieder: »Tu es, tu es, Kevin, tu es!«

Er riss sich von dem Blick des Mannes los und starrte zu seinen Kollegen. Ihre Gesichter erschienen ihm wie besessene Teufelsfratzen. Immer wieder feuerten sie ihn an. Dann ein einzelner alles übertönender Ruf von Detlef: »Kevin, tu es, du feige Lusche!«

Der frühere Anführer blickte verzweifelt in Detlefs Gesicht, dessen Augen alles sagten: *Entweder du tust das jetzt, oder ich mache dich kalt!* In dem Moment ließ Kevin Becker den Baseballschläger hart auf das Gesicht des wehrlosen Mannes niedersausen. Vermutlich zertrümmerte bereits der erste Schlag den Schädelknochen, doch Kevin drosch laut schreiend wie in Rage immer und immer wieder auf ihn ein. Als er schließlich innehielt und sein Opfer ansah, konnte er nur noch einen völlig zertrümmerten Schädel erkennen, der keinerlei Ähnlichkeit mit dem Gesicht zuvor hatte. Nicht einmal die Augen waren in dem blutigen Brei aus Knochenstücken, Fleisch und Hirnmasse auszumachen. Im Hintergrund hörte Kevin Becker das Gegröle seiner Kumpel. Dann ließ er angewidert den Baseballschläger fallen und begann bitterlich zu weinen.

Der Name

Sie kam am Abend nach der Arbeit. Armin Anders öffnete die Tür und konnte erneut nicht fassen, wie gut sie aussah. Jacinta fiel ihm um den Hals und sie küssten sich innig, noch bevor sie das Haus betreten konnte.

»Schön, dass du da bist, Schatz!«

»Oh, du hast mich noch nie Schatz genannt.«

»Oups, ist mir nur so herausgerutscht. Wird nie wieder vorkommen.«

»Wag dich! Ich könnte mich glatt daran gewöhnen.«

Schon wieder klebten ihre Lippen aufeinander und sie grinsten sich an, als gäbe es nur sie auf der Welt und keinerlei Sorgen.

»Was gibt es denn Leckeres?«

»Leckeres? Wer sprach von etwas Leckerem? Ich habe dich lediglich zum Essen eingeladen.«

»Du Frechdachs, du! Wenn du nur halb so gut kochen kannst, wie du küsst, dann wird es sensationell schmecken«. Dabei sah sie ihn lächelnd mit ihren blauen Augen so an, dass er sich gleich wieder darin verlieren konnte.

»Du darfst es dir aussuchen, entweder ein steinhart gekochtes Ei oder Butterbrot mit Marmelade, was anderes kann ich nicht«, entgegnete er und versuchte dabei eine möglichst ernste Mine aufzusetzen.

»Und warum duftet es dann so köstlich aus der Küche, du alter Lügner?«

»Ach der Duft ... Das war die Köchin, ich habe sie vor zwei Minuten nach Hause geschickt. Sie müsste dir eigentlich noch begegnet sein. Warum verrate ich dir das alles nur?«

»Kannst du auch irgendwann mal ernst sein, Armin Anders?«

»Nicht in deiner Nähe, Jacinta Carstens, du bringst mich immer zum Grinsen, wie das dickste Honigkuchenpferd es nicht besser könnte.«

»Nee, nee, so einfach lasse ich mir die Schuld nicht in die Schuhe schieben, Herr Anders. Bitte nehmen Sie in Zukunft davon Abstand, mich veräppeln zu wollen. Sie wissen, ich könnte Sie persönlich verklagen!«

»Das sollte ich dann wohl besser unterlassen, Sie haben einen schlechten Ruf, Frau Carstens.«

»He, he, mein Leumund ist völlig unbefleckt, Herr Anders!«

»Das war vielleicht früher mal so, Frau Carstens, doch sehen Sie bitte, was dort über dem Stuhl im Esszimmer hängt!« Dabei grinste er sie wieder frech an und zeigte auf ihren Stringtanga, den sie das letzte Mal bei ihm vergessen hatte. Er hatte sich die ganze Zeit gefragt, ob dies nicht in voller Absicht geschehen war.

»Oups, was haben wir denn da? Dieses Corpus Delicti hätte tatsächlich Potenzial, meinen guten Leumund zu zerstören. Zum Glück befand es sich in Ihren vertrauenswürdigen Händen. Ich hoffe, Sie haben nicht die ganze Zeit daran geschnüffelt, Herr Anders. Ansonsten müsste ich mir Sorgen um Ihren Ruf machen.«

In dem Moment ertönte *Sexy, was hast du bloß aus diesem Mann gemacht* aus Armins Smartphone. Er blickte aufs Display und entschuldigte sich: »Es tut mir leid, Jacinta, den Anruf muss ich entgegennehmen!«

Sie nickte nur. Als Rechtsanwältin war sie es gewohnt, dass die Arbeit sie bis tief in ihr Privatleben verfolgte, und hatte vollstes Verständnis dafür.

»Was gibt es, Manfred? Hast du einen Namen für mich?«
»Ja, ich hoffe, du sitzt?«
»Warum? Mach es nicht so spannend. Offensichtlich ein Bekannter?«
»Markus Stemmler ist: ta, ta, ta, taaaa ...«
»Du nervst, sag schon!«
»Detlef Hellmuth!«
»Jetzt muss ich mich echt setzen!«
»Na hättest du mal vorher nur auf mich gehört!«

Armin hörte noch seinen Kumpel laut lachen, dann sah er am Display, dass dieser das Telefonat beendet hatte.

»Was ist los, Armin? Probleme?«

Wie aus weiter Ferne hörte er Jacintas Stimme und sah sie geistesabwesend an. Erst nach einiger Zeit schüttelte er den Kopf. »Nein, nur eine unerwartete Wendung. Manchmal passen auf einmal Dinge zusammen, die am Anfang so überhaupt nichts miteinander zu tun hatten.«

»Oh, das freut mich für dich!«

»Ob das eine Freude ist, wird sich noch zeigen. Derzeit verwirrt es mich eher. Sag mal, glaubst du an spirituelle Dinge? An Träume, die wahr werden und an Schamanismus, Medizinmänner, Voodoo und so etwas?«

»Wer sonst hätte mich zu dir führen sollen, als die Wahrsagerin aus Rumänien, die mir schon vor fünf Jahren die große Liebe vorausgesagt hatte?« Dabei knuffte Jacinta ihn in die Seite und gab ihm einen Kuss.

»Nein, Jacinta, im Ernst, manche Dinge sind wirklich erstaunlich und lassen mich an meinem Verstand zweifeln.«

»Ach weißt du, meinen Verstand nehme ich gar nicht mehr ernst. Sonst würde ich als Rechtsanwältin schon lange verzweifeln. Wir können nur aus jedem Tag das Beste machen, egal ob bewusst oder unbewusst von außen durch spiritistische Dinge gelenkt. Lass uns den Augenblick genießen und der sagt mir gerade, dass da in der Küche ein sehr leckeres Essen auf uns wartet!«

»Verstehe, du hast eindeutig hellseherische Fähigkeiten, Jacinta Carstens!«

»Nicht nur das, lieber Armin, ich habe noch viel mehr«, antwortete sie ihrem neuen Freund breit grinsend und gab ihm einen dicken Kuss.

Die Festnahme

Februar 2005 in Hof/Bayern

Der Mann konnte nicht schlafen. Es war stockdunkel um ihn herum. Kein Geräusch störte ihn, und doch schreckte er immer wieder aus dem Halbschlaf auf. Er fand keine Ruhe mehr, sie waren zu weit gegangen. Anscheinend war das Land noch nicht bereit. Bereit für den großen Befreiungsschlag. Er war im Recht, kein Zweifel, hatte er doch einen Auftrag zu erfüllen. Doch die Gutmenschen wollten es verhindern. Verhindern um jeden Preis und entgegen jeglichem Verstand. Sicherlich würden sie heute kommen, um ihn festzunehmen. Die letzten Wochen hatte sich die Schlinge immer mehr um seinen Hals gelegt, jetzt waren sie dabei, sie zuzuziehen.

Der große Mann hatte intensiv darüber nachgedacht, zu fliehen. Unterzutauchen in irgendeiner anderen Region dieser Welt. Doch was sollte er dort? Er wäre wieder ein Fremder in einem Land, das nicht seines war, umgeben von Untermenschen. Von Kreaturen, die er hasste und die er bekämpfen musste. Nein, als aufrichtiger Deutscher musste er in dieser schweren Stunde in seinem Land bleiben. Wenn nicht er Deutschland eines Tages säubern sollte, wer dann?

Flucht war keine Lösung. Er würde stolz im Gerichtssaal stehen und der Welt verkünden, wie sie es gemeinsam geschafft hatten, mit nur fünf Mann die Welt von siebenundachtzig Zigeunern zu befreien. Kreaturen, die in seinem Land nichts zu suchen hatten. Doch bei seiner Festnahme würde er den Bullen noch eine Überraschung liefern. So einfach nahm man einen Detlef Hellmuth nicht fest. Die würden ihr wahres Wunder erleben.

Gegen sieben Uhr dreißig gab er seine Bemühungen schließlich auf, einzuschlafen. Er hatte nichts falsch gemacht, er hatte sich nichts vorzuwerfen. Warum war er dann so nervös? Er verstand sich selbst nicht. In diesem Luschenland war ein Knast doch wie ein Spaziergang, wie ein Aufenthalt in einer Kurklinik. Er würde sogar Fernsehen, Internet, Sportmöglichkeiten und allerlei sonstige Annehmlichkeiten haben und das völlig gratis. Bei dem Gedanken ballte sich unwillkürlich seine Faust zusammen. Er schlug mit ihr so fest auf den Tisch, dass die Kaffeetasse auf den Steinboden fiel und in viele Scherben zersprang. Dies brachte ihn nur noch mehr in Rage. Er ging zur Wohnungstür und schlug immer wieder seinen Kopf an die Wand im Flur. Irgendwann war die Wand blutig, doch er machte weiter, betrachtete sein Werk zwischendurch, hielt inne, und beschloss, die Seite zu wechseln. Nun wiederholte er dasselbe links von der Tür, bis sich auch hier deutliche Blutspuren an der Wand zeigten.

Sein Handy auf dem Küchentisch klingelte. Schnell ging er nachsehen. Es fiel ihm schwer, denn sein linkes Auge war eingetrübt, eingetrübt vom Blut, das inzwischen seinen Weg von der Stirn ins Auge fand und ein dauerhaftes Rinnsal bildete. Er blinzelte und erkannte durch den Blutschleier wie erwartet die Nummer eines Mitglieds auf dem Display. Es war sein Kumpel Glatze. Noch ehe er den Anruf entgegennehmen konnte, klingelte es an der Wohnungstür. Er grinste. Sie griffen anscheinend bei der Gruppe zur selben Zeit zu. Eine gewisse Systematik musste er den Bullen wohl zugestehen.

Den Anruf ignorierend, ging er langsam zur Tür. Er vermutete, dass sich auch hinter dem Haus Beamte positioniert hatten.

Beamte, die einem Luschensystem dienten, das den Abschaum förderte und brave, aufrichtige Deutsche verfolgte. Bei dem Gedanken wurde ihm übel und er hätte gleich wieder seinen Kopf an die Wand knallen können. Detlef Hellmuth überlegte kurz und tat es dann ein letztes Mal, diesmal noch heftiger als zuvor. Er taumelte benommen zurück, fing sich dann aber wieder. Nun war es Zeit, zu öffnen, bevor sie ihm die Tür einschlugen.

Er rief, »Ja, ich komme!«, ging lauten Schrittes zur Tür und drehte den Schlüssel nach rechts. Detlef drückte die Klinke hinunter und wurde von einer Übermacht an die Wand gedrängt. Es ging so schnell, dass er sich nicht einmal darauf vorbereiten konnte. Sein Kopf prallte diesmal mit der Hinterseite an die Wand. Er grinste, Schläge war er ohnehin gewohnt. Er wehrte sich nicht, als zwei Polizisten ihn umgehend fixierten und Handschellen anlegten.

»Herr Detlef Hellmuth, Sie sind verhaftet wegen des Verdachts der Brandstiftung und des heimtückischen Mordes in siebenundachtzig Fällen.«

»Macht euch nicht lächerlich, ich bin unschuldig«, sagte er ganz ruhig mit leiser Stimme. Er blickte die Beamten dabei frech grinsend an. Völlig unvermittelt, warf er sich gegen den Polizisten zu seiner rechten Seite. Dieser war groß, durchtrainiert und schwer. Und trotzdem brachte er den Beamten durch sein nicht unbeträchtliches Gewicht und den Überraschungseffekt zum Straucheln und presste dabei seinen blutüberströmten Kopf gegen ihn. Dieser versuchte, den Angreifer mit seinen Händen von sich zu halten. Später würden sich Blutspuren von Detlef sowohl an dessen Handschuhe, Overall und auch im Gesicht des Polizisten wiederfinden. Detlef schrie dabei so laut, wie er nur konnte: »Aaaahhh, lasst mich in Ruhe!« Die Polizisten waren darauf nicht vorbereitet.

»Mein Kopf, Hilfe! Was macht ihr mit mir? Hilfe!« Detlefs Stimme gellte durchs ganze Haus. Er warf sich mit seinem ganzen Gewicht zwischen den Beamten hin und her, die den in Handschellen befindlichen Mann kaum bändigen konnten. Detlef riss so stark an den Handschellen, dass er auch an den Handgelenken Verletzungen davontrug. Er lächelte in sich hinein, denn er wusste, das Schreien würde seine Wirkung nicht verfehlen. Er warf seine ganze Kraft in die Stimme hinein und schrie, als wenn es um sein Leben ginge. Frau Conradi aus der Wohnung unter ihm würde später aussagen, dass sie Schreie eines Mannes hörte, der übelst misshandelt worden sein musste und sich vermutlich im Todeskampf befand. Geistesgegenwärtig alarmierte sie den Notruf.

Tragische Vergangenheit

Wie sagt man einer Mörderin, die sich vermutlich seit Jahren in Sicherheit wog, dass man weiß, dass sie jemanden umgebracht hat? Diese Frage beschäftigte Armin seitdem er die Adresse und Telefonnummer von Luka Baslers Schwester von seinem Freund erhalten hatte. Armin hatte Angst, nicht die richtigen Worte zu finden. Würde sie ihn überhaupt reinlassen, wenn er einfach so vor der Tür stand? Sollte er besser nicht zuvor anrufen und seinen Besuch ankündigen? Wenn ja, mit welchem Aufhänger?

Hallo, hier ist Armin Anders, ich bin Journalist und habe herausgefunden, dass Sie eine Mörderin sind? Kann ich schnell auf einen Kaffee vorbeikommen, um zu erfahren, warum Sie Markus Stemmler umgebracht haben? Undenkbar. Der Journalist ging tief in Gedanken versunken in seinem Büro auf und ab. Jacinta war am Morgen gegangen, nachdem sie eine fast unwirklich schöne Zeit miteinander verbracht hatten. Das Essen am gestrigen Abend war ein voller Erfolg gewesen. Er selbst musste sich attestieren, dass sein Chili con Carne sensationell gut gewesen war und vermutlich ihre feurige Liebesnacht noch mehr angeheizt hatte. Er war kein großer Koch, aber die paar Gerichte, die auf dem Anderschen Speiseplan standen und er alle paar Wochen auf und abkochte, hatte er über die Jahre zu kleinen Gaumengenüssen weiterentwickelt.

Wie würde das mit Jacinta weitergehen? Es hatte viel zu perfekt begonnen, das machte ihm Angst. Gedanklich suchte er ständig das Haar in der Suppe, doch er fand keins. Sie war nicht nur körperlich seine absolute Traumfrau, auch von ihrem

Charme, dem Humor und ihrem Intellekt passte sie nur zu gut zu ihm. Er, der Beziehungschaot, der noch nie eine längere Beziehung auf die Reihe gebracht und schon vor Jahren beschlossen hatte, ein Single fürs Leben zu bleiben, hatte sich verliebt, und zwar so richtig mit allem, was dazu gehört. Schloss er die Augen, sah er ihr ebenmäßiges Gesicht vor sich, dessen Anblick ihn einfach nur glücklich machte. Er seufzte und schüttelte heftig den Kopf. Er hatte Wichtigeres zu tun, als wie ein verliebter Teenie in Tagträume zu verfallen. Er musste sich zusammenreißen und durfte seine klaren Gedanken nicht durch ständige Schwärmereien für diese Traumfrau durcheinanderbringen lassen. Er wusste allzu gut, dass mindestens zwei Männer seiner Hilfe bedurften.

Armin griff zum Telefon und wählte die auf dem Zettel vor ihm stehende Nummer. Eine sympathische Frauenstimme meldete sich: »Belina's Wollstube, einen wunderschönen guten Tag«.

»Guten Tag, Frau Dresbach. Mein Name ist Armin Anders, ich bin Journalist und würde Sie gerne in einer dringenden privaten Angelegenheit sprechen. Ein naher Verwandter von Ihnen hat mich beauftragt, Sie zu finden.«

»Das muss eine Verwechslung sein. Ich habe keine lebenden Verwandten mehr.« Die Stimme am anderen Ende klang nicht sehr überzeugt, Armin kam es sogar vor, als wenn eine heimliche Hoffnung mitschwingen würde.

»Das Ganze ist ein wenig komplizierter, Frau Dresbach, und kann nicht in ein oder zwei Sätzen erläutert werden. Seien Sie versichert, ich habe es gut recherchiert. Es gibt keinen Zweifel. Ihre Eltern haben Ihnen vermutlich nicht alle verwandtschaftlichen Beziehungen offengelegt. Bitte lassen Sie uns treffen, es ist bestimmt auch in Ihrem Interesse. Sie werden alles verstehen, wenn ich Ihnen die genauen Umstände schildere.«

»Ich bin ehrlich gesagt gerade ein wenig überrumpelt. Kann ich es mir überlegen und mich dann wieder bei Ihnen melden?«

Dies wollte Armin auf jeden Fall vermeiden. Hatte er sich doch getäuscht mit der Hoffnung, die er bei ihrer ersten Antwort mitzuschwingen glaubte. Wer weiß, wann sich Belina Dresbach endlich entscheiden würde, mehr über ihre Vergangenheit herauszufinden. Nein, Luka Basler hatte ein Recht, so schnell wie möglich sein Seelenheil wiederzufinden und mit der Vergangenheit abzuschließen. Deshalb ließ Armin nicht locker. »Frau Dresbach, es kostet Sie nur ein paar Minuten. Lassen Sie uns an einem öffentlichen Ort treffen, ich erläutere Ihnen die Verwandtschaftsbeziehung zu dieser Person. Dann können Sie immer noch entscheiden, ob Sie den Kontakt wünschen oder nicht.«

Das Café, das er ihr anschließend als Treffpunkt vorschlug, befand sich in unmittelbarer Nähe zu ihrem Wollgeschäft. Wie von Armin Anders erhofft, siegte letztendlich die Neugier vor der Angst und sie verabredeten sich für den frühen Nachmittag.

***

Als Armin eintraf, war das Café leer bis auf eine Dame, die in der hinteren Ecke an einem runden Tisch saß. Er hatte sich sehr bemüht, pünktlich zu sein und es war ihm anders als so oft, diesmal auch gelungen. Belina Dresbach war burschikos und trug kurze Haare. Ihre Ähnlichkeit mit Luka Basler war verblüffend. Die gleiche Gesichtsform. Position der Wangenknochen, Größe und Farbe der Augen, die Mundpartie, alles sah aus wie bei Luka. Armin musste lächeln, als er auf sie zuging. Der allerletzte kleine Zweifel war gerade beseitigt worden, nun konnte er direkter agieren, auch wenn er sich vor dem Gespräch immer noch fürchtete.

»Guten Tag, Frau Dresbach, ich bin Armin Anders, wir haben vorhin telefoniert.« Die Nervosität stand Belina ins Gesicht geschrieben. Sie brachte nur ein leises »Hallo, freut mich« heraus.

Nachdem beide einen Cappuccino bestellt hatten, nahm Armin ein Foto von Luka Basler heraus und überreichte es seiner Tischnachbarin, die so überhaupt nicht wusste, was auf sie zukam. In ihrem Gesicht konnte er die Überraschung ablesen, die sie erfasste. Sie blickte fast in ihr eigenes Gesicht, nur war das ein Mann auf dem Bild. Fassungslos stammelte sie: »Wer ist das, der sieht ja aus wie ich?«

»Ihr Zwillingsbruder Luka Basler«

»Das kann nicht sein! Ich bin ein Einzelkind, ich hab keine Geschwister!«

»Das mag für Sie nun ein Schock sein. Vermutlich haben Ihre Eltern nie mit Ihnen darüber gesprochen, aber Sie wurden kurz nach der Geburt zur Adoption freigegeben. Ihre leibliche Mutter war damals erst siebzehn Jahre alt gewesen und völlig überfordert mit der Situation nach einer ohnehin schon ungewollten Schwangerschaft, zwei Kinder großziehen zu müssen.«

Belina blickte immer wieder ungläubig zwischen dem Bild in ihrer Hand und Armin Anders hin und her. Ihr Gesicht war kreidebleich. Der Journalist ließ sie diesen Schock erst mal verdauen und schwieg.

»Meine Eltern haben mich im festen Glauben gelassen, ich sei ihr leibliches Kind. Ich weiß gar nicht, was ich sagen soll! Dieses Bild ..., so eine Ähnlichkeit, das ist unfassbar!«

»Das habe ich mir auch gedacht, als ich Sie hier in der Ecke hab sitzen sehen. Sie sind eineiige Zwillinge und sind sich im wahrsten Sinne des Wortes aus dem Gesicht geschnitten. Luka brennt darauf, Sie endlich kennenzulernen.«

»Aber ...Wieso?« Belina konnte es immer noch nicht fassen.

»Das Leben Ihrer Mutter war alles andere als leicht. Die Details würden Sie vielleicht nun überfordern. Ich halte es für besser, wenn Ihr Bruder Ihnen alles erzählt.«

»Warum haben meine Eltern mir davon nur nichts gesagt?«

»Viele Adoptiveltern gehen diesen Weg. Sie haben Angst, dass sich die Adoptivkinder von ihnen abwenden und sie nicht mehr als vollwertige Eltern dastehen könnten. Das ist ein sehr sensibles Thema, ich würde ihnen im Nachhinein keine Vorwürfe machen. Ich weiß, dass sie mittlerweile verstorben sind. Nehmen Sie es, wie es ist und fokussieren sich auf das Positive: Sie haben heute einen Bruder bekommen!«

Belina sah ihn mit offenen Augen an und nickte schließlich geistesabwesend. Es würde längere Zeit dauern, bis sie dies verdauen würde und der größte Schock sollte sie erst noch ereilen. Dies konnte Armin ihr nicht ersparen, doch zögerte er es noch hinaus. Hier war nicht der richtige Ort dafür.

Sie tranken ihre Cappuccini zu Ende, zahlten und verließen das Café.

»Ich begleite Sie noch zu Ihrem Geschäft zurück, ich habe davor geparkt.«

Belina sah ihn verwundert an, sagte jedoch nichts. Sie war viel zu sehr damit beschäftigt, das zuvor Gehörte zu verarbeiten.

»Ich weiß, das ist alles sehr viel für Sie. Himmel, wenn ich mir vorstelle, auf einmal eine Schwester zu haben, von der ich bislang nichts wusste ... Unglaublich!«

»Ja, genau so fühlt es sich an. Ich glaube es irgendwie nicht so recht, obwohl es ja offensichtlich ist, dass Luka mein Bruder ist. Ich war vierzig Jahre ein Einzelkind und habe nichts von ihm gewusst! Wann kann ich ihn sehen?«

»Wann immer Sie wollen, er wohnt nicht allzu weit weg in Bad Homburg.«

»In Bad Homburg? Dann waren wir uns die ganze Zeit so nahe und haben gegenseitig nichts von der Existenz des anderen gewusst? Oder wusste Luka schon länger, dass es mich gibt?«

»Luka hat es bereits als Kind erfahren, doch ist die Geschichte Ihrer Mutter derart traurig, dass er sich nie so recht getraut hatte, Sie intensiver zu suchen. Mit zwanzig versuchte er zwar, Ihre Identität herauszufinden, ist jedoch am Datengeheimnis gescheitert. Die Behörden waren damals alles andere als kooperativ, also gab er auf.«

»Wie hat er es nun geschafft?«

»Nun ja, es ist etwas passiert, das ihn dazu veranlasst hat, nun tiefere Nachforschungen anzustellen.«

Belina sah ihn fragend an. Inzwischen standen sie vor ihrem Wollgeschäft, deren Tür sie aufschloss und das Schild im Fenster von *Geschlossen* auf *Geöffnet* drehte. »Was ist passiert?«

»Luka wurde verhaftet und wegen des Mordes an Markus Stemmler verurteilt. Er war zufällig in der Nähe des Tatortes gesehen worden und seine DNA befand sich auf der Kleidung des Opfers. Er saß die letzten neun Jahre in der Justizvollzugsanstalt Preungesheim. Er wurde erst kürzlich entlassen.«

Armin war vorbereitet und konnte schnell reagieren, als Belina Dresbach zusammensackte. Er führte sie zu einem Stuhl und hielt sie fest. Sie stammelte nur: »Oh, nein, oh nein!«

Was Armin Anders in den nächsten beiden Stunden von Belina Dresbach erfuhr, konnte er nur als tragisch einstufen. Es brachte ihn auf dem Weg zurück nach Bad Homburg wieder zum Nachdenken und Philosophieren. War ein Mord damit gesühnt, dass jemand für ihn in einer Zelle gebüßt hatte? War nicht der Mord an Markus Stemmler an sich schon gerecht gewesen, nach allem, was zuvor geschehen war? Gab es so etwas wie Gerechtigkeit überhaupt und wenn, was war in diesem Fall gerecht?

Er wischte die Gedanken zur Seite, denn sie würden ohnehin zu nichts führen. Eine andere Frage stellte sich ihm und war dringlicher: Würde sich das Verhältnis zwischen Belina Dresbach und ihrem Bruder Luka Basler normalisieren, sobald sie sich aussprachen? Oder würden die neun Jahre Gefängnis das ganze Leben lang zwischen ihnen stehen? Zwischen zwei Zwillingen, die durch ihr Schicksal wahrscheinlich verbunden waren, wie kaum andere auf dieser Welt und das, wo sie sich noch nie zuvor begegnet waren.

Seine Überlegungen halfen ihm keineswegs bei der Frage weiter, wer danach trachtete, Luka Basler wieder hinter Gittern zu sehen. Dies musste er so schnell wie möglich klären, damit er die Behörden zwingen konnte, ihn aus der Untersuchungshaft zu entlassen.

Außer ihn, den Bewährungshelfer Dennis Schneider und Belina gab es niemanden, den Lukas weiteres Schicksal interessierte. Der Mob war ruhig gestellt, die Bestie vom Kurpark gefasst und alles ging wieder seinen gewohnten Gang in der Kurstadt nördlich der Bankenmetropole Frankfurt am Main. Armin war sicher, es würde keinen weiteren Vorfall mehr in Bad Homburg geben. Der Mörder hatte sein Ziel erreicht. Doch die Frage nach dem Warum war keineswegs geklärt. Auch Belina Dresbach hatte nichts zur Lösung dieser Frage beitragen können.

Dreckiger Deal

Januar 2006 in Hof/Bayern

Die Aussage des Kronzeugen las sich wie folgt:

Ich war nur der Fahrer. Wir alle trugen Rucksäcke, gefüllt mit Molotowcocktails. Mir war nicht wohl bei der Sache. Erst hieß es, sie wollten den Zigeunern lediglich eine Lektion erteilen, damit sich solche Leute in Zukunft zweimal überlegten, bevor sie sich hier in unserem Land breitmachten. Doch irgendwann in dieser Nacht muss Kevin Becker wohl die Entscheidung getroffen haben, dass aus dem Gebäude niemand mehr lebend herauskommen sollte. Zumindest deuteten seine Handlungen darauf hin. Ich war völlig geschockt, konnte es aber nicht mehr verhindern. Jemandem einen Schrecken einjagen, das ist schon ok, irgendwie muss man ja die Botschaft rüberbringen, aber man darf doch keine Menschen töten.

Nachdem wir langsam zum Heimann-Haus gefahren waren, stiegen wir alle aus. Auf das Kommando von Kevin nahm sich jeder ein paar Fenster vor, und wir versuchten diese mit den Molotowcocktails zu treffen. Was ich nicht erahnen konnte, war, dass Kevin sich auf einmal in den Wagen setzte. Ich hatte natürlich zuvor den Motor laufenlassen, denn wir wollten ja sofort nach dem Zeichensetzen wieder davonbrausen.

Kevin Becker muss diesen Einfall spontan bekommen haben, als wir anderen das Gebäude mit den Brandsätzen bewarfen. Ich weiß noch, wie ich bemerkte, dass sich der Kastenwagen in Bewegung setzte. Ich dachte mir zuerst, ›Kevin weiß bestimmt, was er tut. Schließlich ist er der Anführer‹, doch kurze Zeit später durchschaute ich seinen perfiden Plan und war völlig entsetzt. Ich schrie ihm noch zu, er solle das Fahrzeug wieder vom Hauseingang wegfahren. Nicht nur, dass wir damit zu Fuss laufen mussten ..., nein, so etwas macht man einfach nicht. Es sollte doch nur eine Warnung sein.

Nachdem er wieder aus dem Auto gesprungen war, wollte ich noch versuchen, den Wagen zu erreichen, um ihn vom Eingang wegzufahren, doch hatte ich keine Chance mehr. Ich war zu weit weg und als ich den Wagen fast erreicht hatte, wurde er von den Flammen erfasst und ich musste zurückweichen, sonst wäre ich selbst verbrannt. Ich konnte somit nichts für diese armen Menschen tun, so leid es mir auch tat. Ich musste hilflos zusehen, wie sie im Meer der Flammen umkamen. Schrecklich, kann ich Ihnen sagen, ganz, ganz schrecklich!

Einer sprang tatsächlich aus einem Fenster im Obergeschoss, obwohl rund um das Heimann-Haus ja der gesamte Hof asphaltiert war. Es war klar, dass er das nicht ohne heftige Knochenbrüche überstehen würde. Doch musste ihn die blanke Verzweiflung dazu getrieben haben, diesen armen Menschen. Er krümmte sich vor Schmerzen am Boden und rief um Hilfe. Daraufhin nahm Kevin einen Baseballschläger und drosch wie wild auf diesen Mann ein. Er war wohl sofort tot. Wie kann man denn so etwas machen? Einen Hilfesuchenden auch noch erschlagen, das muss doch blinder Hass gewesen sein. Ich verstehe so etwas nicht!

***

Der Prozess erregte viel Medieninteresse aus dem In- und Ausland. Die Boulevardpresse machte aus Deutschland wieder Naziland. Anscheinend hatte man nichts dazugelernt und gewisse Dinge waren in Vergessenheit geraten. Die Täter machten im Prozess keinerlei Aussagen zur Sache. Stattdessen störten sie die Verhandlung durch Zwischenrufe mit dumpfen Naziparolen. Einzig Kevin Becker beteuerte wiederholt seine Unschuld. Als sich die Schlinge immer mehr um seinen Hals legte, sackte er in sich zusammen und wohnte dem Prozess nur noch apathisch bei.

In der Bevölkerung konnte kaum jemand die Brutalität und Verwerflichkeit fassen, mit der die Täter vorgegangen waren. Ganze Familien, darunter zahlreiche Kinder und Jugendliche, waren Opfer der Flammen geworden. Es hatte wie schon so oft eine Bevölkerungsgruppe getroffen, die ohnehin vom Leben benachteiligt war und das seit Jahrhunderten. Sie waren durch halb Europa geflüchtet. In Rumänien wollte sie niemand haben. Egal, wo sie ihre Zelte aufschlugen, ihnen wehte umgehend nur Ablehnung und Hass entgegen. Niemand wollte sie in der Nähe dulden, sie waren nirgends willkommen und alle hatten Angst vor ihnen. Nachdem die Stadt Hof den Sinti und Roma das Heimann-Haus zur Verfügung gestellt hatte, glaubten sie sich endlich angekommen. Ein fataler Irrtum.

Das Heimann-Haus war in jener Nacht bis auf die Grundmauern niedergebrannt. Die Stadt ließ es ein paar Monate, nachdem der Tatort von der Staatsanwaltschaft freigegeben worden war, abreißen und errichtete an der Stelle eine Gedenkstätte. Sie bildet noch heute ein Mahnmal gegen den Rassismus.

***

Detlef Hellmuths Vergangenheit wurde abgeschlossen, als würde man das Wort Ende unter das Manuskript eines Buches setzen. Aus und vorbei. Seine Nachbarn hatten ihn nie wieder gesehen und sprachen auch nur noch ein- oder zweimal über ihn. Viel Kontakt hatte er ohnehin nicht zu ihnen gehabt. Er war wohl ganz plötzlich an einem Hirnschlag verstorben und wurde auf dem Hofer Friedhof in einer sehr einsamen Zeremonie beigesetzt. Über den Tod sprach man nicht gerne. Es war ohnehin schon tragisch genug, da wollte man nicht jeden Tag auch noch an die Endlichkeit des eigenen Seins erinnert werden.

Frau Conradi aus der Wohnung unter ihm hatte zusammen mit den Anschuldigungen, die Detlef gegen die Einsatzkräfte seiner Festnahme erhob, den Stein ins Rollen gebracht. Man betrieb aktive Schadensbegrenzung. Die Stadt und der Landkreis im südöstlichen Bayern war weltweit in die Schlagzeilen geraten. Die bayerische Landesregierung beschloss daraufhin, nicht auch noch durch einen Skandal innerhalb der Polizei negativ aufzufallen. Es gab Druck von ganz oben, den Fall so schnell und lautlos wie nur irgendmöglich zu lösen. Dafür war ihnen jedes Mittel recht, das nur irgendwie mit dem Rechtsstaat in Einklang zu bringen war und vielleicht sogar ein gutes Stück darüber hinaus ging. Die Zahl der Personen, die in diesen dreckigen Deal eingeweiht wurden, beschränkte sich auf das absolute Minimum. Alle anderen im näheren Umfeld machten sich zwar ihre Gedanken darüber, doch hatten sie keinerlei Detailwissen.

Kurz nach dem Prozess gegen Kevin Becker und die drei anderen Mitglieder der bayrischen Neonazigruppe zog ein Markus Stemmler ins ruhige hessische Limburg. Er hatte eine lupenreine Vergangenheit, war sozusagen ein Vorzeigebürger. Alles war plausibel und bestens dokumentiert. Von seiner Geburt über die Grundschule und weiterführende Schulen bis hin zu seinen späteren Arbeitsstätten. Lückenlos, plausibel und jederzeit nachprüfbar. In seinem Keller hatte er ein kleines Geheimarchiv angelegt, in dem er jede irgendwo auffindbare Berichterstattung über die Tat im Heimann-Haus sammelte. Wann immer er sich dort unten aufhielt und in den Dokumenten stöberte, ergriff ihn eine tiefe Freude und Zufriedenheit. Er hatte den Stein ins Rollen gebracht. Es mehrten sich Brandanschläge auf Asylantenheime und andere der rechten Szene zugeordnete Aktionen. Dies machte ihn noch mehr stolz, ein aufrechter Deutscher zu sein.

Trotz der Kronzeugenregelung und der damit einhergehenden Auflagen gründete Markus Stemmler kurze Zeit nach seinem Neubeginn die Neonazigruppe *Deutsch pur*. Er hatte partout nicht widerstehen können und ignorierte dabei völlig das Risiko, wieder in die Fänge des Gesetzes zu geraten. Doch kam er gegen seine inneren Zwänge nicht an. Hof war nur ein kleiner Anfang gewesen. Er würde in Zukunft alles dafür tun, damit Deutschland wieder den Deutschen gehörte.

Eines Tages stieß Markus Stemmler mit seinem erst kürzlich der Gruppe beigetretenen Gesinnungsgenossen Sven Körner in einem stark angetrunkenen Zustand auf Belina Dresbach. Die Frau, die sich zu diesem Zeitpunkt in einem Waldstück auf dem Nachhauseweg von der Arbeit befand, würde dieses Aufeinandertreffen nie vergessen.

Der Täter

Bereits auf der Rückfahrt von seinem bewegenden Treffen mit Belina Dresbach rief Armin Manfred Wegener an. Das Radio verstummte, während er über die Freisprecheinrichtung das erste Klingeln hörte. Hoffentlich würde der Nerd überhaupt an sein Handy gehen. Zu oft hatte Armin vergeblich versucht, ihn anzurufen. Doch diesmal hatte er Glück und sein Freund meldete sich bereits nach dem zweiten Klingeln mit einem für ihn typischen »Was willst du?«.

»Guten Abend, Manfred, ich hoffe, du hattest auch einen schönen Tag!«

»Schwätz nicht rum, was willst du?«

»Guck dir doch bitte noch einmal den Luka Basler genauer an, nicht ihn selbst, sondern sein Umfeld. Welche Feinde hat er? Ist er irgendjemandem massiv auf die Füße getreten?«

»Haben wir doch schon gemacht!«

»Ja, aber nicht gezielt Feinde von ihm gesucht. Da muss es mindestens einen geben, der ihn so abgrundtief hasst, dass ihm jedes Mittel recht ist und er sogar über Leichen geht!«

»Okay, ich schau mal.«

Kurz und knackig wie immer, dachte sich Armin und musste lächeln. Das Radio ertönte wieder aus den Lautsprechern und bereitete ihm Unbehagen. Rap war einfach nicht sein Ding. Er wechselte den Sender mehrmals, bis er *You Give Love a Bad Name* hörte. Eine Metal-Ballade, genau das Richtige für seine Stimmung. Während der Weiterfahrt dachte er an Jacinta. Würde auch irgendwann einer von ihnen über den anderen denken: *You give love a bad name*? Am Anfang einer Beziehung war immer alles eitel Sonnenschein, man wollte vor Glück geradezu zerspringen und konnte sich gar nicht vorstellen, dass dieses Gefühl sich irgendwann abnutzen, ganz vorüber sein oder gar ins Gegenteil umschlagen könnte.

You Give Love a Bad Name ... Was für Gräueltaten wurden nicht alle im Namen der Liebe begangen. Intensiv dachte er darüber nach, was Liebe alles auslösen konnte, was in Liebenden vor sich ging, und welche Arten von Liebe es gab. Plötzlich wusste er, wo er die Bestie vom Kurpark zu suchen hatte. Aufgeregt wählte er erneut die Nummer von Manfred Wegener. Diesmal dauerte es länger, bis sich sein Freund meldete: »Was ist denn schon wieder?«

»Wir sind auf der falschen Spur! Besser gesagt, es gibt einen schnelleren Weg zum Ziel zu kommen: Beleuchte bitte mal das Umfeld von Markus Stemmler, ehemals Detlef Hellmuth. Wer könnte seinen Tod rächen wollen? Alle Welt hält Luka Basler für den Mörder, dabei ist er das Opfer in diesem perfiden Spiel!«

»Das macht Sinn!«

Armin rief noch ein »Sag ich doch« in die Freisprecheinrichtung, doch da hatte Manfred schon aufgelegt.

Während der weiteren Fahrt kreisten Armins Gedanken weiterhin um das damalige Opfer Markus Stemmler. Er war nur zwei Jahre nach seinem Neuanfang ermordet worden. Nicht allzu viel Zeit, um solch tiefe Bande zu knüpfen, dass jemand morden würde, nur um seinen Tod zu rächen.

War der Täter im Umfeld der von Markus Stemmler neugegründeten Neonazi Gruppierung zu suchen? Könnte es sich somit um einen Racheakt aus der rechten Szene handeln? Doch hätte man sich dann bei den Morden im Kurpark nicht bevorzugt auf nicht-deutsche Opfer gestürzt, um gleich zwei Fliegen mit einer Klappe zu schlagen? Warum musste ein braver Ehemann herhalten, der mit seiner Frau die Rubinhochzeit im Spielcasino feierte? Die Art des Tatherganges liess darauf schliessen, dass das Geld nicht das ausschlaggebende Motiv war. Hatte man hier nur das Nützliche mit dem Unvermeidlichen verbunden? Oder war das Opfer Rolf Schulte rein zufällig ausgewählt worden? Das berühmte *Zur-falschen-Zeit-am-falschen-Ort-sein*?

Armin Anders kam zum Schluss, dass es wohl das wahrscheinlichste Szenario war, dass das erste Opfer anhand von bestimmten Kriterien erst am Abend der Tat ausgewählt worden war. Dass es sich bei den Schultes um ein gut situiertes Pärchen handelte, hatte der Täter gewiss nach kurzer Beobachtungszeit annehmen können. Eine solche Familie zu zerstören, hatte eine entsprechende Empörung in der Bevölkerung hervorgerufen und Angst verbreitet. Eine Angst, die der Täter durch die Flugblätter bereits vorher geschürt hatte. Auch das zweite Opfer die vierundsiebzigjährige Susanne B. war anscheinend gewählt worden, damit das Entsetzen möglichst gross sei.

Je länger Armin darüber nachdachte, desto weniger glaubte er an einen Racheakt aus der rechten Szene. Hier musste es eine tiefere Verbindung zu Markus Stemmler gegeben haben. Den forensischen Auswertungen entsprechend, musste es sich beim Täter um einen Mann handeln, einen sehr kräftigen Mann. Auch die Statur sprach nach den Zeugenaussagen für einen Mann. Insofern konnte er eine mögliche Geliebte von Markus Stemmler ausschliessen.

Zurück in Bad Homburg fuhr er direkt zu Manfred Wegener nach Kirdorf. Zu Hause würde er ohnehin nur wieder nervös auf- und abgehen, bis sich sein Kumpel endlich meldete. Da war es besser, Manfred dabei zu beobachten, wie er aus seinen Computern auf ihm immer noch unergründliche Art und Weise Informationen heraussaugte. Orwells *1984* war schon längst Wirklichkeit geworden und vermutlich in vielen Bereichen sogar harmlos gegen das, was inzwischen tatsächlich alles möglich war. Der Mensch war gläsern geworden.

Diesmal ließ Manfred sich wieder lange bitten. Mit einer geradezu stoischen Ignoranz ließ er die ersten vier Mal Klingeln ohne jegliche Reaktion über sich ergehen. Armin stand genervt vor der Tür und sah ihn vor sich, wie sämtliche Impulse aus der Außenwelt an ihm abprallten wie Pingpongbälle von einer Tischtennisplatte.

Das fünfte Mal ließ er die Klingel nicht mehr los und drückte so lange, bis er endlich von drinnen ein appellierendes »Stop!« hörte. *Na, geht doch*, dachte er sich grinsend.

Die Tür wurde aufgerissen, Manfred blickte ihn kaum an und verschwand schon wieder durch den Flur in sein Arbeitszimmer. Armin schloss die Tür hinter sich und folgte ihm.

»Du nervst!«, tönte es aus der Ecke, in der Manfred saß.

»Ich weiß, aber ich hatte keinen Bock zu Hause auf deinen Anruf zu warten. Der Täter muss aus dem alten Umfeld vor der üblen Sache in Hof stammen, also aus der Detlef-Hellmuth-Zeit.«

»Ach, was du nicht sagst«, erwiderte Manfred schnippisch, »ich will nur noch eine Kleinigkeit checken, dann präsentiere ich dir seinen Vater als die Bestie vom Kurpark!«

Armin rechnete kurz und zeigte sich erstaunt. »Du meinst, wir haben es mit einem Täter mindestens in den Sechzigern zu tun?«

»Es gibt Leute, die sind noch mit siebzig deutlich fitter, als ich mein ganzes Leben lang war. Wenn du hörst, was der alles gemacht hat, dann wundert dich gar nichts mehr!«

Armin spitzte seine Ohren, während Manfred Wegener ihm alles über Kai Hellmuth, den Vater des ermordeten Markus Stemmler, ausbreitete. Danach brauchte der Journalist erst ein Bier, um das eben Gehörte zu verdauen. Ohne seinerseits einen

Kommentar abzugeben, ging er wortlos in die Küche und kam mit zwei Flaschen zurück. Nach dem Zuprosten grinsten die Freunde sich an und Armin brachte ein »Unglaublich« über die Lippen. »Was es nicht alles gibt!«

Der ersten Flasche Bier folgte eine zweite und eine dritte. Irgendwann beschloss Armin, nicht mehr nach Hause zu fahren. Sie diskutierten lebhaft über das Leben und was es aus einem Menschen machen konnte. Einen Menschen, der bislang völlig unbescholten und von allen geachtet wurde, in eine sadistische Kampfmaschine zu verwandeln, überstieg ihre wildesten Vorstellungen. Vom Alkohol umnebelt, philosophierten sie über die Psyche des Menschen im Allgemeinen, bis sie schließlich auf ihre eigenen Schicksale zu sprechen kamen. Bei all der emotionellen Aufgewühltheit, die Armin in sich spürte, wenn er an die Morde im Kurpark und die Schicksale von Luka Basler, Belina Dresbach und Christian Egbuna dachte, schwenkten seine Gedanken zwischendurch immer wieder zu Jacinta und die Art und Weise, wie sie quasi über Nacht in sein Leben getreten war, und ihn seitdem in ihren Bann zog. Er konnte einfach nicht anders und erzählte Manfred von ihr. Armin war in einer Hochstimmung und wollte am liebsten die ganze Welt daran teilhaben lassen.

»Du bist verliebt, Alter!«

»Blödsinn, ich mag sie einfach. Keine große Sache, sie ist eine tolle Frau wie viele andere auch.«

»Wenn du gerade dein Gesicht gesehen hättest, als du von ihr geschwärmt hast, dann wüsstest du es besser.«

»Hör auf mit dem Scheiß! Der Einzige hier, der leuchtende Augen bekommt, bist du, wenn du an meine Schwester denkst.«

»Daniela ist ja auch etwas ganz Besonderes, aber völlig unerreichbar für mich, leider!«

Armin sah seinen Kumpel an, der mit traurigen Augen vor ihm saß. Schon öfter hatte dieser einen Moralischen bekommen, wenn sie getrunken hatten. Das Thema Daniela war nicht gut für ihn. Kurz überlegte Armin, wie er seinem Freund helfen könnte, mehr aus sich herauszugehen und sich unter die Leute zu mischen, verwarf diesen Gedanken jedoch sofort wieder. Zu oft hatte er dies in der Vergangenheit schon versucht, hatte Manfred sogar mehrmals in diverse Bars, Klubs und auf Parties mitgeschleppt, ohne jeglichen Erfolg. Es war nicht Manfreds Ding gewesen. Er hatte sich weder an Gesprächen beteiligt, noch jemals auch nur eine Tanzfläche betreten. Diesem Menschen konnte er nicht helfen. Wehmütig trank er die Flasche leer und wankte in die Küche, um zwei neue zu holen.

Hoffnung für Luka?

Telefonieren hatte in diesem Fall keinen Sinn. Er wusste, dass es schwierig werden würde, also musste er dabei seinem Schulfreund in die Augen sehen können. Auf dem Weg zur Bad Homburger Saalburgstraße hoffte Armin Anders, dass der Hauptkommissar Zeit für ihn hätte.

Der Beamte hinter der Glasscheibe nickte ihm nur freundlich zu. Armin war hier bekannt und man ließ ihn zu Dieter Rebmanns Büro durch, ohne dass er sich vorher anmelden musste. Er war hier schon ein- und ausgegangen, da war sein Freund noch ein einfacher Streifenpolizist gewesen. Der Portier des Tagdienstes war immer noch derselbe wie damals. Dessen voranschreitendes Alter war unübersehbar am Schwund des einst üppigen Haupthaares zu erkennen.

Dieter Rebmanns mürrisches »Ja« als Reaktion auf Armins Klopfen ließ ein breites Grinsen auf dem Gesicht des Journalisten erscheinen, als er ins Büro trat.

»Du hast mir gerade noch gefehlt, Armin!«

Die Begrüßung hätte besser ausfallen können, und versprach nicht die beste Gesprächsbasis für Armins ohnehin kritisches Anliegen. »Du fehlst mir auch, Dieter! Deshalb bin ich ja hier.«

»Scherzkeks! Was treibt dich heute her? Warum hab ich nur so eine Vorahnung, dass du mir Probleme bereiten wirst?«

»Weil du ein kluger Kopf bist, mein lieber Dieter. Aber nein, Probleme will ich dir keineswegs bereiten, ganz im Gegenteil. Ich möchte dich auf den rechten Pfad führen.«

»Oh, Gott, ich habe es geahnt, jetzt mimst du auch noch den Prediger.«

Inzwischen war das Gesicht des Kommissars etwas entspannter. Sie kannten sich so gut, dass sie wussten, sie würden immer auf derselben Seite stehen, auch wenn es hin und wieder auf dem Weg dorthin schier unüberwindliche Hindernisse zu geben schien.

»Hör mir bitte mal zu: Luka Basler ist unschuldig, ich weiß es, du weißt es ...«

»Nichts weiß ich!«, fiel ihm sein Gegenüber ins Wort. »Dies wird das Gericht klären, alles andere sind wüste Spekulationen.«

»Wüste Spekulationen, aufgrund derer du einen Haftbefehl umgesetzt hast, das trifft eher des Pudels Kern. Mach dich nicht lächerlich, Dieter, du weißt, dass er unschuldig ist.«

Der Kommissar seufzte und sah Armin leicht zerknirscht an. »Meine Wortwahl war sicher nicht die Beste, ja, aber die bisher zusammengetragenen Indizien und Fakten lassen seine Schuld zumindest mal sehr wahrscheinlich erscheinen. Ob er unschuldig ist, weiß nur Gott und er selbst.«

»Das hast du jetzt aber schön ausgedrückt!« Armin grinste ihn an. »Ich denke mal, wir brauchen nicht weiter zu vertiefen, wie es zu dieser Festnahme kam. Luka hat kein Motiv und ist nicht derart blöd, direkt nach seiner Entlassung zwei Morde in unmittelbarer Nachbarschaft zu seiner neuen Wohnstätte zu begehen.«

»Seit wann brauchen Psychopathen ein Motiv? Deren Taten sind von inneren Zwängen gesteuert, die wir normale Menschen gar nicht nachvollziehen können.«

»Willst du dich etwa als normal bezeichnen?« Diesen Seitenhieb konnte Armin sich nicht verkneifen. Dieter begegnete ihm lediglich mit einem müden Lächeln und hörte weiter Armin weiter zu. »Jedenfalls habe ich mich mal im Umfeld seines angeblich ersten Opfers Markus Stemmler umgesehen. Vielleicht hattet ihr ja damit auch schon begonnen, bis euch seine Verhaftung von oben angeordnet wurde, und ihr daraufhin alle weiteren Ermittlungen eingestellt habt. Luka Basler ist nur ein Bauernopfer, so viel ist sicher.«

Armin entging nicht das Aufblitzen in Dieters Augen, der sich jedoch eines Kommentares enthielt. Nie würde sein Freund irgendwelche Interna ausplaudern, aber beide wussten, wovon Armin sprach. »Ich weiß nicht, wie weit ihr bei euren Ermittlungen vorgedrungen seid, Dieter. Jedenfalls war Markus Stemmler nicht immer Markus Stemmler, sondern Detlef Hellmuth, ein ehemaliger Kronzeuge im Fall Hof 2005!«

»Bist du sicher, wovon du gerade sprichst?«, fragte Dieter spontan, bedauerte jedoch sein Vorpreschen umgehend. Er wusste genau, wann immer sein Freund etwas bezüglich eines Falles vortrug, hatte das Hand und Fuß. Sein Kopf begann intensiv zu arbeiten, um das eben Gehörte einzuordnen. Kurz stieg Ärger in ihm hoch, da sein Freund aus Kindertagen anscheinend immer besser recherchierte als seine eigene Abteilung es zustande brachte. Dann erinnerte er sich, dass Armin ihn schon kürzlich in einem Telefonat nach diesem Detlef Hellmuth befragt hatte.

Diesmal war es Armin, der nur mit einem müden Lächeln reagierte. »Vermutlich war Detlef Hellmuth sogar der Haupttäter des grässlichen Anschlages, doch gab es bei dessen Festnahme nicht genügend Beweise, die diese Vermutung untermauerten. Und dann passierte auch noch eine Panne. Er wäre mit den anderen bestenfalls als Mittäter verurteilt worden, wenn das Gericht deinen Hofer Kollegen nicht sogar den ganzen Fall um die Ohren geschlagen hätte. Somit kam es damals zu einem sehr dreckigen Deal.«

»Musst du immer auf den Strafverfolgungsbehörden rumhacken?« Dieter Rebmann fühlte sich nicht wohl in seiner Haut.

»Ich doch nicht!« Armin grinste. »Jedenfalls gibt es jemanden, der ein klares Motiv hat, dafür zu sorgen, dass Luka Baslers ganzes Leben zerstört wird: der Vater von Detlef Hellmuth, beziehungsweise Markus Stemmler. Der gute Mann heißt Kai Hellmuth, ist inzwischen sechsundsechzig Jahre alt und hatte die letzten Jahre nichts Besseres zu tun, als sich zu einer Kampfmaschine ausbilden zu lassen. Dabei hat er wohl eine äußerst sadistische Ader in sich entdeckt.«

Armin sah deutlich, wie Dieter mehrmals schluckte und schließlich sagte: »Jetzt könnte ich einen Drink gebrauchen!«

»Das kann ich gut nachvollziehen, mir ging es gestern Abend ähnlich, oder warum denkst du, sind meine Augen immer noch gerötet?«

»Hast du noch mehr über diesen Kai Hellmuth?«

Nachdem Armin ihm sein übriges Wissen ausgebreitet hatte, bedankte sich Dieter und wusste, dass die nächste Zeit schwierig werden würde, verdammt schwierig.

Allein

Das Telefon des Oberbürgermeisters Frank Sommer klingelte. Genervt sah er vom Entwurf des Wahlprogrammes auf und blickte auf die verschlossene Bürotür. Er hatte doch unmissverständlich gesagt, dass er nicht gestört werden wollte. Seine cholerische Ader ließ fast die Galle in ihm aufsteigen. Er wollte gerade laut protestierend seine Sekretärin im Vorzimmer anschreien, als er endlich realisierte, dass es sein Smartphone war, das sich lauthals gemeldet hatte. Ein Blick aufs Display verhieß nichts Gutes. *Dieter Rebmann.* Beunruhigt nahm er den Anruf entgegen.

»Ja, Dieter, was gibt es?«

»Eine interessante Entwicklung, die du sofort wissen musst. So wie es aussieht, gibt es einen weiteren Tatverdächtigen!«

»Was? Das kann doch gar nicht sein!«

»Doch, und ich halte es für deutlich wahrscheinlicher, dass er die Bestie vom Kurpark ist und nicht Luka Basler.«

»Das heißt, ihr habt vielleicht den Falschen eingebuchtet?«

»Wir?« Der Hauptkommissar traute seinen Ohren nicht. »Du wolltest doch unbedingt eine schnelle Festnahme haben, damit sich deine Wähler beruhigen!«

»Als wenn ich als Bürgermeister eine Festnahme anordnen könnte. Jetzt gehen wieder mal die Pferde mit dir durch! Nein, nein, ihr habt ihn festgenommen und dann die Staatsanwaltschaft überzeugt, einen Haftbefehl zu erlassen.«

Dieter Rebmann konnte nur schlucken. Er hatte es von Anfang an vermutet, dass der Oberbürgermeister sich im Fall des

Falles wenden würde wie ein Aal und jegliche Mitverantwortung von sich weisen würde. Der Bad Homburger Oberbürgermeister war ein Politiker, wie er im Buche stand.

»Ich kann dir nur raten, dass du Luka Basler erst wieder freilässt, wenn sicher ist, dass der richtige Mörder dieser neue Verdächtige ist und ihr ihn dingfest gemacht habt. Sonst dürfte das einen größeren Skandal geben!«

»Du drehst gerade mal unseren gesamten Rechtsstaat um. Seit wann hat die Polizei über Freilassungen zu entscheiden?«

»Ach, lieber Dieter, du hast doch den direkten Draht zur Staatsanwaltschaft und bestimmt auch zur zuständigen Richterin. Ich könnte mir jedenfalls gut vorstellen, dass hier Köpfe rollen würden, wenn ihr den freilasst, bevor ihr den wahren Mörder dingfest gemacht habt!«

Dieter Rebmann blieb die Sprache weg. Das Blut in seinen Adern wallte und er lief rot an. Wütend knallte er den Hörer des Telefons auf und rief laut: »Arschloch!«

Aus irgendeinem der anderen Zimmer auf dem Flur rief es zurück: »Selber!«

Normalerweise hätte der Kommissar wohl laut losgelacht, doch es brodelte zu sehr in ihm. Dies war nicht die Zeit für Späße. *Politiker waren alle gleich. Große Reden schwingen und niemals Verantwortung übernehmen. So ein Idiot.* Er hätte seine Wut am liebsten jedem kundgetan, doch beließ er es bei seinen Gedanken, jetzt musste er schnellstmöglich handeln. Noch aufgeladen griff er zum Telefon und wählte eine interne Nummer. Sofort meldete sich seine Mitarbeiterin.

»Becker, komm her und bring Peters mit!«, trompetete er in den Hörer. Er lehnte sich in seinem Bürostuhl zurück, sah kopfschüttelnd aus dem Fenster und nutzte die Zeit, um ein wenig herunterzukommen. Kurze Zeit später klopfte es zaghaft an seiner Tür.

»Setzt euch, es gibt eine neue Entwicklung im Fall Kurpark.«

Die beiden Polizeikommissare sahen ihren Chef interessiert an, als er ihnen von Kai Hellmuth erzählte. Zum Abschluss wies er seine Mitarbeiter an: »All diese Informationen habe ich aus einer externen Quelle, ihr müsst sie für unsere Akten verifizieren.«

Anja Becker und Uwe Peters ahnten sofort, dass Armin Anders die externe Quelle war, enthielten sich jedoch jeglichen Kommentars.

»Es darf keinerlei Pannen geben! Alles muss wasserdicht sein. Ihr könnt euch vorstellen, was das für einen Aufruhr gibt, wenn wir der Öffentlichkeit auf einmal einen anderen Täter präsentieren. Für die ist Luka Basler die Bestie vom Kurpark und sie haben sich erst beruhigt, seitdem wir ihn dingfest gemacht hatten.«

Eindringlich sah er abwechselnd seine Mitarbeiter an. Dann konstatierte er: »Ich könnte jeden einzelnen von diesen Schmierenreportern durch den Fleischwolf drehen.« Seine Mitarbeiter nickten nur. »Die haben alles in ihrer Sensationsgier aufgebauscht, jetzt haben wir den Salat. Wir brauchen nun einen schnellen Erfolg!«

»Chef, du weißt aber schon, dass wir nicht so einfach an die Kronzeugendaten herankommen«, warf Peters ein.

»Ja, ich weiß, um diesen Part werde ich mich selbst kümmern müssen. Seht das vorerst als gesichert an. Das Wichtigste ist nun, dass ihr alles über diesen Kai Hellmuth verifiziert und sein Alibi überprüft. Setzt euch so schnell wie möglich mit den österreichischen Kollegen in Verbindung! Er wird sich vermutlich wieder in Graz aufhalten, da seine Mission hier erfüllt ist.«

»Das kann dauern, denk nur an den Fall Lepuschitz letztes Jahr. Wir haben Wochen gebraucht, bis die Zusammenarbeit ins Rollen kam und danach hat sie auch nur leidlich funktioniert.«

»Ich weiß, die österreichischen Kollegen sind genauso unterbesetzt wie wir. Scheiß Politiker! Geben Unmengen für diesen ganzen EU-Mist aus und sparen an der inneren Sicherheit!«

Die beiden, unzählige Überstunden vor sich herschiebenden, Kollegen nickten unisono. »Umso wichtiger, dass wir sofort anfangen und die Grazer Kollegen ins Bild setzen. Ich kann mir nicht vorstellen, dass der dort ein völlig unbeschriebenes Blatt ist. Der Täter hatte Spaß am Morden, das können nicht seine ersten Opfer gewesen sein!«

Becker und Peters gingen anschließend in ihr Büro zurück und öffneten wieder den bereits als abgeschlossen geglaubten Fall. Wohl war ihnen nicht gerade dabei. Wussten sie doch nun, dass irgendwo da draußen immer noch eine tickende Zeitbombe herumlief und vermutlich schon sein nächstes Opfer im Visier hatte.

Anja Becker dachte sofort auch an den inhaftierten Luka Basler. In ihrem Bereich kam es nicht oft vor, dass Unschuldige lange Zeit in Haft saßen. Mal hielten sie einen Verdächtigen über Nacht oder ausnahmsweise auch die maximal zulässigen achtundvierzig Stunden fest, bis sie ihn wieder freilassen mussten. Doch wochenlange Untersuchungshaft, das hatte schon eine andere Qualität für den Betroffenen, wenn er denn tatsächlich nichts mit den Morden zu tun hatte.

Wenn es stimmte, dass Luka Basler durch sie unschuldig seiner Freiheit beraubt worden war, dann war dies äußerst bitter. Das persönliche Schicksal, das hinter der Festnahme eines ehemaligen Insassen steckte, der vielleicht bereits auf einem guten Weg war, in ein geregeltes Leben zurückzukehren, und nun wieder von allen gebrandmarkt wurde, ging ihr gewaltig an die Nieren. Sie versetzte sich in Luka Baslers Lage, auch wenn es ihr schwerfiel. Sie konnte sich nicht vorstellen, in eine Situation zu gelangen, in der sie einen Menschen umbringen würde. Doch wenn es nun mal so gewesen war, dann hatte er seine Schuld durch seine damalige Haftstrafe abgesessen. Wahrscheinlich hatte er sogar monate-, wenn nicht jahrelang darauf hingearbeitet, einen sauberen Neustart hinzulegen und die unsägliche Vergangenheit endlich hinter sich zu lassen.

Anscheinend hatte sein Bewährungshelfer Dennis Schneider gute Arbeit geleistet, und wollte ihm eine wirkliche Chance ermöglichen, wieder in der Gesellschaft Fuß zu fassen. Doch hatten sie ihn dann wohl zu Unrecht verhaftet. Allein der Blick der Vermieterin bei seiner Verhaftung, der ihr nicht entgangen war, hatte Bände gesprochen. Luka Basler würde nie wieder in dieser Gegend unbelastet auf die Straße gehen können, ohne dass jemand auf ihn starren würde. Unvorstellbar.

Anja Becker war Polizistin aus Leidenschaft, doch auch Polizisten waren nur Menschen und machten Fehler. Fehler, die für völlig Unschuldige fatale Folgen haben konnten, wie in diesem Fall. War dies wirklich der richtige Beruf für sie?

Amtshilfe

Polizeibeamtin Gabriele Buchsbaum aus dem österreichischen Graz hatte schon bessere Zeiten erlebt. Trotz eines nicht gerade prickelnd abgelaufenen Jahres 2016 bekam sie in den letzten Wochen weiterhin einen Tiefschlag nach dem anderen. Dabei hatte ihr Horoskop eine deutliche Entspannung und viel Glück für das neue Jahr verhießen. Doch davon war weit und breit nichts zu sehen.

Den Anfang machte bereits in der zweiten Januarwoche die Hiobsbotschaft des neuerlichen Krebsbefalles ihrer geliebten Mutter. Die ganze Familie hatte gedacht, dass sie es geschafft hatte, diese schreckliche Krankheit zu besiegen, waren doch seit ihrem letzten stationären Krankenhausaufenthalt schon vier Jahre ins Land gezogen.

Bei einer Routinekontrolle hatte der Arzt eine auffällige Stelle entdeckt. Die anschließende Biopsie brachte die bittere Gewissheit. Seitdem jagte bei ihrer Mutter eine Untersuchung die nächste und die Befunde waren mehr als ernüchternd. Der Krebs hatte an verschiedenen Stellen Metastasen gebildet, die eine Heilung diesmal eher unwahrscheinlich erscheinen ließen. Es waren einfach zu viele. Gabriele Buchsbaum pendelte immer wieder zwischen ihrem eigenen Wohnort Graz und dem der Mutter, Schiefling am Wörthersee, hin und her, um ihr so oft wie möglich beizustehen.

Als wäre das nicht schon Belastung genug, kriselte Gabis Beziehung zu ihrem zwölf Jahre älteren Ehemann, nachdem sie im

Frühjahr letzten Jahres herausgefunden hatte, dass Oswald eine Affäre zu einer Blumenverkäuferin zwei Straßen weiter unterhielt. Trotz Bittens, Drohens und verzweifeltem Flehens schaffte es ihr Ehemann aus für sie unerklärlichen Gründen nicht, die Liaison zu beenden, obwohl er ihr immer wieder versicherte, dass sie, Gabriele Buchsbaum, sein einziger Lebensmittelpunkt sei und er sie nicht verlieren mochte.

In all diesem gefühlsmäßigen Chaos war sie in der Woche zuvor auf der Grazer Kärntner Straße gedankenversunken bei Rot über die Ampel gefahren. Zum Glück schaffte sie es noch, dem gerade anfahrenden Querverkehr irgendwie auszuweichen, sodass Schlimmeres verhindert werden konnte. Ihr Wagen kam ins Schlingern und touchierte dabei zwei parkende Autos, wovon eines ausgerechnet der überkandidelten Ehefrau eines lokalen Baulöwen gehörte, die ihr seit dem mit immer weiteren abstrusen Forderungen auf die Pelle rückte.

Es war nicht ihre Zeit. Nicht die Zeit der Gabriele Buchsbaum, die gerade vor einem stetig wachsenden Aktenberg auf der Grazer Polizeistation saß und weder ein noch aus wusste. In diesem Moment läutete wie in einem schlechten Film das in die Jahre gekommene Telefon auf ihrem Schreibtisch. Sie verfluchte den Anrufer, noch bevor sie wusste, wer es war.

Am liebsten hätte sie den Anruf ignoriert, doch besann sie sich nach dem vierten Klingeln eines Besseren und meldete sich in einem unüberhörbar gereizten Ton: »Gruppeninspektorin Gabriele Buchsbaum, grüß Gott!«

Es war Karin Rainer, die Dame aus der Telefonzentrale. Gabi Buchsbaum hatte nicht einmal auf das Display geschaut, bevor sie den Anruf entgegennahm. Nun nervte ihre Kollegin sie mit den Worten: »Du Gabi, ich hab da eine Kommissarin aus Deutschland in der Leitung, die auf dem kurzen Dienstweg ein paar Auskünfte braucht.«

Schweigen in der Leitung, dann folgte das Unvermeidliche: »Kannst du sie bitte übernehmen?«

»Ganz schlecht, Karin, ich hab überhaupt keine Zeit!«

»Bitte, Gabi, es ist sonst niemand frei!«

»Was ist denn mit Werner und der Rosi?«

»Die wurden gerade zu einem Einsatz gerufen. Es ist heute wieder mal die Hölle los. Ich würd dich nicht bitten, wenn es anders ginge. Ich stell dir die Dame mal durch.«

Damit war Karin Rainer aus der Leitung verschwunden und ihr blieb nichts anderes übrig, als sich noch einmal zu melden:

»Gruppeninspektorin Gabriele Buchsbaum, grüß Gott!«

»Guten Tag, Frau Buchsbaum, hier ist Polizeikommissarin Anja Becker aus dem hessischen Bad Homburg. Wir haben einen Fall, in dem ein Grazer Bürger eine Rolle spielen dürfte.«

»Dann bitten Sie doch am besten die Staatsanwaltschaft, ein internationales Rechtshilfeersuchen zu erstellen, so kommen wir am schnellsten weiter«, versuchte Gabriele Buchsbaum, den Kelch von sich abzuwenden, und klang dabei unfreundlicher als beabsichtigt. Es war einfach nicht die Zeit der Gabriele Buchsbaum. Die Beamtin aus dem fernen Bad Homburg ließ sich aber nicht so leicht abwimmeln und hakte stattdessen mit betont freundlicher Stimme nach: »Wie das formelle Verfahren abläuft, ist mir durchaus bewusst, doch gilt es hier, eine reelle Gefahr für die Bevölkerung abzuwehren, bevor noch mehr Schlimmes passiert!«

»Geht es darum nicht immer?«

»Irgendwie schon.« Anja Becker versuchte, mit einem dezenten Kichern die Situation ein wenig zu entspannen, doch ärgerte sie sich über die Unfreundlichkeit ihrer Gesprächspartnerin.

»Na dann, halten Sie doch bitte den Dienstweg ein.«

»Frau Kollegin, wir haben gesicherte Erkenntnisse, dass ein in Graz ansässiger, mutmaßlicher Doppelmörder kürzlich aus unserer Stadt zurück nach Graz gereist sein könnte. Er hat hier im Kurpark auf bestialische Art zwei Morde begangen. Wir müssen ihn so schnell wie möglich dingfest machen. Da wandelt vermutlich gerade eine tickende Zeitbombe in Ihrer Gegend umher!«

Inzwischen hatte Anja Becker die volle Aufmerksamkeit von Gabriele Buchsbaum: »Sie meinen aber nicht die Bestie vom Kurpark?«

»Doch, leider! Sie haben also schon von dem Fall gehört?«

»Er ging ja schließlich durch alle Medien. Habe ich nicht die Tage gerade gelesen, dass er gefasst wurde?«

»Ja, das wurde kolportiert, doch gibt es brandneue Erkenntnisse, die einen anderen mutmaßlichen Täter in unseren Fokus bringen.«

»Puh, das klingt nicht gut!«

»Nein, ganz und gar nicht! Deshalb ist es ja so wichtig, dass wir uns auf dem kleinen Dienstweg telefonisch abstimmen und keine weitere Zeit verlieren. Sie wissen, wie lange ein internationales Rechtshilfeersuchen dauert! Der Mann ist ein Psychopath und vermutlich zu allem bereit und fähig. Es drängt wirklich!«

»Okay, lassen Sie uns mal sehen, was wir da machen können.«

Kurzzeitig gelang es der österreichischen Inspektorin, ihre privaten Probleme zu verdrängen. Keineswegs durfte sich so etwas in ihrer Stadt wiederholen, was sie in der Zeitung über die Vorkommnisse in Bad Homburg gelesen hatte, also fragte sie ihre deutsche Kollegin nach dem Namen des Tatverdächtigen.

»Es handelt sich um den deutschen Staatsbürger Kai Hellmuth, geboren am 27. Januar 1951 in Chemnitz.«

Anja Becker schilderte ihrer österreichischen Kollegin alles, was sie über den Tatverdächtigen wusste.

»Lassen Sie mich mal kurz nachschauen«, erwiderte Gabriele Buchsbaum. Nach einer kurzen Pause, in der sie die Daten in ihr

System eingegeben hatte, bestätigte sie: »Ja, den haben wir schon auf unserem Schirm.«

»Inwiefern?«

»Vor sechs Jahren gab es eine Verurteilung wegen eines Handtaschendiebstahls und letztes Jahr war er verdächtigt, in einen brutalen Raubüberfall verwickelt gewesen zu sein. Die Beweise gegen ihn hatten aber nicht ausgereicht. Der Fall wurde nie abschließend geklärt.«

»Wäre es möglich, noch vor der offiziellen Anfrage zu klären, ob er für die Zeiten der beiden Morde hier in Bad Homburg ein Alibi hat? Wir müssen wissen, ob er als Täter in Frage kommt.«

»Das machen wir einfach, so einer Spur muss man doch nachgehen, damit nicht noch mehr passiert«, sagte die Österreicherin. In ihrer Stimme lagen inzwischen keine Zeichen von Unfreundlichkeit mehr. Sie war beunruhigt, dass womöglich in den Straßen ihrer Stadt ein psychopathischer Mörder frei herumlaufen könnte. Die zwei Polizistinnen tauschten ihre Mobilnummern aus und beendeten das Gespräch.

Auch das noch, dachte sich Gabriele Buchsbaum, *als wenn ich nicht schon genug Probleme hätte*. Sie beschloss, ihre beiden Kollegen einzuweihen, die den Fall des Raubüberfalles bearbeitet hatten, bei denen der Name Kai Hellmuth im letzten Jahr auftauchte. Sie würden sich bestimmt für sein eventuelles Alibi interessieren. Gerade fiel ihr auf, dass sie ihre Anruferin nicht danach gefragt hatte, worauf sich der dringende Tatverdacht gegen Kai Hellmuth stützte. Kopfschüttelnd über ihre eigene Nachlässigkeit wollte sie wieder zum Hörer greifen, um die deutsche Kollegin kurz zurückzurufen, als erneut ihr Telefon klingelte. Inzwischen wieder bei ihrer derzeit allgemein schlechten Stimmung angelangt, nahm sie den Anruf widerwillig entgegen. Dieser Anruf veränderte höchstwahrscheinlich die Geschichte der steirischen Landeshauptstadt Graz.

Ohne Alternative

In der Nacht hatte er von ihr geträumt. Ein Traum voller Sehnsucht, wie in seiner Jugend. Einer, der so wirklich war, als würde er tatsächlich noch einmal stattfinden. Hier und jetzt, nicht in seinen Gedanken, sondern in der Realität. Einer schrecklichen Realität, und doch versetzte sie ihn in Verzückung. Inzwischen wusste er ihren Namen und ihr Alter, als würde dies eine Rolle spielen. Doch die Sehnsucht nach ihr war keine jugendlich unschuldige Sehnsucht. Keine, wie man sie sich im Allgemeinen vorstellte, wenn man das Wort Sehnsucht hörte. Es war eine kranke, verkommene Sehnsucht und eigentlich galt sie nicht ihr, sie galt ihrem Fleisch, oder besser gesagt, dem, was er aus ihrem Fleisch gemacht hatte, wie er es behandelte in seinen Träumen, immer und immer wieder.

Er sah die ältere Dame deutlich vor sich. Sie lief hinter dem Terrier her, um zu schauen, an was ihr Liebling Interesse gefunden hatte. Als Susanne B. sich vorbeugte, packte er sie am Hals und zog sie zu sich heran, wie man etwas an sich zog, das einem gehörte. Etwas, das einem ausgeliefert war. Ab diesem Zeitpunkt hatte die Dame, deren einziger Fehler es war, am falschen Ort zur falschen Zeit mit ihrem Hund spazieren zu gehen, keine Chance mehr gehabt. In seinen Träumen kostete er jeden Augenblick des letzten Mordes aus, als würde er immer und immer wieder passieren, und er labte sich an diesen Bildern in seinem Kopf.

Gestern glaubte er schon, er hielte es nicht mehr aus, es ginge gar nicht mehr. Er hatte sich sogar am Abend bereits eine Jacke übergezogen, um seine Zweizimmerwohnung in der Grazer Hans-Sachs-Gasse zu verlassen. Lange hatte er im Flur gestanden und auf die Türklinke gestarrt. Sollte er oder sollte er nicht? Es wäre ein absoluter Wahnsinn, so kurz nach den beiden letzten Morden, wieder zuzuschlagen. So, als wenn er der Polizei sagen würde: »Hier! Hier bin ich, die Bestie vom Kurpark, die eure deutschen Kollegen die ganze Zeit beschäftigt hat!«

Es wäre wie ein Geständnis, und doch ..., er konnte dem Drang kaum widerstehen. Er haderte mit sich selbst, konnte nicht verstehen, wie aus anfänglichen kleineren Überfällen zur Beschaffung von Geld eine derartige Leidenschaft hat entstehen können. Nein, es war keine bloße Leidenschaft. Es war etwas Größeres. War es Bestimmung? Ein ferner Ruf von irgendwoher oder kam er tief aus seiner degenerierten Seele? Eine Seele, die geschunden worden war von einem Menschen, der Gott spielte und seinen Sohn umgebracht hatte. Eine Seele, die doch eigentlich das ganze Leben eine gute gewesen war.

War es überhaupt seine Schuld? Diese Frage wühlte ihn auf. Er schüttelte heftig den Kopf. Nein. Er sollte aufhören, sich selbst zu belügen. Er war krank, mehr als krank.

Kai Hellmuth schloss die Augen und sah sie schon wieder vor sich. Diese vom letzten Schnitt noch blutige Klinge, die durch das lebende Fleisch glitt und eine Spur der Verwüstung auf dem Körper hinterließ. Einen kurzen Augenblick dachte er, dass es Spuren waren, die nie wieder weggingen, dann lächelte er mit einem irren Blick in sich hinein. Sie würden weggehen, durch Verwesung oder Verbrennung, je nach Bestattungsart, so viel war sicher. Seine Opfer würden ihre eigenen Wunden freilich nie zu Gesicht bekommen. Und selbst wenn ein Opfer die aufklaffende Wunde noch sah, während er sie ihm zufügte, würde es bestimmt nicht an die späteren Narbenbildungen denken. Die Betroffenen waren in dem Augenblick vom Schmerz gefangen. Einem

Schmerz, der sie innerlich zerfrass und irgendwann in einer Ohnmacht mündete, wenn der Tod sie nicht zuvor ereilte.

Schade, eigentlich, dachte sich der durchtrainierte Mann. Er hätte das Leiden der Susanne B. nur allzu gerne länger ausgekostet. Angestrengt dachte er nach, welcher der vielen Schnitte am Ende zu ihrem Tod geführt hatte. Wann hatte das leidgeplagte Gehirn die vielen Schmerzimpulse nicht mehr verkraften können? Wann genau hatte es dem Herzen den Befehl gegeben, nicht mehr zu schlagen? Oder war der Blutverlust der alten Dame schon so gross gewesen, dass das Herz nicht mehr schlagen konnte? Nicht mehr schlagen konnte, wie eine Pumpe, die trockengelaufen war? Er vertrieb diesen absurden Gedanken, denn für einen Augenblick hielt er ihn tatsächlich für krank. Doch dann kam er wieder und nahm Besitz von ihm. Beim nächsten Mal würde er genauer darauf achten, wann und wie genau der Tod seines Spielobjektes eintreten würde.

Der Vater von Detlef Hellmuth öffnete die Augen und wusste in diesem Augenblick, dass er sich heute nicht zurückhalten konnte. Sobald er seine Jacke anhätte, würde er schnurstracks zur Tür gehen und seine Wohnung verlassen. Diesmal würde er nicht zögern, würde der Macht des Guten davonlaufen und sein nächstes Werk in Angriff nehmen. Er schaffte es einfach nicht mehr, seinen kranken Geist mit den Erinnerungen an die Tat im Bad Homburger Kurpark ausreichend zu speisen. Es war Wahnsinn, aber er brauchte einen neuen Kick. Einen Kick, den ihm nur ein neues Opfer geben konnte, und das würde er sich suchen, heute Nacht noch.

***

Florian Lepuschitz hätte noch fahren können. Er hatte nur zwei Kleine getrunken, das sollte nach der aktuellen Promillegrenze gerade noch machbar sein. Doch der junge Mann war ein sehr gewissenhafter Mensch. In manchen Dingen war er sogar geradezu übervorsichtig. Warum etwas riskieren, wenn man sich auch auf der sicheren Seite bewegen konnte. Er würde es sich nie verzeihen können, durch eine eigene Unachtsamkeit jemanden zu gefährden. Also ließ der Grazer Student der Technischen Universität das Erbstück seines Onkels Valentin, eine Vespa aus den Achtzigern, im Hof der Studentenkneipe stehen. Er würde sie besser am nächsten Tag abholen. Es kostete ihn kaum Mühe, nur ein kleiner Umweg auf dem Weg zur Universität.

Er schaute auf die Uhr und schüttelte grinsend seinen Kopf. Solange hatten sie noch nie gespielt. Zum Glück hatte die üppige Wirtin mit dem ausladenden Dekolleté sie gewähren lassen, sodass sie trotz Sperrstunde bis tief in die Nacht spielen konnten. Sie hatte die Tür einfach abgeschlossen und das sonst leuchtende Reklameschild, das ihr die Brauerei zur Verfügung gestellt hatte, ausgeschaltet. Die Studenten im Gastraum kannte die Wirtin schon lange. Einmal pro Woche spielten sie hier und nie waren sie laut. Anständige Kerle, die einfach eine gute Zeit miteinander verbrachten. Und heute hatten sie, warum auch immer, länger als gewöhnlich spielen wollen.

Am nächsten Tag hatte Florian erst am Nachmittag Vorlesungen. Er nahm das sehr genau, im Gegensatz zu seinen Mitspielern, die lieber ihr Leben genossen, als intensiv zu studieren. Er war bestrebt, nie eine schlechtere Note als eine Zwei zu bekommen. Bisher war es ihm stets gelungen, doch die nächste Klausur würde es in sich haben. In Gedanken ging er die Stoffgebiete durch, die er in den kommenden Wochen noch vertiefen musste.

Keine Menschenseele sah er auf der Straße, was ihn zu dieser fortgeschrittenen Stunde auch nicht wirklich erstaunte. So sah er, immer noch an seine Klausur denkend, auch nicht den dunkel gekleideten Mann, der zusammengekauert an geschützter Stelle im Eingangsbereich eines der vielen Mehrfamilienhäuser kauerte. Plötzlich spürte Florian Lepuschitz einen lähmenden Schmerz im rechten Oberschenkel. Er taumelte und stürzte aufs Trottoir. Er versuchte noch, die Heftigkeit des Aufpralls durch seine Hand abzufedern. Dass er dabei die Haut an den scharfkantigen Pflastersteinen aufriss, merkte er nicht. Seine Schulter krachte auf den Gehweg, doch dachte er nur an den aus dem Nichts aufgetauchten Schmerz im Oberschenkel. Ungläubig fasste er sich ans Bein und spürte Blut. Die Wunde brannte heftig. Unwillkürlich krümmte er sich zusammen. Erst jetzt sah er den Mann, der neben ihm stand und ihn anstarrte. Noch bevor er etwas von sich geben konnte, presste dieser ihm seine große Hand auf den Mund und erstickte sein Aufbegehren im Keim.

Der am Boden liegende Linkshänder versuchte, nach seinem Gegner zu schlagen, und traf ihn mit der Hand seitlich im Gesicht. Aus seiner Position heraus vermochte er dem Schlag nicht genug Wucht mitzugeben, sodass er kaum mehr als eine Schramme an dessen Wange verursachte. Der Mann mit dem stechenden Blick hatte ihn inzwischen so am Boden fixiert, dass eine weitere Gegenwehr nahezu unmöglich war.

Florian Lepuschitz war nicht gerade unsportlich, doch sein Gegner erschien übermächtig, zumal sein verwundetes Bein nicht mitspielte und er, ob des Gewichts des Mannes über ihm fast bewegungslos war. Er versuchte verzweifelt, sich vom Boden zu lösen, doch konnte er nur hilflos aus seinen Augenwinkeln zusehen, wie der auf ihm sitzende Täter seinen Daumen in die Wunde im Oberschenkel steckte. Er registrierte noch, dass der Mann Einweghandschuhe trug, dann raubte ihm der Schmerz förmlich den Verstand und ließ sein letztes bisschen Gegenwehr zu einem hilflosen Gezappel verkümmern.

Das Nächste, was der Student wahrnahm, war ein langes beidseitig geschliffenes Messer, das ihm sein Gegner breit grinsend knapp vors Gesicht hielt, bevor er damit seine Wange aufschlitzte. Florian Lepuschitz schrie auf. Eine Hand auf die Wunde am Oberschenkel gepresst, versuchte er, die zweite freizubekommen, doch es gelang ihm nicht. Trotz des schier unerträglichen Schmerzes lief sein Gehirn auf Hochtouren. Er sah dauernd die stechenden Augen vor sich und erkannte mitten im Widerstandskampf gegen den übermächtigen Gegner, dass dieser ekstatisch genoss, was er mit ihm in diesen Sekunden anstellte. In dem Augenblick wurde Florian verzweifelt bewusst, dass er den Angriff nicht überleben würde. Er fragte sich, wie lange seine Tortur noch andauerte und hoffte, dass endlich ein Passant vorbeikommen und diesem Wahnsinn ein Ende bereiten würde. Doch wer sollte in der ruhigen Straße zwischen vier und fünf in der Nacht noch spazieren gehen?

Kai Hellmuth wusste genau, was er tat. Mit einem gezielten Stich in den Bizeps seines sich ohnehin schon am Boden krümmenden Gegners machte er ihn noch bewegungsunfähiger, sodass er nun zu dem Teil übergehen konnte, der ihm einen schier aberwitzigen Spaß bereitete. Mit dem scharfen Messer schnitt er die Kleidung des Studenten auf. Dabei ging er so vorsichtig vor, dass das freigelegte Fleisch keinerlei Kratzer aufwies, völlig unversehrt blieb. Er hatte gelernt, dass es für ihn deutlich befriedigender war, unversehrte Haut aufzuschlitzen, anstatt bereits verletzte, mit Schrammen oder Kratzern überzogene. Den kräftigen zweiten Oberschenkel seines Opfers versah er mit einem langsamen, gezielten Schnitt vom Knieansatz bis zur Leiste. Zufrieden betrachtete er sein Werk ein wenig, bevor er zum nächsten Schnitt ansetzte, den er nur einen Zentimeter neben dem ersten in gleicher Richtung platzierte. Am Ende hing das Fleischgewebe des Oberschenkels in zahlreichen Lappen herunter, bevor er diese, einen nach dem anderen vom Knochen löste. Als der Oberschenkelknochen vom Knie bis zur Mitte des

Schenkels komplett freigelegt war, konnte sich Kai Hellmuth kaum daran sattsehen. Er gestand sich ein, dass er immer besser wurde, ja, er hatte sich deutlich weiterentwickelt und würde künftige Sezierarbeiten sicher noch zur Perfektion steigern.

Ein entferntes Motorengeräusch ließ ihn aufschrecken. Mit wirrem Blick sah er sich, seinen Kopf heftig bewegend, um. Nichts war zu erkennen. Er kniff die Augen zusammen, ob er nicht doch irgendetwas sah, etwas das sich bewegte oder ihn beobachtete. Doch er war weiterhin allein mit seinem Opfer, aus dem sich vermutlich schon Minuten zuvor der letzte Rest Leben verabschiedet hatte, was ihm erst jetzt bewusst wurde. Er fluchte leise vor sich hin und ärgerte sich, dass ihn die Verzückung derart aus der Realität getragen hatte, dass er ihn wieder nicht hatte beobachten können. Ihn, den Tod, und wann er wie genau eingetreten war.

Florian Lepuschitz hätte sein ganzes Leben noch vor sich gehabt, hatte bislang erst eine große Liebe erfahren und würde nie die Früchte seines ehrgeizigen Einsatzes an der Universität auskosten können. Florian Lepuschitz war nur dreiundzwanzig Jahre alt geworden. Die bestialische Tat erschütterte die ansonsten so ruhige Stadt Graz. In den auf die Hinrichtung des Studenten folgenden Tagen wagten sich viele Bürger nachts nicht mehr auf die Straße. Die Angst ging um und löste erneut eine Diskussion über die zu geringe Polizeipräsenz aus.

Fassungslos

Gabriele Buchsbaum war wie ihr Bruder auch in Schwarz gekleidet. Fast alle waren das. Ein paar Ausnahmen von Trauernden, die versuchten, ein Dunkelblau oder einen Grauton anderen oder sich selbst für schwarz zu verkaufen. Doch musste es wirklich immer schwarz sein? Ihrer Mutter wäre es vermutlich egal gewesen. Sie hatte nicht mehr kämpfen wollen. Diese ewigen Bestrahlungen und Chemotherapien, die nicht nur ihren Körper, sondern auch ihre Seele zerfraßen, hatte sie so sattgehabt. Jetzt lag sie unter der Erde und die Trauergäste machten sich in verschiedenen Autos auf den Weg zum Gasthaus, in dem der Leichenschmaus stattfinden würde.

Was für ein Wort, Leichenschmaus ..., dachte sich Gabriele und schaltete vom Beifahrersitz im Auto ihres Bruders das Radio ein. Ihr Bruder blickte sie fragend an, fand er doch Töne aus dem Radio in dieser Situation nicht angemessen. Sie schaute zurück, runzelte die Stirn und beschloss, seinen Blick zu ignorieren. Sie brauchte Ablenkung, Ablenkung von ihren Gedanken über dieses beschissene Leben, ihr eigenes beschissenes Leben, das gerade immer tiefer den Bach runterging und sie offensichtlich nur hilflos dabei zusehen konnte. Ihre Mutter hatte ihr stets Halt gegeben und immer ein offenes Ohr gehabt, wenn sie wieder mal nicht weiterwusste.

Sie mochte ihren Bruder, aber verstehen? Nein, richtig verstanden hatten sie sich nie, er würde keinesfalls die Leere ausfüllen können, die der Tod ihrer Mutter hinterlassen hatte. Sie fühlte sich in diesem Augenblick so allein. Tränen rollten über ihr ohnehin schon aufgequollenes Gesicht. Sie ließ sie gewähren, hatte keine Kraft, erneut ein Taschentuch herauszuholen, um sie abzuwischen. Gerade war ein Lied im Radio zu Ende, sie hatte nicht einmal mitbekommen, welches es war, als das Signal für die Nachrichten ertönte. Sie blickte auf die Uhr und realisierte, dass die Beerdigung lange gedauert hatte. Es war mittlerweile fünfzehn Uhr.

Nachrichten zur vollen Stunde, wie immer. Würde das immer so sein? Was ist immer? Ich dachte, Mutter wäre immer für mich da, doch nun ist das Ende von Immer erreicht. Dieses Immer, das niemals mehr so sein würde, wie es immer war.

Das Wort Graz aus dem Radio ließ sie in ihren Gedanken aufhorchen. Es gab eine Nachricht aus ihrer Stadt. Sie musste zuhören. Schließlich war sie Polizistin und sollte informiert sein, was vor sich ging. Der Sprecher berichtete von einem bestialischen Mord an einem Studenten, der vergangene Nacht verübt worden und an Brutalität nicht zu überbieten sei.

Gabriele Buchsbaum konnte den weiteren Ausführungen des Nachrichtensprechers kaum noch folgen. Ihr sofortiger Gedanke, *die Bestie vom Kurpark hat wieder zugeschlagen,* wurde durch eine in ihr aufsteigende Gewissheit geradezu ins Nebensächliche verdrängt. Das Unfassbare für sie lag nicht in der Tatsache, dass in Graz ein bestialischer Mord verübt worden war. Nein, es war allein der Umstand, dass sie, Gabriele Buchsbaum, mit ihrem Verhalten, mit ihrer Vergesslichkeit, Sorglosigkeit oder wie auch immer man das ausdrücken wollte, diesen Mord nicht verhindert hatte. Es hätte bestimmt in ihrer Macht gelegen. Sie hätte nur kurz noch die Kollegen informieren müssen, bevor sie sich ganz der Trauer um das Ableben ihrer Mutter hingegeben hatte. Eine einzige Konzentration auf das Wesentliche hätte gereicht, um eine Bestie von ihrer unglaublichen Tat abzuhalten. Und sie hatte es versaut.

Sie ganz allein. Wegen ihr hatte ein Student unsägliche Qualen erleiden müssen und war umgebracht worden. Alles drehte sich in ihrem Kopf, das Herz raste wie wild, sie hielt sich krampfhaft an der Armablage der Autotür fest. Gabrieles Kopf sackte zur Seite, während ihr Bruder gedankenversunken weiter zum Gasthaus fuhr und nicht mitbekam, was gerade neben ihm vor sich ging. Erst nachdem er ausgestiegen war und sich wunderte, dass seine Schwester keine Anstalten machte, ebenfalls das Auto zu verlassen, beugte er sich vor und blickte ins Innere des Wagens.

Heinrich Buchsbaum sah seine Schwester an, die mit geschlossenen Augen kreidebleich den Kopf an die Fensterscheibe gepresst hatte. Er wusste sofort, dass etwas nicht stimmte, und eilte um den Wagen herum zur Beifahrertür.

***

Es gab sicherlich Schöneres, als am Tage der Beerdigung der eigenen Mutter in einem sterilen Gang eines Krankenhauses zu sitzen und zu warten, bis endlich einer der Ärzte mit einem sprach. Eine Krankenschwester wäre auch völlig ausreichend, wenn ihm nur irgendjemand etwas über Gabis Zustand sagen würde. Heinrich Buchsbaum hatte den Puls seiner Schwester kaum gefühlt, als er sie in seinem Wagen bewusstlos fand. Das Gesicht des herangeeilten Notarztes hatte ihm ebenfalls nicht gefallen.

Sahen Notärzte immer so aus? Wurden sie trainiert, ein besonders besorgtes Gesicht zu machen, damit es hinterher nicht hieße, sie wären dafür verantwortlich, dass ein Patient nicht mehr zu retten sei? Immerhin, wenn das, was er vorfand, schon so bedrohlich war, dann konnte es ja schlecht seine Schuld sein, denn etwas musste mit dem Patienten passiert sein, bevor sie ihn gerufen hatten. Heinrich Buchsbaum wusste es nicht. Er hatte sich noch nie über solche Dinge Gedanken gemacht, hatte er doch zuvor eine Situation wie diese noch nicht erlebt. Das Leiden seiner Mutter hatte er mehr aus der Ferne mitbekommen, als es bewusst wahrzunehmen. Es war ihm an die Nieren gegangen, doch hatte er wohl seine eigene Art, damit umzugehen. Gabi war immer die Fürsorglichere der beiden Geschwister und Mutter sicherlich bei ihr in besten Händen gewesen, doch diesmal kam er aus der Nummer nicht heraus. Bei seiner Schwester war er live dabei.

Schon über eine Stunde saß er in dem Flur mit den cremefarbenen Wänden, die mit einem farblosen Lack überzogen waren, damit sie leicht zu säubern und möglichst steril gehalten werden konnten. Den Kunststoffboden, die Übergänge zur Wand und die einsame im Gang abgestellte Rollliege kannte er bis ins kleinste Detail und wusste nicht mehr, wo er noch hinsehen sollte.

Verdammt, wann kommt endlich mal jemand? Er hoffte, dass die Gäste beim Leichenschmaus bereits wieder in einer besseren Stimmung waren, schließlich musste für jeden Teilnehmer auch nach einer Beerdigung das Leben weitergehen. Seine Schwester und er waren die Gastgeber und konnten nicht dabei sein. Bestimmt würden sich alle gerade die Mäuler über sie zerreißen und die wildesten Spekulationen anstellen.

Er warf erneut einen Blick auf die Uhr, deren Minutenzeiger sich kaum bewegt hatte, obwohl ihm die verstrichene Zeit viel länger erschien. Schließlich öffnete sich die Tür am Ende des Ganges und ein Mann kam auf ihn zu. »Herr Buchsbaum?«

»Ja, endlich! Wie geht es meiner Schwester?«

»Sie ist schwach und erschöpft, aber es geht ihr so weit gut. Sie hatte einen totalen Nervenzusammenbruch.«

»Der Tod unserer Mutter hat sie sehr mitgenommen. Wir kommen gerade von der Beerdigung. Kann ich meine Schwester sehen?«

»Sie schläft. Wir mussten sie ruhigstellen. Besser Sie kommen morgen vorbei.«

Heinrich Buchsbaum nickte und verabschiedete sich. Gabriele war in guten Händen und er konnte hier ohnehin nichts ausrichten. Er würde sich nun besser um die Gäste beim Leichenschmaus kümmern.

***

Sie lag mit dem Rücken nach unten auf einer Blumenwiese unweit ihres Elternhauses in Schiefling am See. Unter ihr die mit hellblauen und hellgrünen Karos verzierte Wolldecke, die sie schon, seit sie denken konnte, begleitete. Der Himmel über ihr war tiefblau, aufgelockert von kleineren weißen Schönwetterwölkchen. Vögel zwitscherten vor lauter Sommerfreude. Aus der Ferne hörte sie das Blöken von Schafen. Sie musste sie nicht sehen, um zu wissen, dass es die wolligen Tiere von Schäfer Puckl waren, der ein paar Höfe weiter wohnte.

Die Äpfel des schattenspendenden Apfelbaums, in dessen Krone sie blickte, wenn sie die Augen öffnete, waren noch nicht reif. Es würde noch ein paar Wochen dauern, bis sie sie ernten konnten. Dabei half dann wieder die ganze Familie mit und sie freute sich schon auf diesen Tag, denn er verhieß frisch gepressten Apfelsaft. Sie schloss die Augen und träumte davon, wie sie nächstes Jahr reiten lernen würde. Zu ihrem Geburtstag wünschte sie sich so sehr einen Reitkurs. Bislang waren fast alle Wünsche in ihrem Leben in Erfüllung gegangen. Sie hatte eine wunderbare Kindheit.

Es kitzelte an ihrer Nase. Gabriele Buchsbaum kratzte sie leicht mit ihrem Finger, ohne die Augen zu öffnen. Die Linderung war jedoch nur von kurzer Dauer. Wieder kitzelte es, diesmal an ihrer Wange. Sie blickte auf und sah das lachende Gesicht ihrer Mutter, die sie mit einer Feder in der Hand kitzelte. Sie kicherte vor Freude und schlang ihre langen schlaksigen Arme um den weichen, so vertrauten Körper ihrer Mutter, die sie liebte wie nichts anderes auf dieser Welt.

Die kleine Welt der Gabriele Buchsbaum zerbrach mit einem Schlag, als sie die Augen öffnete. Über sich eine weiß getünchte Decke und etwas näher an ihr ein Metallgestell, von dem eine Flasche mit einer ihr unbekannten Flüssigkeit hing. Konfus blickte sie um sich, sah den Raum aber nicht klar. Ihre Umgebung war trüb, wie wenn sie durch eine Milchglasscheibe schaute. Sie blinzelte mit den Augen, doch es wurde nicht besser. Von der Flasche führte ein dünner Schlauch weg. Sie folgte seinem Verlauf zu ihrem linken Arm. Dort war er mit Mull und hellbraunem Klebeband an ihrem Arm befestigt. In einem ersten Impuls wollte sie diese Stelle mit ihrer rechten Hand ergreifen, doch ihr Körper reagierte nicht. Verwirrt schloss sie die Augen. Ihr Herz pochte heftiger, sie konnte es hören und glaubte auch, das Blut in ihren Adern fließen zu fühlen. Dann wurde sie wieder von einem Dämmerschlaf erfasst.

Gabriele Buchsbaum sah Blut. Sehr viel Blut. Einen aufgeschlitzten Körper und ein rotes Messer. Sie schreckte auf, saß senkrecht im Bett und schrie. Erst jetzt öffnete sie die Augen vollständig. Es war taghell und das Zimmer steril weiß. Ein, vielleicht zwei Sekunden später, nur ein paar Augenblicke und sie hatte ihre Sinne wieder beieinander. Ein einziger Gedanke dominierte ihren Kopf: Sie musste ihn aufhalten. Sie verstand, dass sie in einem Krankenhaus war. Sie hatte keinen blassen Schimmer, wie sie hierhergekommen war. Es war ohnehin unwichtig. Sie musste handeln, jetzt sofort. Sie schrie laut »Hilfe«, dann besann sie sich eines Besseren.

Irgendwo musste ein Alarmknopf sein. Sie griff um sich und fand ihn schnell an einem Kabel herabhängend in Griffreichweite unweit des Tropfes, an dem sie hing. Die Polizistin drückte energisch den roten Knopf und wartete auf eine Reaktion. Diese ließ nicht lange auf sich warten und kam in Form von Schwester Nicolene, wie sie am Namensschild der Mittdreißigerin, die zur Tür herein hastete, nur unschwer erkennen konnte.

»Ich muss telefonieren, dringend!«, sagte sie, ohne eine Begrüßungsfloskel zu verlieren. Sie konnte sich nicht erinnern, die Person jemals zuvor gesehen zu haben.

»Grüß Gott, Frau Buchsbaum«, erwiderte die Schwester entspannt, »schön, dass Sie wieder unter uns weilen. Wie fühlen Sie sich?«

»Verdammt, ich habe keine Zeit. Es geht um Leben und Tod, ich muss meine Kollegen informieren!«

»Beruhigen Sie sich bitte, ich werde den Arzt rufen, damit er nach Ihnen schaut!«

»Herrgott noch mal! Verstehen Sie mich nicht? Ich bin Polizistin und muss einen weiteren Mord verhindern, ich muss sofort mit meinen Kollegen telefonieren. Und nun machen Sie mal dieses Zeugs hier von meinem Arm weg!«

Schwester Nicolene blickte die Patientin deutlich weniger entspannt an. Sie übte ihren Beruf schon viele Jahre aus und hatte unzählige Patienten verwirrt aufwachen sehen. Nun jedoch hatte sie keineswegs den Eindruck, Frau Buchsbaum sei von Sinnen und würde fantasieren.

»Wie meinen Sie das, Sie müssen einen Mord verhindern? Sie müssen doch als Erstes gesund werden. Mit einem Nervenzusammenbruch ist nicht zu spaßen!«

»Haben Sie nicht von dem grausamen Mord an dem Studenten gehört?«

»Natürlich habe ich das, die ganze Stadt spricht davon!«

»Eben, und nun muss ich telefonieren, damit nicht noch ein weiterer Mord geschieht, ich weiß, wer der Mörder ist!«

Schwester Nicolene wusste, dass wenn die Patientin tatsächlich Polizistin war, sicherlich Eile geboten war, doch mussten nach einer derartigen Behandlung zum ersten Mal Aufwachende immer erst von einem Arzt untersucht werden. Vorschrift war Vorschrift. Sie sagte eilig: »Ich komme sofort wieder, dann können Sie telefonieren, nur einen kleinen Moment bitte!« Dann eilte sie aus dem Zimmer hinaus und murmelte vor sich hin: »Ach herrje, ach herrje!«. Im Flur lief Schwester Nicolene schnurstracks in die Richtung, in der sie kurz zuvor noch einen der Stationsärzte gesehen hatte.

Ein paar Minuten später saß Gabriele Buchsbaum im Ärztezimmer und telefonierte mit ihrem Vorgesetzten Werner Ogris.

Der Zugriff

Bezirksinspektor Werner Ogris traute seinen Ohren kaum. Was seine Kollegin Gabriele Buchsbaum ihm total aufgeregt in drei Sätzen versucht hatte zu erklären, klang etwas wirr, trotzdem bedeutsam und unglaublich. Die Ermittlungen der eiligst ins Leben gerufenen Sonderkommission *Florian* waren noch gar nicht richtig angelaufen und nun behauptete Gabriele doch glatt, den Mörder zu kennen? Er musste Struktur ins Gespräch bringen, um ihre Angaben richtig erfassen zu können:

»Gabi, bitte beruhige dich erst einmal, das Ganze geht mir zu schnell! Du bist also im Krankenhaus?«

»Ja, aber das ist doch jetzt unwichtig!«

»Nein, das ist ganz und gar nicht unwichtig. Wir machen uns Sorgen! Was ist mit dir passiert? Wir haben nur gehört, dass du wegen eines Trauerfalls kurzfristig Sonderurlaub nehmen musstest, mehr nicht.«

»Meine Mutter ist gestorben und ich hatte einen Nervenzusammenbruch. Bin aber wieder okay. Wir müssen den Mörder schnappen!«

»Machen wir, deswegen reden wir ja jetzt in Ruhe. Wie kommst du darauf, dass dieser ... wie heißt noch dieser Mann, der der Studentenmörder sein soll?«

Gabriele Buchsbaum atmete tief durch. Ganz offensichtlich hatte sie ihren Kollegen mit ihrem überfallartigen Vorpreschen am Telefon, noch bevor sich dieser überhaupt gemeldet hatte, ein wenig überfordert.

»Er heißt Kai Hellmuth, ist ein in Graz seit vielen Jahren ansässiger deutscher Staatsbürger. Die Kollegen aus dem hessischen Bad Homburg verdächtigen ihn, dort zwei bestialische Morde begangen zu haben. Du hast sicher davon gehört?«

»Ja, ich erinnere mich, da war etwas vor zwei, drei Wochen in der Presse. Und der Name Kai Hellmuth kommt mir auch irgendwie bekannt vor. Doch woher weißt du das alles? Liegt uns da etwa ein Rechtshilfeersuchen vor?«

»Das tut jetzt nichts zur Sache«, versuchte die Polizistin, das bevorstehende Unheil abzuwiegeln. »Wir hatten ihn letztes Jahr schon einmal auf dem Schirm, doch gab es gegen ihn keine weiteren Anhaltspunkte, sodass wir die Ermittlungen einstellen mussten. Such dir trotzdem mal die Akte heraus und statte ihm einen Besuch ab. Der wird garantiert für die fraglichen Zeiten kein Alibi haben und muss etliche Tage in Bad Homburg gewesen oder zumindest ein paar Mal hin und hergereist sein.«

»Gut, machen wir!«

»Und Werner, bitte seid vorsichtig. Wenn er das ist, wovon ich ausgehe, dann ist er gemeingefährlich!«

»Gabi, beruhige dich bitte, wir sind keine Anfänger! Und wenn du die Überreste von Florian Lepuschitz gesehen hättest...« Weiter kam er nicht und machte eine kurze Pause, in der er heftig schlucken musste. »Grausig! So etwas kannst du dir nicht vorstellen!« Seine Stimme bebte, er kämpfte mit den Tränen. In all den Jahren, die er nun schon bei der Grazer Polizei war, hatte er noch nie etwas so Schreckliches gesehen. Kopfschüttelnd beendete Werner Ogris das Gespräch. Er hatte seine Kollegin nur schwer davon überzeugen können, wie die Ärzte es ihr geraten hatten, noch bis zum nächsten Tag im Krankenhaus zu bleiben. Am liebsten wäre Gabi sofort mit ihm Kai Hellmuth suchen gegangen. Der Polizist lehnte sich kurz zurück, um sich wieder zu sammeln, und machte sich dann sofort an die Arbeit.

Keine drei Stunden später stand er zusammen mit seinem Kollegen Büchner vor der Wohnungstür von Kai Hellmuth in der Grazer Innenstadt, unweit vom Hauptplatz.

Nur wenige Sekunden nach ihrem Klingeln öffnete sich die Tür. Der Mann vor ihnen war in Shorts und einem weißen Unterhemd gekleidet. Schweißperlen standen auf seiner Stirn, auch der Körper glänzte vor Schweiß. Deutlich sahen die Beamten die beeindruckenden Muskeln, die sich unter der Haut des Mannes abzeichneten. Vor ihnen stand ohne Zweifel ein voll durchtrainierter Körper, der jedem Mann in mittlerem Alter gut gestanden hätte, doch Kai Hellmuth war laut der Akte, die er kurz zuvor auf dem Revier studiert hatte, sechsundsechzig Jahre alt. Nur die Falten im Bereich der Augenpartie des Mannes deuteten auch tatsächlich darauf hin.

Erstaunt sah Kai Hellmuth die Polizisten an. »Entschuldigen Sie bitte meinen Aufzug, ich war nicht auf Besuch vorbereitet. Bin gerade am Trainieren.«

Entweder der hat sich super gut im Griff oder ist ein exzellenter Schauspieler, dachte Werner Ogris, *der scheint null nervös zu sein, so als wären wir seine besten Kumpel, die unangekündigt vorbeischauten.*

»Kai Hellmuth?«

»Ja, der bin ich«, erwiderte der Mann in der Tür, »in wahrer Pracht und Größe!« Dabei grinste er die Polizisten schelmisch an, wie ein Teenager, der beim unerlaubten Rauchen erwischt wurde. »Wie kann ich Ihnen helfen, meine Herren?«

»Wir hätten ein paar Fragen an Sie, können wir hereinkommen?«

»Natürlich, gerne. Ich freue mich immer über Besuch. Wissen Sie, in meinem Alter ist man oft einsam, da tut Abwechslung gut.«

Die beiden Kollegen sahen sich kurz an. Es war klar, dass sie dasselbe dachten: *Hier passt nichts zusammen, der Mann spielt die Rolle seines Lebens.* Sie waren angespannt, geradezu innerlich in höchster Alarmbereitschaft, auf alles vorbereitet und würden sofort reagieren und zugreifen, wenn Kai Hellmuth auch nur eine falsche Bewegung machte. Doch dies geschah nicht. Stattdessen ging der Mann langsam, geradezu bedächtig vor ihnen ins Wohnzimmer. Sie folgten ihm und beobachteten jede Regung seines Körpers und scannten gleichzeitig die Wohnung, soweit sie durch zwei offen stehende Türen Einblick gewährt bekamen. In der rechten Ecke des Raumes lagen Lang- und Kurzhanteln und diverse Gewichte auf dem Boden verteilt. Hier hatte gerade jemand trainiert.

»Setzen Sie sich doch, meine Herren!« Der Tatverdächtige wies theatralisch mit beiden Armen auf eine Wohnzimmercouch, deren braunes Leder deutliche Abnutzungsspuren aufwies, und setzte sich seinerseits gegenüber auf den dazu passenden Sessel.

»Wir stehen lieber, danke«, murmelte Werners Kollege, der die ganze Zeit seine rechte Hand am Halfter hatte.

»Also stimmt das wirklich, dass Polizisten sich niemals hinsetzen, wenn sie in eine fremde Wohnung kommen? Ich dachte immer, das sei nur im Film so, um das Ganze für die Zuschauer eindrucksvoller zu gestalten.« Kai Hellmuth lachte zwischendurch kurz auf. »Warum sind Sie denn so unentspannt? Es plaudert sich doch viel gemütlicher im Sitzen!« Dabei wies er noch einmal breit grinsend mit seiner linken Hand auf die leer stehende Couch.

Die Polizisten sahen sich erneut kurz an, wollten gerade mit der Befragung beginnen, als Kai Hellmuth fortfuhr: »Wir sollten miteinander auf Augenhöhe sein oder etwa nicht?« Er erwartete keine Antwort. »Polizisten sind doch auch nichts anderes als Mörder. Sie werden ausgebildet, um mit ihrer Schusswaffe umzugehen, die Sie die ganze Zeit berührt haben, seitdem Sie hier reingeschneit sind.« Bei diesen Worten blickte er dem Polizisten

Büchner direkt in die Augen. »Sie wurden ausgebildet, sie zu benutzen, um den sich widersetzenden bösen, bösen Straftäter im Zweifel zur Strecke zu bringen, wenn er nicht brav Ihre Anweisungen erfüllt. Ist das nicht so?«

Wieder tauschten die Beamten Blicke aus. Sie waren mit der Situation überfordert. So etwas hatten sie noch nie erlebt. Beide konnten sich auch nicht erinnern, dass so ein Verhalten schon einmal in einem Training simuliert worden wäre. Dieser Mann war schlichtweg außerhalb jeglichem ihnen bekannten psychologischen Muster. Er grinste sie an, freute sich ganz offensichtlich über den geschockten Eindruck, den sie vermittelten, und fuhr weiter fort: »Sie fühlen sich gerade nicht wohl in Ihrer Haut, warum nehmen Sie mich denn nicht zuerst fest, dann können Sie sich auch entspannen!«, dabei hielt er ihnen seine Hände weit von sich gestreckt entgegen.

Als wäre Kai Hellmuth tatsächlich der Regisseur dieser Szene, ergriff Werner Ogris die Handschellen und sprach: »Kai Hellmuth, hiermit nehme ich Sie unter dem dringenden Tatverdacht des Mordes an Florian Lepuschitz fest!«

Der Angesprochene ließ alles mit sich geschehen. Kai Hellmuths Grinsen verblasste mehr und mehr. Doch war sein Gesichtsausdruck eigenartig entspannt. Er blickte Werners Kollegen Büchner, der jedes Detail der Festnahme aus sicherer Entfernung genauestens beobachtet hatte, in die Augen und nickte ihm zu, als hätte er jetzt seinen wahren inneren Frieden gefunden. Büchner wunderte sich, dass sein Vorgesetzter die erbetene Festnahme tatsächlich durchführte. Was er nicht wusste, war, dass Werner Ogris kurz zuvor aus seiner Position in das neben dem Wohnbereich liegende Zimmer schauen konnte. Ein kurzer Blick hatte ihm genügt, um zu erkennen, dass in der Mitte des Raumes ein Tisch mit einem Schleifbock stand. Davor lagen drei Messer, die beidseitig geschliffen waren. Keine achtundvierzig Stunden zuvor war bei der Obduktion ein solches Messer aus dem Leichnam des ermordeten Grazer Studenten gezogen worden.

Ordnende Klärung

Die Beweislast war erdrückend. Die Bestie vom Kurpark war im entfernten Graz verhaftet worden. Die anschließende Befragung klärte nicht nur die beiden Bad Homburger Fälle und den Tod von Florian Lepuschitz in allen Details auf, sondern zusätzlich zahlreiche weitere Überfälle, Diebstähle und als pervers einzustufende Gräueltaten an Tieren.

Kai Hellmuth war einerseits erleichtert über seine Verhaftung, hatte doch immer wieder zwischendurch das Gute in ihm erkannt, dass er zu einer völlig außer Kontrolle geratenen Bestie geworden war. Andererseits ließen ihn seine ständigen Fantasien nicht los und er wusste nicht, wohin er diese nun kanalisieren sollte.

Eine weitere Susanne B. oder einen anderen Florian Lepuschitz würde es nicht mehr geben, das beruhigte ihn einerseits, machte ihm aber auch Angst und ließ ihn bei den zahlreichen Verhören immer wieder vor dem Antworten innehalten.

Wann immer er die Augen schloss, sah er irgendein Detail seiner begangenen Gräueltaten vor sich und genoss diesen Augenblick, als würde er ihn noch einmal erleben. Nach einer Weile wurde er aber jedes Mal durch seine Gesprächspartner massiv ins Hier und Jetzt zurückgeholt. Sie würden ihn vermutlich niederspritzen, stillstellen, und das für sein restliches Leben. Würde ihm dieser ständige Dämmerzustand gefallen? Würde er für ihn erträglich sein oder gar befriedigend? Er wusste es nicht und hatte Angst davor.

Am Ende der Befragung machte Kai Hellmuth die Beamten noch auf sein Tagebuch aufmerksam. Er hatte sämtliche Gedanken, Erlebnisse und Aktionen von den Anfängen des Prozesses gegen den Mörder seines Sohnes bis zum letzten Tag akribisch niedergeschrieben, so als wenn er vorausgesehen hätte, dass er sich von einem verletzten Vater hin zu einem besessenen, außer Kontrolle geratenen, kranken Monster entwickeln würde. Diese Aufzeichnungen lieferten über die Angaben des Täters hinaus viele klärende Details und gaben ein eindrucksvolles, geradezu eindringliches und erschreckendes Abbild seiner Psyche, der Psyche eines Geisteskranken, den die Lebensumstände dazu gemacht hatten.

Wäre der Mord an Kai Hellmuths Sohn nie passiert, wäre vermutlich das Kranke in ihm nie ausgebrochen, hätte nie eine Chance bekommen, ihn zu dem werden zu lassen, was er am Ende war, die Ausgeburt des Bösen.

Letztendlich war es einem reinen Zufall zu verdanken, dass Kai Hellmuth damals von dem Mord an seinem Sohn erfahren hatte. Detlef Hellmuth hatte genau gewusst, wie gefährlich seine ehemaligen Freunde aus Hof waren, die er für die eigene Freiheit geopfert hatte. Er hätte einen Teufel getan, es zu riskieren, irgendeinen seiner früheren Kontakte weiter zu pflegen, nachdem man ihm eine neue Identität geschenkt hatte. Sein Vater wäre ohnehin der Letzte gewesen, den er kontaktiert hätte.

Schon lange vor seinem arrangierten Tod war Detlef irgendwann verschwunden, man hatte sich aus den Augen verloren und dem Vater war es damals gar nicht so unrecht gewesen. Mit dem rechten Gedankengut seines Sohnes, das sich schleichend wie ein Krebsgeschwulst in Detlef ausgebreitet hatte, konnte er nichts anfangen. Ihm waren alle Menschen unabhängig von ihrer Hautfarbe und Herkunft gleich lieb oder unlieb, solange sie ihn und seine Familie nur in Ruhe ließen.

Eines Tages hatte er völlig überraschend aus heiterem Himmel die Todesmitteilung seines Sohnes bekommen. Kai Hellmuth war fassungslos gewesen, konnte es nicht glauben, dass er nun keine Chance mehr haben sollte, irgendetwas an der verkorksten Beziehung zu seinem Sohn zu reparieren. Je länger er darüber nachdachte, desto mehr Dinge fand er, die es dort zu reparieren gäbe. Stattdessen hatte er es jahrelang immer wieder hinausgeschoben, den Kontakt zu seinem Sohn zu suchen. Ein Aufschub aus Feigheit, aus Feigheit vor dem eigenen Ich. Und nun sollte es nicht mehr möglich sein. Das zermürbte ihn, machte ihn gar depressiv.

Die Verbindung zwischen Vater und Sohn war schon immer angespannt gewesen. Nie hatte Kai Hellmuth einen guten Zugang zu seinem Sohn gefunden und umgekehrt. Und gerade das war es, was den verzweifelten Vater zu einem selbst ernannten Rächer hat werden lassen. Er wollte etwas gutmachen und wurde geradezu besessen davon. Etwas, das nicht mehr gutzumachen war. Der Zug war abgefahren, und trotzdem musste er so handeln, sonst hätte er sich selbst nicht mehr in die Augen schauen können. Er musste den Tod seines Sohnes rächen, das wusste er sofort, als klar war, dass dessen Mörder bei guter Führung nicht einmal zehn Jahre im Gefängnis sitzen würde.

Ein bloßer Zufall hatte ihn damals auf die Spur seines lange totgeglaubten Sohnes gebracht, leider erst, als es schon zu spät gewesen war. Sein Nachbar Freddy besuchte einen Kongress im hessischen Limburg und blätterte während der Kaffeepause gelangweilt in einer Regionalzeitung. Nach der Lektüre eines Artikels über einen Zwischenfall auf dem ICE-Bahnhof war er schon dabei, die Zeitung beiseitezulegen, da die Pause zu Ende war und die Teilnehmer wieder im Saal Platz nehmen sollten, als sein Blick für Sekundenbruchteile ein Bild streifte. Hatte er das richtig gesehen? Freddy schlug die Zeitung erneut auf und suchte die

Seite mit dem Foto des Mannes, das er gerade zu sehen geglaubt hatte. Nein, er hatte sich nicht getäuscht. Der flüchtige Blick hatte gereicht, um seines Nachbars Sohn Detlef Hellmuth zu erkennen. *Wie ist das möglich*, schoss es ihm in den Kopf, *Kais Sohn ist doch schon seit Jahren tot.*

Freddy sah sich das Foto genauer an. Die Frisur war ein wenig anders, die Haare noch länger als früher, doch der Rest stimmte perfekt. Vor allem das einzigartige Tattoo, das Detlef am Hals trug, war deutlich zu sehen, auch wenn es eher klein war. Vermutlich hatte man seine Haare an dieser Stelle bewusst zur Seite geschoben, um die Tätowierung hervorzuheben. Freddy kannte es noch aus Detlefs Jugendzeit. Der damals pubertierende Siebzehnjährige hatte sich das Tattoo ohne Einwilligung seines Vaters Kai stechen lassen. Es hatte daraufhin einen Riesenzoff im Hause Hellmuth gegeben, zeigte doch das Tattoo einen Schlangenkopf, an dessen weit herausgestreckter Zunge ein Hakenkreuz klebte. Solch ein Tattoo gab es sicher nicht oft, vor allem nicht an einer derart exponierten Stelle. Alles andere auf dem Bild passte auch zum Sohn seines Nachbarn.

In dem Zeitungsartikel wurden Zeugen im Zusammenhang mit der Ermordung eines gewissen Markus Stemmler gesucht. *Markus Stemmler? Was hat das alles zu bedeuten? Dies ist doch eindeutig Detlef Hellmuth, der vor über zwei Jahren völlig überraschend an einem Hirnschlag verstorben war.*

Freddy war so aufgewühlt und verwirrt, dass er die wiederholten Aufforderungen, doch endlich wieder in den Saal zu kommen, nicht mitbekam. Erst als eine Servierkraft ihn leicht an der Schulter antippte und auf den heftig winkenden Kollegen gute zwanzig Meter weiter an der Tür zum großen Saal aufmerksam machte, nickte er irritiert, nahm die Zeitung an sich und ging hinein. Den ganzen Nachmittag und auch noch später am Abend im Hotel grübelte er, was es mit dem Tod von Detlef Hellmuth und der anschließenden Wiedergeburt als Markus Stemmler auf sich haben könnte. Er hatte von sich wie ein Ei gleichenden Doppelgängern gehört, doch eine frappierende Ähnlichkeit, die mit dem gleichen Tattoo einhergeht, war entschieden zu viel für seine Fantasie. Er kam zu keinerlei sinnvollem Szenario und beschloss, die Zeitung seinem Nachbarn mitzubringen und zu zeigen, sobald er von der Dienstreise zurückkehrte.

***

In seiner Zelle dachte Kai Hellmuth an den Tag zurück, an dem sich seine Welt völlig verändert hatte. Sein Nachbar Freddy war eines Tages mit einer Zeitung unter dem Arm vor seiner Tür gestanden. Zu jener Zeit war ihm Ablenkung immer willkommen gewesen, also bat er ihn gerne herein und bot ihm ein Bier an. Er sah gleich, dass Freddy irgendetwas auf dem Herzen hatte, doch dieser druckste ein wenig herum und wusste offenbar nicht so recht, wie er starten sollte. Schließlich entschloss Freddy sich, einfach die Zeitung auf der Seite aufzuschlagen, die das Bild von Markus Stemmler zeigte und deutete mit seinem Finger darauf.

Freddy konnte sehen, wie jegliche Farbe aus dem Gesicht seines Nachbarn wich. Dieser stammelte: »Das kann nicht sein, das kann nicht sein!«, ergriff die Zeitung und betrachtete mit zittrigen Händen ganz genau das Bild.

»Das ist mein Junge, das ist mein Junge!«, brachte er völlig verwirrt hervor.

»Das habe ich mir auch gedacht, deshalb habe ich dir die Zeitung ja mitgenommen und bin gleich hergekommen.«

»Was hat das zu bedeuten? Was soll das?«

Kai Hellmuth war fassungslos und kaum in der Lage, den dazugehörigen Artikel zu lesen. Freddy beobachtete ihn nur und ließ ihn gewähren, ohne etwas zu sagen.

»Das kann nicht sein! Markus Stemmler? Nein, das ist Detlef! Und jetzt soll er tot sein? Schon wieder?«

Freddy stand auf und ging in die Küche seines Nachbarn, öffnete den Kühlschrank und holte die angebrochene Flasche Korn heraus. Das würde seinem Freund Kai guttun. Mehr konnte er in dieser Situation nicht machen. Es würde sicher Zeit bedürfen, das Rätsel um den wiedergefundenen toten Sohn zu lösen, der schon vor über zwei Jahren auf dem Friedhof in Hof seine letzte Ruhestätte gefunden hatte. Kai hatte ihm damals davon erzählt, wie er nach Hof gefahren war und als einziger Trauergast der Beerdigung seines Sohnes beiwohnte. Er war damals außer sich gewesen, dass Detlef anscheinend so vereinsamt war. Hätte er doch nur weiterhin bei ihm gewohnt, dann wäre das vielleicht nicht passiert. Und jetzt sollte er sogar ermordet worden sein? Wie war das möglich?

Kai Hellmuth rannte immer wieder gegen verschlossene Türen. Niemand, aber auch wirklich niemand gab ihm irgendeine Auskunft. Für die Behörden hatten die beiden Personen Detlef Hellmuth und Markus Stemmler nichts miteinander zu tun. Kai kämpfte mit der Bürokratie und Beamten, die ihn für einen verzweifelten Vater hielten, der geistig nicht mehr ganz auf der Höhe zu sein schien. Auch wenn es anscheinend keine Person gab, die Markus Stemmler schon länger als zwei Jahre kannte, war dessen Lebenslauf so klar und lückenlos, dass niemand Kai glaubte, es könne sich um seinen angeblich vor über zwei Jahren verstorbenen Sohn handeln. Es zeigte auch niemand wirklich Interesse daran. Das aktuelle Schicksal des ermordeten Neonazis gab viel mehr Anlass für ein breites Interesse als dessen Vergangenheit.

Der inzwischen völlig am Rad drehende Vater verfluchte sich selbst, dass er nie ein Bild von seinem Sohn gemacht hatte, nachdem dieser sich das Tattoo hatte stechen lassen. Zu dieser Zeit hatten sich Vater und Sohn schon nichts mehr zu sagen gehabt, waren sich aus dem Weg gegangen und hatten so gut wie keine Zeit miteinander verbracht. Es hatte schlichtweg keine Gelegenheit für ein Foto von seinem Sohn oder gar ein gemeinsames Vater-Sohn-Bild gegeben, zumal Kai Hellmuth mit Fotografie nichts am Hut hatte.

Die Beerdigung seines Sohnes Markus Stemmler, die fast auf den Tag genau zweieinhalb Jahre nach der seines Sohnes Detlef Hellmuth stattfand, lief völlig anders ab. Es kamen Massen von Neonazis, die ihrem Gesinnungsgenossen die letzte Ehre erweisen wollten. Viele von ihnen hatten ihn nicht einmal persönlich gekannt, hielten es aber für ihre Pflicht, einem derart aufrichtigen Deutschen auf seinem letzten Gang zu begleiten. Kai Hellmuth stand etwas abseits auf dem Friedhof und ließ die für ihn skurrile Szenerie an sich vorbeigleiten. Er selbst verabscheute nationalsozialistisches Gedankengut und dachte nur an das bittere Schicksal seines Sohnes, an sein eigenes, an den nun wohl endgültigen Tod und die Tatsache, dass man ihn um die Möglichkeit einer Aussöhnung gebracht hatte. In diesen Minuten auf dem Limburger Friedhof verstand er, dass er etwas für sein eigenes Seelenheil tun musste. Was das sein würde, wusste er damals nicht genau und es würde noch sehr lange in ihm arbeiten, bis er sich einen Plan zurechtgelegt hatte. Einen Plan, den er immer wieder verwarf, da er von Zweifeln geplagt war, ob er nicht doch alles auf sich beruhen lassen sollte. Zwischendurch verfiel der trauernde Vater dem Alkohol und es sollte Monate dauern, bis er sich scheinbar wieder im Griff hatte, zumindest glaubte das sein Umfeld. In Wirklichkeit war das die Zeit, in der Kai Hellmuth völlig aus dem Ruder lief.

Er konnte es nicht fassen, was der Mörder Luka Basler für eine lächerliche Strafe vom Gericht bekommen hatte. Hier sollte das Auslöschen eines Lebens gesühnt werden. Der unwiderrufliche Tod eines Menschen? Der Tod an seinem Sohn. Etwas, das niemals mehr gutzumachen war, etwas, das so schrecklich endgültig war. Lediglich ein paar Jahre in einem Gefängnis, das sogar Annehmlichkeiten wie Fernsehen, Internet und Sportmöglichkeiten bot. Dinge, für die man draußen hart arbeiten musste, gab es für diesen Luka Basler auch noch umsonst. War das etwa gerecht? Nein, er würde seinen Sohn niemals wieder sehen und musste dafür sorgen, dass auch dessen Killer niemals wieder die Freiheit genießen konnte.

***

Das Tor schloss sich hinter dem ein Meter fünfundachtzig großen Mann mit Jeans und dem roten Shirt. Luka Basler bewegte sich langsam in Richtung Straße. Wieder einmal verließ er diesen Ort. Er blieb kurz stehen, schloss die Augen und betete. Er betete, dass es diesmal wirklich das letzte Mal war, dass er entlassen wurde. Er würde sich nicht umdrehen, nicht noch einmal. Das letzte Mal war er zu schwach und vielleicht auch zu sentimental gewesen. Es hatte ihm kein Glück gebracht dieses Umdrehen mit dem vermeintlich letzten Blick auf die Justizvollzugsanstalt Preungesheim.

Ein Auto hupte aus der Nähe. Er blickte in Richtung der Geräuschquelle und sah, wie Armin Anders aus einem Wagen ausstieg und ihm zuwinkte. Es gab Leute, auf die er sich verlassen konnte, obwohl er sie kaum kannte, gute Menschen. Diesmal würde es ihm gelingen, sich ein neues Leben in Freiheit aufzubauen. Er war so zuversichtlich wie niemals zuvor.

Schuld oder Gerechtigkeit?

Die Adresse hatte er von Armin Anders erfahren. Dieser hatte ihm noch viel Glück gewünscht. Er wusste, dieser Weg würde kein leichter für ihn sein, doch waren sämtliche Wege des Luka Basler in den letzten Jahren schwer gewesen. Auf diesen Augenblick hatte er so lange gewartet. Er wusste selbst nicht, was ihn erwarten würde und ob er seine innere Balance wiederfinden könnte. Was sollte sich ändern? Die Fakten waren klar, zumindest die von seiner Seite. Doch wollte er es verstehen. Die Frage nach dem Warum hatte ihn über Jahre in seiner Zelle zermürbt.

Zweifel stiegen in ihm hoch, als er den kleinen Mietwagen durch den Waldweg lenkte. Zweifel, wie damals in der Justizvollzugsanstalt, ob sein Weg der richtige war. Er hatte sie immer wieder zur Seite gewischt. Wäre es wirklich anders gekommen, wenn er damals vor über neun Jahren bis zuletzt auf seiner Unschuld bestanden hätte? Vermutlich nicht. Von der Existenz seiner Schwester hatte nur er gewusst. Verraten hätte er sie nie, auch wenn er sie nie bewusst gesehen hatte und so gut wie nichts über sie wusste.

Luka machte selbst den Ermittlungsbehörden und der Justiz keine Vorwürfe. Sie hatten lediglich ihren Job gemacht, Spuren ausgewertet und sich schließlich auf das ihrer Meinung nach wahrscheinlichste Szenario geeinigt. Ein Szenario, das niemals so stattgefunden und ihm lange neun Jahre seines Lebens gekostet hatte. Jahre, die eigentlich die besten seines Lebens hätten sein sollen.

Vor ihm tauchte eine Lichtung auf und er erblickte das ehemalige Forsthaus. Luka musste den Wagen anhalten. Sein Herz schien sich zu überschlagen. Gebannt blickte er auf das alte Haus, das sicher schon den letzten Krieg überstanden hatte. Es gefiel ihm auf Anhieb. Ein Erdgeschoss aus Naturstein gemauert, das Obergeschoss komplett aus Holz mit einem einladenden Balkon. Mit der Balustrade, in einem hellen Braun und Weiß gestrichen, hatte das Haus etwas Heimeliges an sich. Ein Platz, an dem man sich wohlfühlen konnte.

Im Garten befanden sich viele Rhododendronsträucher, vermutlich blühten sie zur entsprechenden Jahreszeit in verschiedenen Farben. Seine Schwester hatte eine Liebe zum Detail, wie er an vielen Blumentöpfen aus Terrakotta mit liebevoll gepflegten Blumen, die blau, gelb, rot und weiß blühten, eindrucksvoll sehen konnte. Allerlei Accessoires rundeten das Bild vor ihm ab. Eine Idylle, wie er sie die letzten Jahre schmerzlich vermisst hatte.

Luka riss seinen Blick los, startete den Motor wieder und fuhr langsam auf das Haus zu. Er stellte den Wagen hinter dem auf dem Schotterweg parkenden roten Auto ab und blickte zum Haus hoch. Alles blieb ruhig, nichts tat sich. Vielleicht hatte seine Schwester das Geräusch des herannahenden Autos nicht gehört. Er stieg aus und ging auf die Treppe zu, die ebenfalls aus Naturstein gemauert zu der, ein halbes Stockwerk höher liegenden, Tür aus massivem Holz führte. Er stand vor dem Eingang und musste sich erst sammeln. Tausende Gedanken kreisten in seinem Kopf herum und ließen die ganze Situation irgendwie unwirklich erscheinen.

Neun lange Jahre hatte er sich in seiner Zelle ausgemalt, wie es sein würde. Und nun stand er wie paralysiert vor der Tür seiner Schwester und war kaum in der Lage, seine Fassung zu bewahren. Er atmete mehrmals tief durch, bevor er die Klingel betätigen konnte. Sein Finger bewegte sich zum runden Messingknopf, wollte ihm aber nicht so recht gehorchen. Er zögerte und ließ seine Hand wieder herabsinken. Wie würde sie aussehen? Mit welchen Worten sollte er sie begrüßen und sich vorstellen? Wie würde Belina auf ihn reagieren?

Plötzlich hörte er Schritte von innen und die schwere Tür wurde geöffnet. Verunsichert ging er einen Schritt zurück. Er war sich ziemlich sicher, die Klingel noch nicht betätigt zu haben, doch konnte er es in seinem Gewirr der Gefühle auch nicht wirklich ausschließen. Eine Frau in seinem Alter stand vor ihm und starrte ihn wortlos an. Er konnte seine eigenen Augen in ihrem Gesicht erkennen und stammelte:»Hallo ..., ich bin Luka, Luka, dein Bruder.«

Belina Dresbach war zwar schon von Armin Anders auf den Besuch ihres bislang völlig unbekannten Bruders vorbereitet worden, doch stand ihr nun deutlich ins Gesicht geschrieben, dass auch sie gerade völlig überfordert war. Mechanisch streckte sie ihm ihre rechte Hand entgegen. Dies war mehr ein Reflex als eine bewusst ausgeführte Bewegung. Luka nahm die Hand seiner Schwester in die Seine und zog Belina mit einem Ruck an sich heran. Er drückte sie fest und spürte dabei, wie ihr Körper zitterte. Dann begannen sie beide zu schluchzen. Tränen liefen über ihre Wangen. Erst nach einer längeren Zeit konnten sie sich voneinander trennen und sahen sich gegenseitig an. Das, ihr gesamtes bisheriges Leben getrennte, Zwillingspaar hatte keine Worte. Beide konnten nicht fassen, wen sie in dem Augenblick vor sich hatten. Schließlich flüsterte Belina:»Komm rein«, und zog ihren Zwillingsbruder hinter sich her durch den Flur und das Wohnzimmer auf die hinter dem Haus befindliche Terrasse.

Anscheinend hatte sie dort zuvor bei einer Tasse Tee gelesen, denn ein Buch lag noch aufgeschlagen auf dem Tisch.

»Magst du auch einen Tee? Ich kann uns einen Frischen aufbrühen?«

»Wenn es geht, bitte lieber ein Glas Wasser. Irgendwie habe ich gerade einen Kloß im Hals.«

Belina lächelte. »Gerne! Setz dich, ich hol dir ein Wasser.«

Luka blieb allein auf der Terrasse zurück. So oft er sich dieses Treffen in seinen Gedanken ausgemalt hatte, so unbeholfen und überrascht von der Situation fühlte er sich nun. Was sagte man seiner Schwester, die man noch nie in seinem Leben gesehen hat. Hatten sie sich als Säuglinge gesehen? Er wusste es nicht. Was sollte das überhaupt für eine Rolle spielen? Sie waren hier und jetzt aufeinandergetroffen und mussten sich irgendwie mit ihrem Schicksal auseinandersetzen. Sie kam ihm so vertraut vor, das war eigenartig. Und doch fühlte er sich ohnmächtig und hatte regelrecht Angst, dass er keine Worte finden würde, wenn sie aus der Küche zurückkäme. Er musste es locker angehen, entschied er, nachdem ihm bewusst wurde, dass in dieser Situation selbst längeres Schweigen nicht peinlich sein konnte.

Belina kam langsamen Schrittes aus der Küche zurück und versuchte die Situation durch ein »Hast du gut hierher gefunden?« zu entspannen.

»Ja, war gar kein Problem. Armin Anders hat mir den Weg bestens erklärt. Bis auf die Abzweigung in den Wald, die man leicht übersehen kann, ist es auch nicht schwer zu finden.«

»Stimmt, und genau das genieße ich. Ich meine die Ruhe, weil sich eben kaum jemand hierher verirrt. Von der Hauptstraße kann man nur schwer sehen, dass ein kleiner Weg in den Wald führt. Und wer würde hier noch ein Haus vermuten?«

»Du lebst wunderschön idyllisch. Gefällt mir. Auch das Haus an sich … alles sehr geschmackvoll hier!«

»Dankeschön. Ich hab mir über die Jahre mein Refugium geschaffen. Meine Partnerin ist leider vor drei Jahren an Krebs verstorben, das hat mir schwer zu schaffen gemacht.«

»Oh, das tut mir leid!«

»Braucht es nicht, es war am Ende eine Erlösung für sie. Und trotzdem vergingen fast zwei Jahre, bis ich es endlich überwunden hatte, wobei das das falsche Wort ist. Überwinden tut man so etwas nie, aber ich kann inzwischen recht gut damit umgehen.«

Dieses kurze Gespräch war eine willkommene Auflockerung für Luka gewesen, auch wenn das Thema ernst war. Ihm brannte es auf der Seele, herauszufinden, was seine Schwester damals dazu getrieben hatte, aber er konnte schlecht mit der Tür ins Haus fallen. Sie mussten sich erst besser kennenlernen, mehr von einander erfahren. Er musste zuerst verstehen, wie sie tickte, bevor er ein solch sensibles Thema ansprechen durfte. Also brachte er das Gespräch auf ihre Kindheit. Einer gemeinsamen Zeit waren sie ja beraubt worden und wie er von Armin Anders erfahren hatte, hatte sie die ganzen Jahre nicht einmal etwas von seiner Existenz gewusst.

»Wie und wo bist du aufgewachsen, Belina?«

»Nicht allzu weit weg von hier in Bad Camberg. Meine Eltern sind leider sehr früh verstorben, da habe ich gerade in Frankfurt studiert.«

»Unglaublich! Da waren wir all die Jahre so nah beieinander und haben nichts davon gewusst.«

»Ja, das hatte mich auch erstaunt, als dieser Journalist mir von dir erzählt hatte. Mir wurde ja nicht einmal gesagt, dass ich einen Zwillingsbruder habe. Aber es fühlt sich einfach stimmig an, seitdem du gekommen bist. Ich kann es nicht so richtig ausdrücken, aber vielleicht fühlst du dasselbe?«

»Ich weiß, was du meinst. So eine innere Verbundenheit, obwohl wir uns noch nie gesehen haben.«

»Genau! Ich habe mir als Kind oft vorgestellt, wie es wäre, wenn ich einen Bruder hätte. Ich bin als Einzelkind aufgewachsen. Meine Eltern konnten keine eigenen Kinder bekommen.«

»Ich hingegen bin bei unserer leiblichen Mutter aufgewachsen. Aber glaube mir, ich habe mir keine Geschwister gewünscht, so wie sie mich behandelt hat. Erst kurz vor ihrem Tod hat sie mir im Alkohol- und Drogenrausch erzählt, dass es dich gibt. Von da an wusste ich, dass wir uns irgendwann begegnen würden.«

Luka ergriff Belinas Hand. Er blickte in ihre Augen, dabei lehnte Belina sich zu ihm herüber und streichelte ihren gerade erst kennengelernten Bruder am Oberarm. Eigenartig, zwei wildfremde Menschen und doch so verbunden. Tausende Gedanken und Eindrücke rasten durch ihre Köpfe. Es dauerte noch Wochen, bis sie dies alles richtig verinnerlichen würden. Angeblich heilte die Zeit alle Wunden, doch traf das auch auf sie zu?

»Es tut mir so leid«, sagte sie plötzlich und brach in Tränen aus. Betretenes Schweigen auf seiner Seite, das nur durch ihr Schluchzen unterbrochen wurde. »Warum hast du das nur gemacht?«, fragte sie nach einer Weile, nachdem sie sich etwas gefangen hatte.

Er wusste sofort, worauf sie hinauswollte. »Was hätte ich denn machen sollen? Dich ans Messer liefern? Wer weiß, ob sie mir geglaubt hätten. Nach so vielen Jahren ..., gibt es da überhaupt noch irgendwo Daten über Adoptionen?«

»Das weiß ich auch nicht, aber Armin Anders hat gesagt, du hättest irgendwann aufgehört, auf deine Unschuld zu plädieren. Warum hast du das nur gemacht? Vielleicht wäre alles anders gekommen, wenn du weiterhin die Tat bestritten hättest.«

Verzweiflung stand ihr ins Gesicht geschrieben. Nach Armin Anders Besuch hatte sie sich immer wieder vorgestellt, wie Luka für sie unschuldig im Gefängnis gesessen war und das für ganze neun Jahre. Nun da sie ihrem Zwillingsbruder gegenüber saß, wurde dieser Gedanke schier unerträglich.

Nachdem sie in jener verhängnisvollen Nacht Markus Stemmler erstochen hatte, war sie gleich am Abend des darauffolgenden Tages nach Südostasien gereist. Dort hatte sie sich für drei Jahre regelrecht isoliert, hatte keinen Kontakt zu irgendjemandem aus Deutschland gepflegt, nicht einmal zu ihrer Lebensgefährtin Amanda, der sie nur einen kurzen Abschiedsbrief hinterlassen hatte. Sie hatte diese Auszeit gebraucht, um ihre eigene Tat ein wenig verkraften zu können. Lange hatte sie sich selbst gehasst, war sich wie eine Schwerverbrecherin vorgekommen, bis sie eines Tages gelernt hatte, sich mit ihrer Vergangenheit zu arrangieren. Sie war keine Heilige, sondern eine ganz gewöhnliche Frau mit Gefühlen und einer Wut im Bauch, die sie hatte explodieren lassen. Markus Stemmler hatte es verdient zu sterben, da machte sie sich nichts vor und doch kam es ihr bis heute unerträglich vor, dass sie es war, die ihn ins Jenseits befördert hatte.

Belina dachte an die Zeit ihrer Rückkehr nach Deutschland und wie schwer es damals gewesen war, das Vertrauen von Amanda zurückzugewinnen. Sie hatte ihrer Lebensgefährtin nie erzählt, was damals passiert war.

Luka holte sie aus ihren Gedanken zurück. »Das Verrückte an der ganzen Sache war ja, dass ich tatsächlich in jener Nacht ganz in der Nähe war. Ich bin zehn Kilometer vom Tatort entfernt von einem Radar geblitzt worden.«

»Ach herrje!«, stieß sie nur aus. Tränen rollten über ihre Wangen, als Luka fortfuhr: »Das alleine bewies natürlich gar nichts, doch als dann auch noch unsere DNA am Tatort gefunden wurde, die durch einen freiwilligen Abgleich Jahre zuvor in deren Datenbank gespeichert war, zog sich die Schlinge um meinen Hals.« Nachdem er tief durchatmete, sagte er bedrückt: »Mir war sofort klar, dass du diesen Neonazi umgebracht haben musstest, warum auch immer.« Dabei blickte er in ihr trauriges

Gesicht und es zerriss ihn fast innerlich, sie so leiden zu sehen. »Anders war das gar nicht möglich. Wenn ich die Tat weiterhin vehement bestritten und sogar behauptet hätte, dass ich eine Zwillingsschwester habe, dann wären sie wohl früher oder später auf dich gestoßen.«

»Aber du warst doch unschuldig!« Wieder schluchzte Belina in sich hinein und der Tränenfluss wurde noch stärker.

»Ich kannte deine Lebensumstände nicht und wusste auch nicht, was dich zu dieser Tat getrieben hatte. Doch haben wir dieselbe DNA. Mir war sofort klar, dass du in einem Ausnahmezustand gewesen sein musstest, sonst wärst du dazu nicht fähig gewesen. Wir müssen uns so ähnlich sein, du konntest kein schlechter Mensch sein. Wie hätte ich dich da verraten können? Wir sind eineiige Zwillinge, wir fühlen und denken gleich!«

»Ich sollte mich besser stellen und alles aufklären. Dann wird dein Prozess neu aufgerollt und du bekommst wenigstens eine Haftentschädigung. Das ist zwar ein schwacher Trost, aber du wärst vollkommen rehabilitiert.«

Belina blickte ihn so verzweifelt an, dass er sie sofort in den Arm nehmen musste. Er fühlte ihren Körper in einem Schluchzen erbeben, presste sie fest an sich und sprach mit möglichst überzeugender Stimme: »Das wirst du schön bleibenlassen, hörst du?« Er hielt sie noch fester und streichelte über ihren Arm. »Was sollte das denn bringen? Dieses Dreckschwein hat den Tod verdient und für den Mord wurde die Strafe abgesessen. Alles ist gut, wie es ist.«

Erst nach einer ganzen Weile wurde Belina etwas ruhiger. »Armin Anders hat mir von dieser Hetzkampagne gegen dich erzählt. Wie hast du das alles nur ausgehalten? Du warst erst so kurz wieder in Freiheit und dann so etwas!«

»Ich wusste, dass sich eines Tages alles aufklären würde, aber als ich zurück nach Preungesheim kam, war ich wirklich verzweifelt. Ich hatte mir zuvor geschworen, diesen Ort niemals mehr zu betreten. Dorthin zurückzukehren war das schrecklichste Erlebnis in meinem Leben!«

»Es tut mir so leid. Das ist alles meine Schuld!«

»Das glaube ich nicht. Aber ich würde gerne deine Geschichte hören.«

Dann erzählte Belina ihrem Bruder die Vorkommnisse von damals, die das Leben der beiden Zwillinge so dramatisch verändert hatten. Armin Anders hatte ihm zuvor nur alles kurz umrissen gehabt und bewusst Details ausgespart. Nur mit Mühe konnte Luka Belina davon überzeugen, dass es keinerlei Sinn hätte, wenn sie sich stellen und ein Geständnis abgeben würde. Luka war mehr denn je davon überzeugt, alles richtig gemacht zu haben, und würde es in derselben Situation jederzeit wieder so machen. Er war mit sich und seiner Schwester im Reinen.

Belina würde dafür sicher noch länger brauchen. Ihre Freude, nicht wie bisher gedacht, entwurzelt allein auf der Welt zu stehen, sondern einen Zwillingsbruder zu haben, wurde durch ihre Schuld getrübt, die sie ihm gegenüber empfand. Er hatte für sie die Strafe abgesessen. Als sie ihn nun anblickte, fühlte sie eine tiefe Dankbarkeit in sich hochsteigen. Insgeheim hoffte sie, dass sie in Zukunft die Schuld verarbeiten konnte und diese nicht ihr neues Geschwisterglück zu sehr belasten würde.

Die Götter

Die beiden Herren trafen sich in der *Auszeit* in der Bad Homburger Louisenstraße, dem Lieblingsrestaurant von Armin Anders. Er hatte Christian Egbuna gebeten zu kommen. Als der Journalist eintraf, wartete sein Gesprächspartner schon am letzten Tisch oben links gegenüber der Theke.

»Schön, dass das so schnell geklappt hat.«

»Ich habe zu danken, Armin!«

»Es ist nicht der Rede wert, ich helfe doch gerne! Es gibt Neuigkeiten zur verschwundenen Leiche.«

Der Nigerianer sah ihn erwartungsvoll an, als der Journalist weiter ausführte: »Du konntest Detlef Hellmuth nicht in seinem Grab in Hof finden, da er niemals dort war.«

»Es war also nur eine vorgetäuschte Beerdigung?«

»Ja, genau, das war alles nur Show. Detlef Hellmuth starb nicht 2005, doch musste es für die Welt so aussehen, als sei er gestorben. Er war Kronzeuge in einem spektakulären Fall aus der Neonaziszene und wäre ansonsten von seinen Gesinnungsgenossen umgebracht worden.«

»Verdient hätte er es!«, zischte Christian verächtlich.

»Wenn man an *Auge um Auge* glaubt, durchaus. Er hat aber seine damaligen Mitstreiter bei einem Anschlag auf Sinti und Roma verpfiffen und sie dadurch hinter Gitter gebracht, um mal etwas Positives über ihn zu berichten.«

»Aber doch sicher nur, um seine eigene dreckige Haut zu retten!«

»Durchaus! Das war natürlich nicht selbstlos. Seine Haut zu retten? Das gelang ihm, aber nur für kurze Zeit.« Armin sah den sympathischen Afrikaner vielsagend an. »Detlef Hellmuth, der nun Markus Stemmler hieß, konnte es nicht lassen. Sein neues bürgerliches Leben unter einer neuen Identität reichte ihm schon sehr bald nicht mehr aus. Sein Hass auf alle, die nicht deutsch waren, musste ihn förmlich zerfressen haben. Also gründete er wieder eine Neonazigruppe, was ihn letztendlich ins Verderben stürzte.«

»Das wäre wohl das erste Mal in der Geschichte, dass die Gründung einer Neonazigruppe etwas Positives hätte. Inwiefern war das sein Verderben?«

»Er wurde nur zwei Jahre nach seinem Neustart ermordet und diesmal auch tatsächlich begraben«. Armin konnte ein leichtes Grinsen auf seinem Gesicht nicht unterdrücken. Dabei hoffte er, dass sein Gegenüber nicht versuchen würde, eine weitere Urne auszugraben. Also fügte er schnell hinzu: »Ich hoffe, es wird diesmal keine rätselhafte Exhumierung geben«, und sah Christian direkt in die Augen.

»Vermutlich nicht. Es sei denn, die Götter wollen das wieder so.« Der Afrikaner lachte schelmisch. Nach einer kleineren Gedankenpause erwiderte er aus voller Überzeugung: »Manchmal siegt doch die Gerechtigkeit!« Er war froh, dass der Mörder tot war. Ansonsten wäre er vermutlich in Versuchung geführt worden, ihm etwas anzutun.

Armin blickte ihn an und konnte dessen Gedankengänge nur allzu gut verstehen. Was würde er machen, wenn jemand zum Beispiel seine Schwester Daniela umbringen würde? Er beschloss, besser nicht weiter darüber nachzudenken, denn er hatte schon genug in menschliche Abgründe geblickt, da brauchte er sich nicht auch noch mit seinem eigenen beschäftigen. Stattdessen bestellte er sich einen zweiten Cappuccino und beobachtete zur Ablenkung, wie dieser hinter der Theke zubereitet wurde.

Nachdem der Kellner den Kaffee gebracht hatte, fragte Christian mit traurigen Augen: »Was ist mit meiner Schwester Christie?«

»Ich kann es dir leider nicht sagen. Ich habe keinerlei Informationen zu ihr gefunden, nicht einmal einen Hinweis, dass der Mörder deiner Mutter sie irgendwann getroffen hat. Es gibt weder ein Lebenszeichen noch eine Bestätigung für ihr Ableben.«

»Mist, ich hatte so gehofft, etwas von ihr zu erfahren.«

Armin nickte ihm zu. Er hasste es, anderen enttäuschende Nachrichten überbringen zu müssen, doch hatte Manfred Wegener nichts über den Verbleib von Christie Egbuna herausfinden können. Alles sprach dafür, dass Detlef Hellmuth sie als potenzielle Gefahr für sich aus dem Weg geschafft hatte.

Christian Egbuna sollte lange nichts über den Verbleib seiner Schwester erfahren. Die Götter behielten diese Information aus einem ihm unerklärlichen Grund für sich. Seine Tante Rosemarie konnte er auch nicht mehr erreichen. Unter ihrer Nummer meldete sich wochenlang niemand. Als er es nach längerer Zeit wieder einmal versuchte, vernahm er nur eine sonore Computerstimme, die verkündete, dass diese Nummer zur Zeit nicht vergeben war.

Response

Juli 2007 in der Nähe von Limburg

Lange hatte sich die sportliche Frau mit den kurzen Haaren auf diesen Augenblick vorbereitet, und doch hatte sie nun Angst vor der eigenen Courage. Würde sie es wirklich durchziehen? Schwitzend saß sie unter dem schützenden Gebüsch und beobachtete das skurrile Treiben vor sich. Es war eine der heißen Julinächte, an denen die Temperatur überhaupt nicht herunterzugehen schien. Wie oft war sie die letzten Wochen unbemerkt durchs Dickicht hierher gekrochen und hatte die brutale Neonazigruppe beobachtet. Beobachtet, wie sie sich sinnlos mit Alkohol zugeschüttet hatten, meist dadurch noch aggressiver geworden und sogar übereinander hergefallen waren. Immer wieder kam es zu Messerstechereien oder anderen Übergriffen. Polizei hatte sie hier an dem kleinen Tümpel im Wald freilich nie gesehen. So etwas wurde untereinander geregelt. Das letzte Wort hatte immer Markus, der Anführer der Truppe, ein Bär von einem Mann. Sein Wort wurde anscheinend nie in Zweifel gezogen.

Einmal beobachtete sie, wie sie einen der Ihren fast ertränkt hätten. Als gerechte Strafe, wie Markus in seinem Alkoholrausch laut heraus grölte. Einer der noch nicht so abgestumpft war in seinem Hass auf sich und die Welt, zog den leblosen Körper aus dem Tümpel, nachdem die anderen von ihm abgelassen hatten. Der Mann stellte fest, dass keine Atmung mehr vorhanden war, und versuchte, seinen Kumpel wiederzubeleben. Die junge Frau war in ihrem natürlichen Instinkt fast aufgesprungen, um ihm zu Hilfe zu eilen, doch fing sie sich noch rechtzeitig und besann sich eines Besseren. Eine Preisgabe ihres Verstecks hätte ihr Vorhaben zunichtegemacht und sie darüber hinaus in Gefahr gebracht. Zum Glück hatte sie kurze Zeit später beobachten können, wie der zuvor noch bewegungslose Körper zuckte und Unmengen von Wasser herauswürgte.

Doch heute war es anders als gewöhnlich. Der Mob war, warum auch immer, die ganze Nacht in seinem Vereinshaus geblieben. Hämmernde Musik dröhnte aus dem einzigen Fenster des Gebäudes an der Breitseite. *Vielleicht haben sie Klimageräte da drin*, dachte die Frau, verwarf den für sie nun absurden Gedanken aber sofort. *Dieser Abschaum hat sicher kein Temperaturempfinden. Das sind Tiere, die besaufen sich und hüpfen da drin in ihren eigenen Ausdünstungen herum, und realisieren bestimmt nicht mehr, wie sehr sie stinken. Eigentlich hätten sie es alle verdient, ausgeschaltet zu werden. Alles Verbrecher, die unbescholtene Bürger drangsalieren.*

Manchmal erschrak sie über ihre eigenen Gedanken. Was hatte dieses Tier nur aus ihr gemacht, dass sie so viel Hass entwickelt hatte? Ihre Gedanken kamen ins Stocken, als sich die Tür des Vereinshauses öffnete. Zwischen den Ästen konnte sie deutlich eine große Gestalt mit einer mächtigen Hakennase erkennen. Markus, der Anführer. Von seinem Aussehen passte er gar nicht so recht zum Rest der Truppe. Er hatte lange blonde Haare, die er zu einem Zopf zusammengebunden hatte. Sie würde ihn wohl blind unter Tausenden orten können, den Mann, der ihr Leben zerstört hatte. Das Leben, das sie sich so mühsam nach all ihren Tiefgängen und Rückschlägen allmählich wieder aufgebaut hatte. Sie hielt ihren Atem an. Sollte nun die Stunde der Rache gekommen sein?

Die Frau glaubte nicht an Gott, doch sie bemerkte, dass sie insgeheim betete, dass niemand Markus nach draußen folgen würde. Tatsächlich schlug der Mann die schwere Tür mit einem heftigen Knall hinter sich zu, den sie trotz der lauten Musik in ihrem Versteck wahrnahm. Anschließend wankte er über die Wiese auf den Tümpel zu. Warum er das tat und sich nicht einfach vor dem Haus erleichterte, würde sie nie verstehen, hielt es aber im Nachhinein für einen Wink des Schicksals. Die Strahler, die von den Hausecken auf die Mitte der Wiese gerichtet waren, ließen die Umgebung abseits des so beleuchteten Zentrums in einem diffusen Licht erscheinen. Der Anführer ging durch den grellen Lichtstrahl hindurch weiter auf das Ufer des Tümpels zu.

Die Frau wusste sofort, dies war ihre Chance, auf die sie so lange gewartet hatte. Ihr Herz raste wie wild. Sie war ganz Puls. Sie hörte nur noch, wie ihr Blut mit hohem Druck durch die Adern gepumpt wurde. Zwischendurch hielt sie den Atem an, blickte zum Vereinshaus und lauschte, als könne sie bei der Wucht ihres eigenen Pulschlags und der hämmernden Musik im Hintergrund noch irgendwelche anderen Geräusche vernehmen. Doch da war nichts. Es kam auch niemand mehr aus dem Vereinshaus. Sie hielt inne, haderte mit sich selbst. Sollte sie es wagen? Sie hatte noch nie einem Menschen absichtlich auch nur wehgetan, nicht einmal mit Worten. Doch was sie vorhatte, waren nicht bloße Worte. Es würde ihr Leben verändern und nicht nur ihr eigenes. Sie biss sich so fest auf die Unterlippe, dass sie Blut schmeckte.

Verdammt, bin ich jetzt völlig verrückt? Von diesem Augenblick habe ich seit Monaten geträumt und nun habe ich Gewissensbisse?

Die Frau in schwarzer Jeans und dem rotem Kapuzenshirt in Übergröße schob vorsichtig die Äste des Gebüschs zur Seite, die ihr so lange sicheren Schutz geboten hatten. Sie zwängte sich auf die Lichtung, ihren Blick ständig zwischen dem Anführer und der Tür des Vereinshauses hin- und hergleitend. Sie zog sich die Kapuze über den Kopf und sog so viel Luft in die Lungen, wie es ihr nur irgendwie möglich war. Ein letzter Blick auf die Tür des Vereinshauses versicherte ihr, dass diese immer noch geschlossen war. Sie hoffte inständig, dass dies so bliebe und niemand ausgerechnet in diesen Minuten herauskam. Sie zog das schon lange zuvor extra scharf geschliffene Messer aus ihrer Bauchtasche und bewegte sich vorsichtig in Richtung ihres ehemaligen Peinigers. Ständig blickte sie um sich, damit sie von niemandem überrascht würde.

Nur noch zehn Meter, dann steche ich das Schwein ab, motivierte sie sich selbst. Sie versuchte, so leise wie möglich zu sein, doch würde der Neonazi in seinem Dusel vermutlich ohnehin nichts hören. Im Hintergrund dröhnte Bon Scotts *Highway to Hell* aus den völlig überforderten Lautsprecherboxen. *Das kann jetzt nicht wirklich wahr sein,* dachte sie und trat mit einem letzten Schritt direkt hinter den Mann. Erschien ihr der Rhythmus ihres Herzens zuvor schon mächtiger als die Musik, glaubte sie nun, ihr Herz müsse jede Sekunde zerspringen. Sie hatte Angst, kurz vor ihrem Ziel zu hyperventilieren, und versuchte, so geräuschlos wie möglich, tief durchzuatmen. Sie fing sich schnell. Sämtliche Körperfunktionen ordneten sich ihrem, von unsäglich lange aufgestauten starken Hass geprägten Vorhaben unter. Sie blickte nach vorne und sah ein Kind vor sich, ein Kind in einem mächtigen Männerkörper. Markus hatte ganz offensichtlich Freude daran, wie viel Urin sein mächtiger Körper speichern konnte, und zeichnete mit seinem Strahl belustigt Figuren auf die ansonsten ruhige Oberfläche des Tümpels. Fast kam sie ins Zweifeln, ob sie es wirklich tun sollte. Doch dann spürte sie den seit damals ständig in ihr wohnenden Schmerz und die Zweifel waren wie weggeblasen: *Dieser Bastard soll krepieren, er hat es nicht anders verdient.*

Der mit aller Wut und Gewalt, die in ihr steckte, ausgeführte Stich traf Markus durch sein schwarzes T-Shirt zwischen die Rippen direkt ins Herz. Lautlos sackte er nach vorne, bis er mit einem, der Frau viel zu laut erscheinenden Platsch mit dem Oberkörper auf das Wasser des Tümpels aufschlug. Sie starrte kurze Zeit auf den vor ihr liegenden Mann, überlegte noch, ob er tatsächlich tot sei und ob sie das Messer nicht besser noch herausziehen sollte, als sie vernahm, dass die Musik plötzlich noch lauter wurde.

Ruckartig drehte sie sich um, sah eine Gestalt durch die geöffnete Tür des Gebäudes ins Freie treten. *Lauf, Belina, lauf um dein Leben!*, schoss es ihr in den Kopf, als sie los sprintete. Sie wusste nicht, ob der Mann sie gesehen hatte. Sie musste nur weg und hatte keine Zeit darüber nachzudenken. In ihrer dicken Kleidung war sie nicht ganz so beweglich, wie sie es gewohnt war und doch müsste es reichen, einer Horde Betrunkener zu entkommen, so hoffte sie zumindest. Längst war sie in den schützenden Wald gelaufen und bestrebt, so viele Meter wie irgendmöglich hinter sich zu bringen. Sie wagte es nicht, sich noch einmal umzudrehen, um zu eruieren, ob sie verfolgt wurde.

Nein. Weiter, einfach nur weiter. Auf ihrer Flucht betete Belina Dresbach die ganze Zeit, dass ihr Vergewaltiger Markus Stemmler auch tatsächlich tot sei.

Niemand hatte sie in dieser Nacht gesehen. Belina war erst zwei Stunden nach dem Geschehen am Tümpel zurück nach Hause gekommen. Sie hatte sich in ihrer Angst, verfolgt zu werden, nicht getraut, den direkten Weg zu nehmen, und war stattdessen immer tiefer in den Wald gelaufen.

Der Mord an Markus Stemmler fiel einem der Neonazis erst in der Morgendämmerung auf. Als er Alarm schlug, hatte Belina sich schon geduscht und Jeans, Kapuzenshirt und Handschuhe im heimischen Kamin verbrannt.

Der Verkehrsunfall

Dezember 2004 in Lagos/Nigeria

Der große Mann hatte sie beobachtet. Mehrere Tage lang. Erstaunlicherweise schien sie Disziplin zu haben. Obwohl das Afrikanern doch immer fehlte, zumindest nach seinem Weltbild. Doch diese Frau begab sich stets zur gleichen Zeit auf den Weg ins kleine Geschäft, das gleich in der Seitenstraße rechts um die Ecke des Waisenhauses lag. Dort kaufte sie jeden Tag eine Ausgabe des Daily Independent und ging anschließend, in ihre Zeitung vertieft, denselben Weg zurück. Manche Gewohnheiten, die man sich im Laufe des Lebens aneignete, rächten sich eines Tages, so auch diese.

Hatte Detlef Hellmuth am ersten Tag noch darauf Wert gelegt, dass sie ihn bewusst sah, hatte er ab dem zweiten Tag seine Strategie geändert. Ihre Reaktion, die von anfänglichem Erstaunen in panisches Verhalten mündete, hatte ihm die notwendige Genugtuung gegeben, die er brauchte. Sie hatte ihn erkannt und wusste sicherlich, dass dies eine Warnung war. Eine Warnung, sich aus seinem Leben herauszuhalten und keine weiteren Nachforschungen über ihn anzustellen.

War ihr erstes Zusammentreffen vor dem Waisenhaus noch als reine Einschüchterung gedacht, so änderte er seine Strategie bereits unmittelbar auf dem Rückweg in die Firma. Warum nur einschüchtern? Eine Endlösung hatte doch einen viel größeren Charme. Er würde sie am nächsten Tag wieder beobachten, doch von nun an von ihr unbemerkt. Dies machte er die nächsten drei Tage, dann war er sich sicher, wie er vorgehen wollte. Die Strategie war einfach und effizient.

Der Mann hatte seinen Volkswagen Bulli hinter einer Wellblechhütte geparkt und wartete. Sie würde kommen und gleich ihre Zeitung kaufen. Dass hinter der Hütte Gefahr lauerte, würde sie nicht ahnen. In ihre Zeitung vertieft, würde sie wie immer nur einen kurzen Blick auf die sonst recht unbelebte Straße werfen, bevor sie diese überquerte. Bis sie den stark beschleunigenden Kleintransporter bemerkte, hätte er sie auch schon erfasst. Ihr Körper würde auf die Straße schleudern und Sekundenbruchteile später von dem schweren Fahrzeug überrollt werden. Genau so geschah es erst in der Vorstellung des großen Mannes mit den langen blonden Haaren und ein paar Minuten später in Realität. Ein tragischer Verkehrsunfall. Einer von vielen, die jeden Tag in der Millionenstadt Lagos am Golf von Guinea passierten.

Der Fuhrparkleiter der großen Baufirma fand am nächsten Morgen Blutspuren am Wagen mit der Nummer einhundertachtundsiebzig. Dies war nicht so ungewöhnlich. Er fluchte zwar immer, dass die Mitarbeiter nicht wirklich sorgsam mit den Autos umgingen, doch half alles nichts. Er musste des Öfteren kleinere Reparaturen in Auftrag geben, um die Wagen in Schuss zu halten. Wenn er nicht zeitnah jede Delle ausbessern ließe, sähe der Fuhrpark bald nicht mehr repräsentativ aus. Man hatte sich hier in der Stadt über Jahrzehnte einen Ruf aufgebaut, den man nicht gefährden durfte.

Wochenendfahrten in den Busch waren sehr beliebt bei den Mitarbeitern. Wildschäden an den Autos deshalb keine Seltenheit. Meist waren es die frechen Affen, die in ihrem ungestümen Spiel miteinander auf die Straße gerieten und von einem Fahrzeug erfasst wurden. Doch im Falle des Wagens mit der Nummer einhundertachtundsiebzig war es anders. Nicht die Blutspuren und die Delle an der Front bewegten den Fuhrparkleiter, den Vorfall beim Chef zu melden. Es waren Haare, von denen er ein Büschel auf der linken Seite eingeklemmt zwischen dem Stoßfänger und dessen nur von unten sichtbaren Halterung an der Karosserie fand. Eindeutig menschliche Haare.

Epilog

Juni 2017 in der Nähe von Limburg an der Lahn

Der Neunjährige saß gedankenversunken auf der Wiese. Um ihn herum schwirrten Fliegen und Mücken, wie immer, wenn er mit seiner Mutter hier im Wald war. Doch das störte ihn nicht, er war daran gewöhnt. Seine Mutter verstand nicht, warum er ausgerechnet auf der Wiese mit den Miniaturautos spielte. Er konnte dort mit ihnen nicht richtig fahren und doch zog es ihn magisch hier her. Auf der ebenen Terrasse würden die Autos eine gute Strecke fahren, wenn man sie anschubste. Phönix hatte seinen eigenen Kopf, er liebte das Spiel mit den Autos auf der unebenen Wiese direkt vor dem Tümpel, auch wenn seine Mutter hier nur alle zwei Wochen mähte und sie deshalb dort nicht wirklich fahren konnten. Von wem er diesen eigenen Kopf nur hatte?

Die schlanke großgewachsene Frau beobachtete ihren Sohn gedankenversunken. Würde sie ihn jemals voll und ganz als ihr eigen Fleisch und Blut annehmen können? Sie war seine Mutter, ohne Zweifel. Sie hatte auch Muttergefühle, doch fühlte es sich nach wie vor falsch an. Phönix war kein Wunschkind gewesen, eher das totale Gegenteil. Manchmal lief ihr ein kalter Schauer über den Rücken, wenn sie ihn betrachtete. Ihr war nicht entgangen, dass sein Gesicht immer markanter wurde, er hatte die mächtige Hakennase seines Vaters geerbt. Es war nun schon zehn Jahre her. Trotzdem kämpfte sie beim Anblick ihres Sohnes immer noch mit ihren Gefühlen. All zu oft durchlitt sie die Bilder im Kopf, die sie nicht mehr loswurde, was auch immer sie unternahm. Der große Mann warf sich in ihren Tagträumen immer wieder auf sie und drängte sich zwischen ihre Beine. Sie war ihm hilflos ausgeliefert.

Belina Dresbach war eine starke Frau und hing am Leben, das ihr bislang nicht gut mitgespielt hatte. Sie war nicht verhärmt und doch oft sehr traurig. Dies waren die Augenblicke, in denen sie an ihren Kampf mit den Behörden dachte. Ihren Sohn Phönix zu nennen, hatte die Botschaft in Kambodscha nicht akzeptieren wollen. Der zuständige Mitarbeiter meinte, das sei kein gültiger Name für einen Jungen. Doch hatte sie sich gegen den Amtsschimmel durchgesetzt. In ihrem eigenen Kampf mit sich und ihrem Schicksal fühlte sie sich selbst wie ein Phönix. Möge ihr Sohn, den sie trotz allem liebte, auch ein wenig von einem Phönix mitbekommen haben und aber bitte absolut nichts von seinem Vater als dessen markantes Gesicht. Das war ihre größte Hoffnung.

Ihren Bruder Luka sah sie, so oft es ging. Wenn sie zusammen waren, fühlte sie eine besondere Kraft in sich. Er gab ihr Hoffnung, dass sie eines Tages alles verarbeiten könne. Ihr Alltag war geprägt von dem inneren Zwiespalt, in dem sie lebte. Die Schuld würde sie wohl nie hinter sich lassen können, auch wenn ihr Zwillingsbruder inzwischen ein glückliches Leben führte. Würde sie es schaffen, mit dieser Schuld leben zu lernen?

Hat Ihnen dieses Buch gefallen?

Dann schreiben Sie bitte eine kurze Rezension und empfehlen es weiter, gerne auch Ihrem Buchhändler vor Ort.
Als Independent-Autor bin ich auf Empfehlungen und Rezensionen meiner Leser angewiesen.

Vielen Dank!

Uwe K. Alexi

Sollten Sie an einer Lesung in Ihrer Region interessiert sein, scheuen Sie sich bitte nicht, mich anzusprechen. Gerne können Sie auch aus anderen Gründen mit mir in Kontakt treten:
UweAlexiAutor@yahoo.de

Über ein Like meiner Facebook-Fanpage und meiner Facebook-Bücherseiten würde ich mich ebenfalls sehr freuen!

www.uwealexi.de

Bisher erschienen:

Der Albtraum sämtlicher Eltern und Lehrer ist Wirklichkeit geworden: Auf einer Klassenfahrt verschwinden die beiden fünfzehnjährigen Schüler Ronnie und Jason. Den verwöhnten Millionärssohn Ronnie findet man nach einer aufwendigen Suchaktion mit einem Kopfschuss in einer Blutlache in der Villa seiner Eltern am Wörthersee. Jason, der aus weniger gut betuchtem Hause stammt, bleibt verschwunden. Die Polizei tappt völlig im Dunkeln und gibt die Suche schließlich auf.

Drei Jahre später werden dem Journalisten Armin Anders Bilder zugespielt, die Jason auf einer Jacht zeigen könnten. Sind die Bilder echt oder geschickte Fälschungen? Kann es wirklich sein, dass Jason nach drei Jahren noch lebt?

Kurze Zeit später wird Jasons Mutter Daniela entführt, brutal gefoltert und nahezu unbekleidet nachts bei einem beliebten Ausflugsziel ausgesetzt. Ein Zusammenhang mit dem Verschwinden ihres Sohnes ist nicht ersichtlich. Weiß Daniela mehr, als sie zugibt? Kann ihr Bruder Armin Anders den Fall aufklären, obwohl jemand Katz und Maus mit ihm zu spielen scheint? Welche Rolle spielen Ronnies Eltern und der geheimnisvolle Milliardär Brain, der eine eigene Privatarmee unterhält und für den keine Gesetze zu gelten scheinen? Wer ist in dem perfiden Spiel Opfer und wer Täter? Armin Anders erster Fall.

uKa

ISBN: 978-3-9817679-1-9

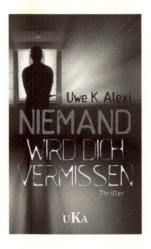

Er wusste nicht, woher er kam, wer er war und wohin er wollte. Seine Vergangenheit war weg. Einfach ausgelöscht.

Er trat in Martinas Leben so unerwartet wie ein Schneefall im Sommer. Er tat alles, um herauszufinden, wer er war. Ohne Erfolg. Als ihn schließlich seine Vergangenheit einholte, wünschte er sich nichts sehnlicher, als alles wieder zu vergessen.

Ist die Pharmaindustrie wirklich derart skrupellos? Ein Roman, der einem aufzeigt, zu was Menschen fähig sind, und wie mit dem Leid und Tod von Millionen von HIV-Infizierten ein dreckiges Geschäft gemacht wird. Reine Fiktion oder traurige Realität?

Leserstimmen: *»grandios«, »mitreißend«, »spannender Thriller mit einer sehr ernsten Thematik«, »fesselt einen total«, »kein Buch, das man nach dem Lesen bedenkenlos weglegen kann«*

uKa
ISBN: 978-3-9817679-0-2